克里斯托曼奇历代记 6

平荷伊之蛋
The Pinhoe Egg

[英] 戴安娜·韦恩·琼斯 / 著
Diana Wynne Jones

谢思敏 / 译

上海文艺出版社

图书在版编目(CIP)数据

平荷伊之蛋/(英)琼斯著;谢思敏译.
—上海:上海文艺出版社,2015
(克里斯托曼奇历代记;6)
ISBN 978-7-5321-5859-1

Ⅰ.①平… Ⅱ.①琼… ②谢… Ⅲ.①长篇小说-英国-现代 Ⅳ.①I561.45

中国版本图书馆 CIP 数据核字(2015)第 223158 号

THE CHRONICLES OF CHRESTOMANCI: THE PINHOE EGG
by Diana Wynne Jones
Copyright © 2001 by Diana Wynne Jones
Copyright © 2006 by Diana Wynne Jones
Published by arrangement with The Laura Cecil Literary Agency through Bardon-Chinese Media Agency

著作权合同登记号　图字:09-2015-620

责任编辑:方　铁
选题策划:何家炜　张静乔
装帧设计:高静芳
封面绘画:高　婧

平荷伊之蛋
〔英〕戴安娜·韦恩·琼斯　著
谢思敏　译
上海文艺出版社出版、发行
地址:上海绍兴路74号
新华书店经销　山东临沂新华印刷物流集团印刷
开本 889×1194　1/32　印张 13　字数 204,000
2015 年 11 月第 1 版　2015 年 11 月第 1 次印刷
ISBN 978-7-5321-5859-1/I·4680　定价:48.00 元

第一章

暑假刚刚开始的时候，克里斯托曼奇和他的家人仍然在法国南部停留，玛丽安·平荷伊和她的兄弟乔伊不情愿地从埃尔夫斯哥特那陡峭的主街道走了上去。他们接到了平荷伊婆婆的召唤。婆婆是埃尔夫斯哥特地区的平荷伊巫师首领，也是所有平荷伊家族成员的首领，无论他们身在何处——从波布里奇到何普顿，从上赫尔姆到和赫尔姆·圣·玛丽，都不会违抗婆婆的指令。

"我在想这一次那只老蝙蝠又想要做什么，"当他们经过教堂时乔伊沮丧地说，"某件愚蠢的事情，我敢打赌。"

"嘘。"玛丽安说道。从教堂继续上坡，平荷伊牧师正在他住所的花园中给他的玫瑰喷水。她可以闻到那咒语传来的酸性气味，也能听到牧师水管发出的呼哧声。的确，最近婆婆的命令开始变得越来越苛刻和奇特。不过没有任何一名成年的平荷伊家族成员懂得如何以拒绝作为回答。

乔伊低下头,摆出他最为阴郁的表情。"可是这一点道理都没有,"当他们经过牧师住所的大门时他抱怨道,"为什么她也召见我呢?"

玛丽安咧了咧嘴。乔伊被平荷伊族人认为是"一个让人失望的例子"。只有玛丽安知道,乔伊到底有多么努力以达到让人失望的目的——尽管她猜想他们的妈妈怀疑到了这一点。乔伊的心思都扑在了机械上。他对于传统的巫术或平荷伊家族——或者赫尔姆·圣·玛丽的法雷家族,或者在埃尔夫斯哥特另一边的下赫尔姆的克利夫家族——施展魔法的通常方式都没有兴趣。凡是涉及那些魔法的事情,乔伊希望自己看上去是一场完全的失败。于是他们也不再管他。

"她想要你是有道理的,"当他们爬上通往森之屋——婆婆的住处——的斜坡最后一段时,乔伊继续说道,"考虑到你是婆婆下任接班人之类的。"

玛丽安叹口气然后做了个鬼脸。事实上,迄今为止除了玛丽安,在婆婆这一支平荷伊家族成员中已经有两代人没有女孩出生过了。每一个人都知道玛丽安将会跟随婆婆的脚步。玛丽安有两名叔祖父和六名叔叔,十名堂表兄弟,婆婆还每周一次又一次地告诉她在巫术学习上应该怎样做。对她来说那是一副重担。"我能应付得了,"她说,"我希望我们都能够撑过去。"

他们走上通向森之屋那长满野草的车道。自从上任老爹在玛丽安年幼时去世以后那扇门就已经坏了。他们的父亲,哈利·平荷伊,作为上任老爹最年长的儿子成为了现任老爹。玛丽安常常想,事实上每一个人都管他叫爸爸,而不是老爹,这从某种程度上反映出了他们父亲的个性。

他们沿车道向上走了两步,然后嗅了嗅。那里有一种强烈的野生动物的气味。

"公狐狸?"乔伊疑惑地说,"公猫?"

玛丽安摇了摇头。那种气味如此强烈,可是却比狐狸或者公猫的味道要好闻得多。那是一种粉末似的、药草的气味,有一点像是妈妈最喜爱的爽足粉。

乔伊笑了。"反正不是疯豆,它已经没有可能了。"

他们走上老旧磨损的楼梯,然后推开斑驳的前门。没有人来为他们开门。婆婆坚持独自居住在这座巨大的老房子里,只有卡勒小姐每周两次前来为她打扫。但是卡勒小姐的活也干得不怎么样,玛丽安在他们进入那宽敞的门厅时想道。在满是灰尘的橡木楼梯半腰处有一扇窗户,阳光从窗外

003

穿透而入，密布的尘埃在光线中浮动。从墙边桌上放置着的动物标本玻璃罩上透出阴沉的反光。玛丽安对这些厌恶至极。动物标本们的表情都被冻结在某种野蛮的怒号动作之上。甚至从那一层厚厚的尘雾之间，你都可以看到动物标本贲张的血盆大口，尖利的牙齿和怒目圆睁的玻璃眼珠。当自己和乔伊从铺着肮脏的椰棕地席的大厅穿过，去敲响前室大门时，玛丽安试着不去看向一旁。

"哦，进来，请进来，"婆婆应声道，"我已经等了你们半个上午了。"

"不，你才没有。"乔伊咕哝着。玛丽安希望婆婆没有听到那轻声的喃喃自语，尽管那是大实话。她和乔伊一收到巧依婶婶从邮局带来的消息就立刻出发了。

婆婆正坐在她那破烂的扶椅里，穿着她那一成不变的层层黑色服装，还有她的黑猫——疯豆，躺在她瘦骨嶙峋的膝盖上，而她的拐杖则靠在扶椅一旁。她仿佛没有听见乔伊说的话。"现在是假期了，不是吗？"她说，"你有多长的时间？六个星期？"

"差不多七星期。"玛丽安承认道。她低下头看着婆婆那方正、硕大、一度曾经动人的脸庞，现在只剩下一片荒芜，她忍不住想自己年老之时是否也会看起来像那个样子。每一个人都说婆婆曾经拥有栗子颜色的头发，和玛丽安一样。每次玛丽安看向镜子，担心自己的容貌时，也会记起婆婆的眼睛曾经和她的眼睛一样大，有着相同的深棕颜色。不过玛丽安外表上唯一方正的地方是她不一般宽阔的前额。这对玛丽安来说是极大的安慰。

"很好，"婆婆说，"那么，我对你们俩有些安排。可不能让你们两个人都闲着七个星期无事可做。先是乔伊，你是最年长的。我们给你安排了个工作，一份包住的工作。你会去**你知道哪里**，替大人物跑跑腿。"

乔伊瞪着她，完全吓呆了："你的意思是，在克里斯托曼奇城堡里？"

"安静，"他的祖母声音尖利地说道，"在这里你不能提起那个名字。你想要他们注意到我们吗？他们不过位于十英里之外的赫尔姆·圣·玛丽。"

"可是，"乔伊说道，"我已经对这个假期有安排了。"

"真不幸，"婆婆说，"闲置你的计划，愚蠢的计划。你知道对我们来说你相当让人失望，乔瑟夫·平荷伊，现在是你的机会，终于能做点有用的事情。你可以潜入那座城堡，成为我们的眼睛和耳朵,给我捎回乔斯·卡勒的消息来,如果他们甚至表现出一丁点知道平荷伊存在的可能性——或是法雷家族或克利夫家族的存在。"

"他们当然知道我们的存在,"乔伊轻蔑地说,"他们不可能认为没有人住在埃尔夫斯哥特或者——"

婆婆用一根瘦骨嶙峋的手指阻止了他。"乔伊·平荷伊,你知道我的意思。他们并不知道也绝不能知道我们所有人都是巫师。只要他们一知道实情,就会插手介入,开始制定法律和规定来约束我们,让我们不能再施展法术。至今已经有两百年时间了——自从他们在那座城堡里安置了那个大人物开始算起——我们成功地阻止了他们发现我们的秘密,我有意继续保持这一现状。而你必须得助我一臂之力,乔伊。"

"不行,我可不干,"乔伊说,"乔斯·卡勒怎么了?他人就在那儿。"

"可他是个局外人,"婆婆说道,"我们希望你能够潜入内部。那里是所有秘密的所在。"

"可是我不——"乔伊又开口道。

"是的,就是你!"婆婆爆发了,"乔斯已经替你都打点好了,还向他们那儿的贝瑟默管家推荐了你,你当然会去,直到重新开学为止。"她一把举起她的拐杖指向乔伊的胸膛："这是我的命令。"

玛丽安觉察到魔法带来的震动，还有乔伊的一声喘息，不知道拐杖对他做了什么。乔伊的表情茫然而又阴郁，他看看自己的胸口，再望向拐杖的尾端。"你没有权利这么做。"他说道。

"你死不了的，"婆婆回答，"现在，玛丽安，我希望你每天从早到晚都和我待在一起。这屋子里需要一个帮手和跑腿的，不过我会同其他人说你是我的学徒。我可不希望别人觉得我需要被人照顾。"

玛丽安眼看着自己的假期就这么被吞噬消失，和乔伊一样，拼命地在脑子里想理由——任何借口！——以让自己逃脱出去。"我和妈妈保证过帮她处理那些草药，"她说，"今年可是一个丰收年——"

"茜茜莉可以自己胜任那些蒸煮提炼的工作，她自己一直都应付得很好，"婆婆回答，"我希望你待在这里，玛丽安。还是我也得把拐杖指向你？"

"哦。不。不用了——"玛丽安赶紧开口说道。

她话未说完，就被门外车道上传来的蹄声和滚滚车轮的声音打断了。在婆婆厉声要求他们去"看看谁在那里!"之前,玛丽安和乔伊便已经冲向了窗口。疯豆从婆婆的膝盖上跳下来赶在了他们前面。它从满是污垢的窗户向外瞄了一眼便立刻逃开来,尾巴朝外像灌木丛一般竖着。玛丽安看到窗外一辆时髦的藤编马车和一匹打扮整齐的花斑矮种马,正缓缓停在大门阶梯前。驾车的是法雷老爹,一个婆婆从来都不待见的人,穿戴着他最好的花呢外套和鸭舌帽。甚至对于他自己来说,他现在的表情也算得上是阴沉的。在他身后的藤编马车里,坐着诺亚·法雷婆婆。诺亚婆婆有着细长的眼睛和短小的嘴唇,这样的五官让她即使在心情最好的时候也仍然看起来严峻。今天她看起来绝对是加倍的冷酷。

"是谁?"婆婆急切地问道。

"法雷老爹。穿着他最好的装束,"乔伊说道,"还有诺亚婆婆。应该是官方拜访,婆婆。她戴着那顶可怕的帽子,就是有罂粟花装饰的那顶。"

"他们看起来都非常生气。"玛丽安补充道。她看着一名姓法雷的表兄从马车里跳出来,朝马头方向走去。他也穿着套装。她看着法雷老爹将马鞭和缰绳递给那名表兄,然后僵硬地从车上下来,站在那里一面整理自己愤怒的胡须,一面等着诺亚婆婆在马车里站起来下车。马车随着她的动作摇摆，发出嘎吱的声音。诺亚婆婆是一个大个头的女人。可怜的小马，玛丽安想道，即便那是一辆轻型马车。

"去给他们开门。把他们领进来在大厅里等着，"婆婆命令道，"在我和他们说话时得有些平荷伊家的人能够随叫随到。"玛丽安心想，婆婆和他们一样因为来访者的出现而大吃一惊。

她和乔伊急促地冲过了外厅的动物标本，乔伊正满脸郁闷，揣着他最低落，也最固执的表情。带着裂缝的老门铃发出一阵刺耳的声音，就在他们来到门前时，法雷老爹推开了大门。

"大老远的从赫尔姆·圣·玛丽过来，"他说道，朝他们怒目而视，"居然只找到两个甚至懒得过来开门的小鬼。她在吗，你们的婆婆？还是她正假装自己不在？"

"她在前室里，"玛丽安礼貌地回答，"请跟我来？"

不过法雷老爹没等她说完便粗鲁地从她身边挤过，大步向前室走去，诺亚婆婆紧随其后。为了将自己庞大的身躯挤进门，她几乎把乔伊推到了附近的动物标本上。诺亚身后跟着她那酸葡萄脸的女儿——桃乐诗雅。桃乐诗雅进门后即刻

009

对玛丽安说:"拿出些礼仪来,小姑娘。他们需要些茶水点心,马上。赶快去。"

"啊,太好了!"乔伊说,然后对着正甩上前室大门的桃乐诗雅的背影做了个鬼脸,"我们趁机回家吧。"

甩上的大门后已经传来了提高的声音。"不,留下,"玛丽安说,"我想知道他们为什么这么生气。"

"我也想知道。"乔伊同意道。他朝玛丽安挤挤眼睛,然后迅速地朝前室大门挥舞了一个小小的淘气的魔法,大门立即被打开了大约一英寸。法雷老爹的声音涌出打开的门缝。"不要否认,女人!就是你让它出来的!"

"我绝对没有!"婆婆几乎在尖叫,随后而至的是诺亚和桃乐诗雅的高声叫喊。

玛丽安走到厨房里去准备茶水,留下乔伊在门外偷听。疯豆也在厨房里,坐在一张巨大的旧桌子上,热切地盯着一罐不知被谁留在那里的猫粮。玛丽安叹口气。婆婆总是说疯豆只有两个脑细胞,而且全都只为了食物而存在,可是现在看来,更大的可能性是婆婆又忘了喂它。她打开猫粮罐头,将食物倒入它的食盆里。疯豆欢喜兴奋地扑过来,玛丽安忍不住想上一次婆婆记得喂它到底是什么时候。而且橱柜里到处都找不到饼干。玛丽安开始怀疑婆婆是不是连自己都忘了吃东西。

就在烧水壶还在加热时,玛丽安又回到了前厅。前室中的叫喊声已经消减了下去。桃乐诗雅的声音说道:"而我几乎迎头撞上它。没有受伤算我幸运。"

"可惜它没有吃掉你。"婆婆说。

这引来更多的叫喊,乔伊却在一旁偷笑。他正站在一个玻璃柜旁,柜里放置着一只身体扭曲、作咆哮状的白鼬标本。乔伊仿佛像疯豆盯着猫粮罐头一样盯着标本。"你弄明白到底怎么回事了吗?"玛丽安轻声问。

乔伊耸耸肩。"还没有。他们指控婆婆干了些什么,而婆婆反驳说她没有做过。"

此刻前室里的噪音已经减弱到他们足以听清楚法雷老爹的声音:"我们之间有着神圣的相互信任,无论是平荷伊还是法雷家族,更不用说克利夫家族。而你,艾迪斯·平荷伊,却背弃了那一信任。"

"胡说八道,"婆婆说道,"你就是个装腔作势的蠢蛋,杰德·法雷。"

"而你拒不承认的这个事实,"法雷老爹继续说,"证明无论是在工作还是生活中,你都已经不顾责任,不管事实如何了。"

"我从来没有听过如此荒谬的事情。"婆婆说道。

诺亚的嗓音切断了婆婆的话头。"没错,艾迪斯,你的确如此。我们来这里就是要说这个。你已经失去控制了。你早已经越过了界限,犯了不少错。"

"我们认为你是时候退休了。"桃乐诗雅的声音也一本正经地加入。

"在你造成更多的破坏之前。"法雷老爷说道。

法雷老爷的口气听起来像是他还没有说完,无论他还想说什么,都被婆婆高声的尖叫给盖住了。"一派胡言,放肆无礼,多大的侮辱!"她尖叫着,"从这里滚出去,你们所有的人!从我的房子里滚出去,立刻!马上!"她一面尖叫着一面施展出一阵强大的魔法,尽管魔法并非冲着乔伊和玛丽安而来,但他们也没有能够抵挡住,退了两步。法雷家的人一定是分毫不差地迎面感受到了全部力量。他们从前室里踉跄而出,一路穿过大厅。直到前门处,他们才总算转过了身。法雷老爷一边挥舞着他的拳头一边号叫着:"我告诉你,你已经疯了,艾迪斯!"他看起来比乔伊和玛丽安有记忆以来任何时候都更加愤怒。玛丽安可以发誓,伴随着婆婆的魔法,还夹杂着一阵法雷老爹的咒语。

在她能确认之前,法雷家的三名成员已全部闪电般奔向他们的马车,跳了上去,然后手忙脚乱地驾车离开了,好像克里斯托曼奇本人在身后追赶他们一样。

前室里,婆婆仍然在尖叫。玛丽安跑了进去,看见她在椅子里前后摇晃,一面还不停地尖叫。她的头发四处散乱,口水从嘴角流到下巴。"乔伊!快来帮我制止她!"玛丽安喊道。

乔伊慢慢靠近,然后朝着婆婆弯下腰说道:"不管你说什么,我都不会去克里斯托曼奇城堡!"他事后回想着,那是唯一一句他可以想到的,能够吸引婆婆注意的话。

他的话成功地阻止了婆婆继续尖叫。她盯着乔伊,一副狂野的样子,一面颤抖着还一面喘着粗气。"比目鱼的榛子从所有的粥碗里转出来了。"她说。

"婆婆!"玛丽安乞求道,"说句有意义的话!"

"莨菪,"婆婆回答道,"美容师的假日。做一次面包屑节。"

玛丽安转向乔伊。"赶快跑去把妈妈找来,"她说,"赶紧的。我想她真的疯了。"

到夜晚降临时,玛丽安的判断变成了官方结论。

远在乔伊赶到伏尔泽小屋找到妈妈之前,已经有各种关于婆婆的流言被传播开来。爸爸和理查德叔叔已经从小屋后面用来制作家具的棚屋里出来，从街头赶来；亚瑟叔叔也离开了平荷伊湾，正往山上出发；查尔斯叔叔骑着自行车出现了，还有史崔克叔叔乘着他摇摇晃晃的农场二轮马车；赛门叔叔的建筑工人面包车暴风雨般紧跟着出现；接着是艾萨克叔叔从他的小农场急匆匆地穿过野地而来，他的妻子戴南婶婶则紧随其后，跟着她的是一群让人出乎意料的山羊。不久之后两位舅公也来了。艾迪格舅公——一名地产经理——拍了拍他的马车和副驾驶；还有莱斯特舅公，一名律师，从何普顿开着他时髦的轿车远道而来，留下他的律所自行运转。

  婶婶和叔婆们也跟着都来了。她们都暂时留下来制作三明治——除了戴南婶婶，在加入众人制作三明治之前，她回到戴尔去把山羊关起来。对于玛丽安来说，这看起来就像是平荷伊一成不变的传统。给平荷伊的妇女们一场危机，她们就开始制作三明治。甚至她自己的妈妈也带着一个篮子，装着闻起来像是用面包、鸡蛋和水芹做的三明治。森之屋厨房里的巨大餐桌上很快就塞满了各种风味和大小的三明治。玛丽安和乔伊忙着往前室里端茶并递送三明治。前室里正进行着严肃的会议，玛丽安和乔伊不得不告诉每一名新抵达的成员到底发生了什么。

玛丽安实在是说得不耐烦了。每一次她提到法雷老爹举着拳头咆哮那一段时,她都得解释:"法雷老爹向婆婆施了一个咒语。我感觉到了。"然后,每一次讲到这里,一位叔叔或者婶婶就会说:"我可没法想象杰德·法雷做出这样的事情来!"然后他们会转向乔伊,问他是不是也感受到了那咒语。接着乔伊便不得不摇头说他没有。"婆婆当时也正咆哮着施展魔法,"他说,"所以我有可能错过了。"

不过叔叔婶婶们在乔伊处花的时间不会比在玛丽安那里更长。他们接着会把注意力转向婆婆。妈妈最先抵达,因为她是平荷伊家族中唯一一名记得使用魔法制作三明治的女性。当她看到婆婆的情况时,第一反应是安顿婆婆去睡觉。婆婆多数时间都躺在一张破旧的沙发上打呼噜。"她的叫喊声足以摧毁整座屋子,"妈妈告诉每一名新来的访客,"看起来让她睡觉是最佳选择。"

"现在最好叫醒她吧,茜茜莉,"某个叔叔或者婶婶会说,"她这次会比较平静了。"

然后妈妈会解除她施展的咒语,接着婆婆便会坐起身来尖叫:"野鸡派,我告诉你!"她继续道,"同我说些我不晓得的事情。把消防队叫来。气球过来了。"这样毫无逻辑的奇怪话语会一直持续，直到一会儿后，那个叔叔或者婶婶会说："回头一想，她最好还是睡会儿。她相当的不安，不是吗？"于是妈妈会重新施展睡眠魔法，严肃的静默重新笼罩整间屋子，直到下一名平荷伊族人抵达。

唯一没有经历这一过程的人是查尔斯叔叔。玛丽安喜欢查尔斯叔叔。首先——除了安静的赛门叔叔——他是她唯一一个身材苗条的叔叔。多数的平荷伊叔叔们都越长越宽，尽管他们中的多数人实际上并不胖。另外，区别于家族中的其他人，查尔斯叔叔那张削瘦的脸上总是挂着一种幽默的抽动。他被认为是"令人失望的"，就像乔伊一样。根据玛丽安对乔伊的了解，她怀疑查尔斯叔叔实际上努力地让自己令人失望，起码像乔伊一样的努力——尽管查尔斯叔叔在邮局和巧依婶婶结婚的时候，她也觉得查尔斯叔叔做得有点太过了。查尔斯叔叔是个油漆匠，穿着他那老旧的沾满了油漆的工装裤前来探视婆婆。婆婆正躺在沙发上张着嘴微微地打着鼾。"不用为了我打扰她，"他说道，"她终于疯了，是吗？发生了什么？"

当玛丽安向他再次解释时，查尔斯叔叔用他沾着漆纹的手指抚过自己粗糙的下巴，然后说："我没法想象杰德·法雷对她做出这样的事情，就算我一点都不喜欢那个男人。他们为什么吵架？"

玛丽安和乔伊不得不坦言他们一点概念都没有，"他们说她破坏了某种神圣的信任关系，然后它冲撞到了他们的桃乐诗雅。我想，"玛丽安说道，"可是婆婆说她绝对没有。"

查尔斯叔叔挑起他的眉毛，撑开了他的眼帘。"哎？"

"就这样吧，查尔斯。这并不重要，"亚瑟叔叔不耐烦地说，"重要的是可怜的婆婆现在完全丧失理智了。"

"她给自己太大压力了，可怜的人，"玛丽安的父亲说道，"又是那个桃乐诗雅在制造麻烦，我敢打赌。说实话，我真的可以掐死那个女人。"

"她真应该在出生时就被勒死，"艾萨克叔叔同意道，"但是我们现在怎么办？"

查尔斯叔叔朝玛丽安看过来，半开玩笑半同情地说："她有没有赶得及指明你接任下一任婆婆职位，玛丽安？你现在是不是应该负责主持大局了？"

"我希望不至于！"玛丽安说道。

"哦，说些有意义的话，查尔斯！"所有其他人都说。

老爹在那之后还加了一句："我可不会允许我的小姑娘就这样被圈住,就算你是在开玩笑。我们等艾迪格和莱斯特到了再说。看看他们怎么说。无论如何他们是婆婆的兄弟。"

等玛丽安又被取笑了两次后,艾迪格舅公和莱斯特舅公终于先后抵达时,婆婆被叫醒了两次,分别朝着艾迪格舅公尖叫:"我们都被豪猪感染啦!"然后朝着莱斯特舅公咆哮:"我同每一个人说了那是卷起来的芝士!"结果他们两人都不知道应该怎么办。他们俩都犹豫地撩着胡须,最后总算是把乔伊和玛丽安打发出了厨房,以便让成年人可以进行他们的严肃对话。

"我不喜欢艾迪格,"乔伊说道,心怀不满地吃着剩下的三明治,"他太专横了。他干吗戴着那顶毛呢帽?"

玛丽安的注意力完全在疯豆身上。疯豆从它藏身的大桌下冲出来,想要食物。"我猜那是房产中介的穿着,"她说,"像是莱斯特穿着黑外套和条纹长裤,因为他是名律师。乔伊,我找不到任何猫粮。"

乔伊带着点内疚的表情看着苏伊舅婆的最后一份三明治。那些三明治既肥又润,美味至极,除了这最后一份,他已经把其他的全部吃掉了。"这个三明治是沙丁鱼口味的,"

他说,"给它吧。或者——"他掀起另外一盘仍然摆满三明治的碟子上盖着的布。这些三明治又瘦又干,几乎可以肯定是巧依婶婶做的。"或者给它这些。猫也吃肉泥的对吧?"

"有时候它们别无选择。"玛丽安说道。她把一份三明治撕小放到疯豆的盘子里,疯豆像是一个礼拜没有吃东西一样跳了上去。也许它确实有那么长时间没有吃东西了,玛丽安想。婆婆最近简直是忽视了几乎所有一切。

"你知道,"乔伊一面说,一面看着疯豆狂吃,"我并不是说你没有感受到法雷老爹施展咒语——你对魔法比我在行——不过婆婆的脑子反正越来越不清楚了,所以大概很容易就让她成这样了。"然后,当玛丽安正想着也许乔伊是对的时候,他讨巧地说:"我们在这里的时候你能帮我们个忙吗?"

"帮什么忙?"玛丽安一边看着疯豆从巧依婶婶的最后一点三明治撤退并假装把剩下的食物埋起来,一边问道。她已经很习惯乔伊在要求好处之前向她甜言蜜语了。她想着,不过婆婆的脑子的确是越来越不清楚了。

"我需要外面的那只白鼬填充标本,"乔伊说,"如果我拿走它,你能弄成它还在那里的样子吗?"

玛丽安很清楚不要去问乔伊为啥想要像那只白鼬这样的

可怕的东西。男孩子嘛！她说："乔伊！那是婆婆的东西！"

"她不会想念它的，"乔伊回答道，"而且你制作的幻象比我的强多了。帮帮忙嘛，玛丽安。趁他们还在里面讨论的时候。"

玛丽安叹口气，但还是跟着乔伊走到了外面大厅里。大厅中，他们能够听到从前室里传出的轻声但严肃的声音。他们蹑手蹑脚地审视放置在玻璃罩内的白鼬。它给玛丽安的感觉是非常像长着黄色绒毛和脚的蛇，还会蠕动。真恶心。但重要的是，如果你要创造一个幻觉，就得留意每一个人都会看到的细节。接着你会注意到的是那张大了的嘴里露出的獠牙，然后是狰狞的圆眼睛。玻璃罩上布满了灰尘，你几乎没有办法看到白鼬的其他部分，而你也只需要把幻象的形状做对就行了。

"你做得到吗？"乔伊急切地问。

她点点头："我想可以。"她站在标本一旁，小心翼翼地把玻璃罩举起来。当玛丽安把它举起来时，那只白鼬看上去像是一节毛茸茸的木桩。真的很恶心。她打了个寒战把它递给了乔伊。她把玻璃罩放回到底座上留下的空空如也的小块人造草皮上，然后靠着玻璃用双手尽量比划出接近白鼬的形状。弯曲的、黄色的、毛茸茸而且扭曲着——她在脑海里描绘着。瞪着的眼睛、可怖的细小耳朵、粉红色的嘴扭曲着张开，露出满嘴白色的尖锐牙齿。超级恶心。她撒开双手，幻象已经完成了，正像她想象的那样，从灰蒙蒙的玻璃罩中模糊地映出来，一个暗淡发黄的扭曲的形状。

"哇！"乔伊道，"太棒了！多谢。"他急匆匆地抱着白鼬标本跑进了厨房。

玛丽安看着自己手指留在玻璃罩灰尘上的指纹，总共四枚。她使劲儿地吹着，希望让它们消失。当指印慢慢隐去时，前室的大门砰的一声被打开了，艾迪格舅公大步走了出来。玛丽安立刻停止施展魔法，因为他一定会发现。她转而无辜地看向艾迪格的花呢帽子。那顶帽子就像是一个小小的粗呢花瓶顶在他的头上，而且正转向她。

"我们已经决定了你的祖母必须由专业人士照顾，"艾迪格舅公说道，"我现在就去安排。"

一定有谁又叫醒了婆婆。她的声音从前室里回荡出来。"我总是说，没有任何东西比炖白鼬更棒了。"

婆婆现在可以看透别人的心思了？玛丽安屏住呼吸朝艾迪格舅公微笑着点点头。乔伊刚巧从厨房回来了，提着海伦婶婶的三明治篮子——他一定是把那个篮子误认为是妈妈的了——篮子上盖着一块布巾遮住白鼬。艾迪格舅公对他说道:"你去哪里?"

乔伊阴沉地耸耸肩。"回家,"他说,"得带上那只猫。玛丽安从现在开始会照顾它的。"

不幸的是,疯豆刚好这个时候从厨房跳了出来,开始绕着玛丽安的腿磨蹭,完全拆穿了他的借口。

"但是它总是跳出来。"乔伊眼睛都没有眨地继续说道。

玛丽安深吸一口气,在屏住呼吸那么长时间后她几乎觉得眩晕。"我会带上它的,乔伊,"她说,"等我过去的时候。你先带上妈妈的篮子回去吧。"

"对了,"艾迪格舅公说道,"你得去收拾一下,乔瑟夫。你明天得去那座城堡工作了,不是吗?"

乔伊张大了嘴盯着艾迪格。玛丽安也瞪着他。他们都以为婆婆为乔伊安排的计划随着她的心智一起消失了。"谁告诉你的?"乔伊说。

"婆婆,昨天同我说的,"艾迪格舅公说道,"他们在等着你呢。去吧。"然后他向前推搡着乔伊,大步流星地离开了房间。

第二章

玛丽安原本打算和乔伊一起回家，但妈妈刚好来到大厅里，说道："玛丽安，巧依说她的三明治还剩了一些，你能拿进来吗？"

结果玛丽安必须坦白，已经没有三明治剩下了，接着她被派往平荷伊湾去取一些海伦婶婶的猪肉派。当她带着猪肉派回来时，巧依婶婶又指派她出去，在邮局门口钉上告示：**因家庭事务关闭**。等她从邮局回来，爸爸又派她去把平荷伊牧师找来。平荷伊牧师和玛丽安一起回到森之屋，看起来既严肃又沮丧，而且想知道为什么没有人去找卡勒医生。

之所以没有人去找医生是因为婆婆对于卡勒医生一点好印象也没有。她一定是听到了牧师说的话，因为她立刻叫嚷起来。"嘎嘎，嘎嘎！肚皮上面冰凉的手。那是凌晨的卷心菜，我告诉你！"

可是牧师坚持己见。玛丽安这次被派去牧师住所打电话,找卡勒医生前来拜访,当医生来了之后,更多的吼叫声爆发出来。玛丽安抱着疯豆坐在楼梯上,从她坐着的位置听到的多数噪音是"不,不,不!"还有一些辱骂,像是"你个织出来的鱿鱼,你!"还有"我甚至不会相信你替脚拇指囊肿去皮"。

卡勒医生和妈妈、爸爸以及婶婶们一起回到大厅,医生一边摇头一边说着"需要长期照顾"。每一个人都向他保证艾迪格会妥善处理,于是医生离开了,接着是牧师,婶婶们回到厨房制作更多的三明治。但她们发现厨房里没有面包,而且只剩下了一罐沙丁鱼。结果玛丽安再一次被派到面包房和杂货店,随后再去戴南婶婶家里取一些鸡蛋。她甚至记得买了一些猫粮。结果玛丽安负重而归,对于乔伊能轻易地开溜,心里充满了嫉妒。

每一次玛丽安回到森之屋,疯豆都像是整个世界只剩下她一个人一样欢迎她。当她抱起疯豆安慰它时,忍不住偷偷地看向那原本放着标本的玻璃罩。每一次她看到玻璃罩里那模糊扭曲的黄色身影,都会有大舒一口气的感觉。

最后,接近黄昏时,随着一阵马蹄声、车轮声、叮当声,艾迪格舅公的马车终于出现在了车道上。很快艾迪格舅公出现在了房子里,领着两名看起来极其靠谱的护士。护士各自穿着深蓝色的外套,拎着一个小小的方形手提箱。妈妈、普鲁婶婶和波丽婶婶首先告诉了她们可以睡在哪里。她们看了一眼厨房,在那张堆满了补给的巨大餐桌旁,两人宣布自己可不是来做饭的。妈妈向她们保证说婶婶们会轮流负责煮饭——普鲁婶婶和波丽婶婶听到之后相互看看对方,然后转向妈妈怒目而视。最后护士们快步进入了前室。

"现在,亲爱的,"她们坚定的声音传到在楼梯上坐着的玛丽安的耳中,"我们只是要带你去床上躺好,然后你可以喝上一杯美味的巧克力饮料。"

婆婆立刻又开始尖叫。每一个人都涌入了大厅,婆婆则在众人中间挣扎、喊叫。没有人,甚至是护士们,看起来知道应该怎么做。玛丽安难过地看到爸爸妈妈表现得那么无助,莱斯特舅公绞着双手,而查尔斯叔叔则开始偷偷地溜向他的自行车。唯一一个看起来还能应付这场面的人是坚定、公正的戴南婶婶。玛丽安一直觉得戴南婶婶仅仅擅长于应付山羊和喂鸡,可是现在戴南婶婶温柔地抓住了婆婆的手,然后同样温柔地在婆婆身上下了一个安抚咒。

"安静下来,老婆婆,"她说道,"她们是来帮助你的,你个傻东西！快上楼来，好让她们帮你换上睡衣。"

婆婆随着戴南姊姊和护士们温顺地越过玛丽安和疯豆上了楼。经过玛丽安时，婆婆低头看着她，一副清醒的样子，"帮我看好那只猫，姑娘。"她说。听起来几乎与正常无异。

很快，玛丽安已经在和爸爸妈妈一起回家的路上了，她的臂弯里还抱着疯豆。

"吁！"爸爸叹口气，"希望事情就这么安顿下来了。"

爸爸是一个平和的人。他对于生活的全部要求，仅仅是让他和他的搭档理查德叔叔一起制作精美实用的家具。在伏尔泽小屋后面的棚屋里，他们俩做出了舒适的靠椅，施了咒的桌子，让任何使用桌子的人都觉得快乐，还有可以防尘的橱柜、可以防虫的衣柜等等。她上一次生日时，爸爸给她做了一张藏有秘密抽屉的心形书桌。那些秘密抽屉绝对可以保护秘密：除非知道正确的咒语，否则没有人能找到那些抽屉。

然而，妈妈一点也不像爸爸那样平和。"哈！"她说，"婆婆，她生来就是来制造麻烦的，就像是火花总是往上飞一样。"

"注意了，茜茜莉，"爸爸说，"我知道你不喜欢我的母亲——"

"这并不是喜不喜欢的问题,"妈妈坚定地打断他,"她是来自何普顿的平荷伊族人。在你的父亲娶了她之前,不过是一个轻佻的小镇姑娘。她可厉害了,把他变成了绕指柔,而你清楚得很,哈里!都是因为她,他才跑到了荒野里,搞到自己被唾弃,如果你问——"

"注意了,注意了,茜茜莉。"爸爸说,一面带着警告的表情看向玛丽安。

"嗯,算我没有说,"妈妈说,"可是如果她真的就这样安定下来才让我吃惊呢,无论是清醒的还是糊涂的。"

玛丽安整晚都在回想这段对话。当她上床时,疯豆坐在她的肚子上满意地咕噜着,她则在困倦中试着回忆自己的祖父。她从来不觉得前任老爹是那种会带头领舞的人。当然那时候她的年纪还小,不过他一直看起来是那种意志坚强、我行我素的人。他身材瘦长结实,闻起来有着土地的气息。玛丽安记得他迈着大步走进树林,身后跟着他那匹叫做莫莉的爱马,拖着马车,装满了各种植物、药材。前任老爹正是以善于运用那些植物、药材而闻名。她也记得他那顶老毡帽。她还记得婆婆曾经说:"哦,拜托把你那头顶上的玩意儿取下来，老头！"婆婆总是叫他老头。玛丽安至今不知道他的名字是什么。

她记得每次周日的午餐之后，前任老爹喜欢被他的儿子们和孙辈们——所有的男孩们，除了玛丽安——围绕着，而他的膝盖是保留给她的特别位置。他们总是去森之屋吃周日的午餐。妈妈从来不喜欢这样的安排，玛丽安想道。她清晰地记得，当卡勒小姐担起烹饪的重担时，妈妈和婆婆在厨房里和对方吵架的情形。妈妈热衷于烹饪，但她从未被允许在那幢房子里煮菜。

当她开始向睡神屈服时，玛丽安的脑海中突然浮现出了记忆中最清晰的一段：前任老爹带着给她的特别礼物拜访伏尔泽小屋。"松露。"他说道，摊开他巨大结实的手掌，上面堆着看起来像是黑色泥土的块状物。玛丽安原本期待着巧克力，因而只能沮丧地看着那些块状物。当老爹取出他的小刀——因为常常被打磨，小刀看起来更像是长钉——小心地切出一小片，让她尝尝时，她感觉更糟糕了。它尝起来就像是泥土。玛丽安将它吐出来。当她记起老爹失望的样子时真是让人难过，他说："啊，这样啊。对这些东西来说也许她还太年轻了。"接着玛丽安便睡着了。

早上疯豆失踪了。门窗都紧闭着，可是疯豆还是不见了。也没有见着它到楼下找早餐。

妈妈正急急忙忙地帮乔伊找袜子、裤子和衬衫。她扭过头来说："它一定是回森之屋去了，我猜。猫就是这样的。等我们送乔伊的时候再去把它领回来。哦，天哪！我忘了乔伊的睡衣！乔伊，这里还有两双袜子——我想我已经替你补好了。"

乔伊接过袜子和其他的东西，然后自己悄悄地把它们装在了他的背包里。玛丽安之所以这么觉得是因为知道那尊被偷来的白鼬也在他的背包里。乔伊正挂着他最闷闷不乐的表情。玛丽安可不怪他。如果是她，要去一个全是魔法师聚集的地方，那群人还要去阻止任何其他人使用魔法，她知道自己也会担忧害怕。可是当她问起时，乔伊只是嘟囔说："我恨的不是魔法的问题，而是必须得浪费掉整个假期。"

当乔伊郁闷地踩着脚踏车离开时，一件衬衫的袖子从背包里露了出来，在他的头边摆动着，让人感觉仿佛一场雷雨终于过去了。玛丽安再一次觉得，她的兄弟身怀强大的魔法，即使不是通常意义上的那种。

"谢天谢地！"妈妈说道，"他心情不好时可真讨厌。去把疯豆领回来吧，玛丽安。"

当玛丽安抵达森之屋时发现前门紧锁——真是太不寻常了。她不得不又敲门又按铃，一个拉长了脸的护士才来打开大门。

"你来有什么用处啊？"那名护士质问道，"我们让牧师打电话给平荷伊先生。"

"你指艾迪格叔叔？"玛丽安问，"怎么了？"

"怎么了，"护士说，"她在驱赶我们。"就在她说话的当口，一个巨大的铜托盘从门旁的桌子上升起来朝着护士的头飞了过来。护士闪过袭击。"明白我的意思了吧？"她说，"我们不会再在这里多呆一天。"

玛丽安看着托盘从她身边越过，然后跌跌撞撞摔下阶梯直到车道才停下来，被摔得坑坑洼洼的。"我来和她谈谈，"她说，"我本是来找猫咪的。可以进去吗？"

"欢迎至极，"护士说，"欢迎，请进来成为又一个打击目标。"

当玛丽安进入大厅时，她忍不住朝装过白鼬的玻璃罩看过去。里面看起来仍然像是罩着黄色的什么东西，不过今天看起来并不像只鼬。该死的！她想。已经开始消失了，就像所有的幻象。

不过婆婆的出现转移了她的注意力。婆婆穿着一件打着褶的白色睡裙，外面罩着红色法兰绒的睡袍，从楼梯上跑下来，后面还跟着另一名护士。"是你吗，玛丽安？"婆婆尖叫道。

也许她恢复原状了，玛丽安想，尽管机会不大。"您好，婆婆。您觉得怎么样？"

"在温度计判决下，"婆婆说道，"有一场世界范围的传染病。"她恶毒地从一名护士看到另一名护士，"该走了。"她说。

玛丽安惊恐地看到放置在楼梯旁的落地钟飞了起来，仿佛是攻门槌一般，朝着正打开门的护士撞了过去。护士惊叫起来，然后朝着一旁飞奔。大钟跟着她转，侧着越过了整个大厅，朝着原本装有白鼬的玻璃罩摔了下去，伴随着摔碎的玻璃发出砰的一声。

啊，那个问题就这么解决了！玛丽安想道。但是婆婆正朝着敞开的前门跑去。玛丽安紧随其后，在婆婆被阶梯底部的铜托盘绊到时抓住了她一条瘦骨嶙峋的手臂。

"婆婆，"她说，"你不能穿着你的睡衣上街呀。"

婆婆仅仅回以疯狂的大笑。

她绝对不对头,玛丽安想。可是她也不是那么完全地不对头。她轻轻摇着婆婆的手臂坚决地说话。"婆婆,你必须停止这些行为。那些护士是来帮助你的。而且你刚刚弄坏了一座很有价值的钟。爸爸总是说那座钟价值好几百镑。你难道不为自己羞愧吗?"

"羞愧、羞愧。"婆婆喃喃道。她垂下那纤弱的头,满头乱发。"这不是我要的,玛丽安。"

"不,不,当然不是。"玛丽安说。她感受到一股让人畏缩的、强烈的、宁愿感受不到的怜悯。婆婆闻起来像是她尿湿了裤子,她现在几乎要哭了。"这不过是因为法雷老爹给你施了咒——"

"谁是法雷老爹?"婆婆问道,很有兴趣的样子。

"他是谁不要紧,"玛丽安说,"但是那意味着你必须得要有耐心,婆婆,而且让别人来照顾你,直到我们可以让你好转。而且你真的必须停止向这些可怜的护士们摔东西。"

婆婆的脸上闪过一个顽皮的坏笑。"她们不能施魔法。"她说。

"那正是你必须停止向她们使用魔法的原因,"玛丽安解释道,"因为她们没有办法反击。答应我,婆婆,不然——"她着急地想着什么样的威胁能让婆婆就范,"答应我,不然我绝不可能考虑在你之后担任婆婆的职位。我会去伦敦工作,从此不再和你有关系。"这听起来可是个很好的主意。玛丽安充满渴望地想着店铺、红色巴士和举目四望都可以看到的街道,而不是田野。但是她的威胁似乎起作用了。婆婆点了点她那蓬乱的头发。

"保证,"她咕噜着,"向玛丽安保证。也就是你。"

玛丽安为消失的伦敦生活叹了口气。"我真心希望如此。"她说。她领着婆婆回了屋子,护士们正站在屋里瞪着满室疮痍。"她保证了好好表现。"她说。

这时妈妈和海伦婶婶从村子里火急火燎地赶来了,波丽婶婶则从后门进来,苏伊舅婆跟着艾迪格舅公从四轮马车上下来。和往常一样,消息迅速传开了。屋子里的混乱场景被清理干净了,而且让玛丽安大大放心的是,没有人在那堆散碎的玻璃中发现白鼬标本已经不见了。护士们被安抚过,带着婆婆去换衣服了。更多的三明治被准备出来,更多的平荷伊家族成员陆续抵达现场,当然,再一次,前室里又举行了一次关于现在应该怎么办的会议。玛丽安再次叹了口气,想着乔伊不用再经受这些是多么的幸运。

"这可不是在讨论任何人，小姑娘，"爸爸告诉她，"这可是我们的头领。影响到我们三个村庄里所有的人，以及整个国家中不姓法雷或者克利夫的人。我们必须得做正确的事情，保证让她高兴，不然我们全都会一蹶不振。快去把你的巧依婶婶找来。她好像还没有注意到这场危机。"

当玛丽安把巧依婶婶从邮局找来时，她对形势的看法和爸爸完全不一样。她陪玛丽安从街上一路走来，一面按住自己蓝色的旧帽子一面嘟嘟囔囔。"所以我必须丢下我的客户们、承受进账的损失——相信你的查尔斯叔叔能挣足够的钱养活一家子可不是件明智的事情——全是因为那个被宠坏了的老女人发了疯，开始把座钟四处乱扔。我想知道，把她送去福利院有什么问题。"

"她大概在福利院也会照样四处扔东西吧。"玛丽安回答。

"是的，可是我不会被拖出来应付那种情况。"巧依婶婶反驳道。"另外，"她继续说，一面用帽针戳着她的帽子，"我的卡勒姑婆在福利院住了多年，除了盯着墙壁之外啥也不干，而她曾经是和你的婆婆一样的女巫。"

当她们抵达森之屋时,玛丽安借着去花园找疯豆逃离了巧依婶婶。疯豆果然在花园里,在一丛长势过旺的蔬菜地里跟踪鸟儿。它看起来很乐意被带回到伏尔泽小屋,然后吃些早餐。

"你个愚蠢的老东西!"玛丽安对它说,"你从此以后就在这里吃饭了。我不认为婆婆仍然记得你的存在。"让她吃惊的是,玛丽安发现自己说着说着呜咽了起来。她并没有意识到自己是那么的不安。可事实如此。除了给玛丽安下达各种命令,婆婆没干什么其他的事儿,也从未做过让人喜欢她的事情,可是她如此尖叫着乱扔东西,仿佛像个小孩子,仍然是件可怕的事情。她希望在森之屋里,他们正做出让事情朝着更为合理的方向发展的决定。

看起来做任何决定都不容易。几个钟头后妈妈和爸爸才和理查德叔叔回来,全都累坏了。"和护士们谈话,同艾迪格和莱斯特谈话。"妈妈在玛丽安给他们准备茶水时说。

"更不用说巧依没完没了地提起她处理了老格琳丝·卡勒的那家福利院,"理查德叔叔补充道,"三满勺糖,玛丽安亲爱的。现在可不是一个男人注意体形的时候。"

"你们最后决定怎样?"玛丽安问。

看起来护士们被说服再待一个礼拜，薪水加倍，前提是随时有一名婶婶在场保护她们。

"所以我们得轮班，"妈妈说，一面叹着气，"我抽中今晚值班，所以晚饭我恐怕只能准备冷餐然后就得赶着出门了。那之后的话——"

"我相信，"爸爸平和地说，"她们会安顿下来，而她会习惯她们，然后不再需要担心。"

"做梦！"妈妈说道。不幸的是，她是对的。

护士们继续坚持了两晚，然后坚决而彻底地给出了辞呈。她们说屋子闹鬼。尽管大家都很肯定所谓的闹鬼是婆婆搞的，但没有人能证明是她干的，也没有人能说服护士们。她们离开了。接着就是另一场平荷伊紧急会议。

玛丽安躲过了这一次会议。她非常合乎情理地告诉每一个人，你必须把一只猫在一个新地方关足两星期，不然它会逃跑。结果她在自己房间里和疯豆一起待着。这并不像听起来那么无聊，因为现在乔伊不在那儿戏弄她了，她可以打开自己心形书桌的秘密抽屉，从里面拿出她一直在写的故事。故事的名字叫做《艾琳公主历险记》，而且看起来十分的刺激。当大家回到伏尔泽小屋时她相当失望。理查德叔叔将会议形容为火爆,甚至连爸爸都称其"有点困难"。

根据妈妈所说,甚至为了就婆婆独自一人不安全这个观点达成一致,大家都经历了一场激烈的争辩,在更多的争吵之后才得出结论,认为婆婆必须得和其他人住在一起。艾迪格舅公然后开心地宣布他和苏伊舅婆将搬到森之屋居住,而苏伊舅婆会照顾婆婆。但苏伊舅婆却不知道这个计划。她对这个主意完全不感兴趣。事实上,她宣称自己会搬到何普顿另一端去和她的姐妹同住,艾迪格可以自己去照顾婆婆然后看看他是否喜欢这个主意。于是大家再次慌乱地重新考虑。最后的可能性是,妈妈说,婆婆搬去和她七个儿子中的一个一起住。

"接着,"理查德叔叔说,"真是鸡飞狗跳。茜茜莉毫无拘束地畅所欲言,我从未见过她这样。"

"对你来说可容易!"妈妈说,"你还是单身,而且住在平荷伊湾那边的房子里。没有人会要求你的,理查德,所以把你那自鸣得意的样子——"

"注意了,茜茜莉,"爸爸平和地说道,"不要又开始了。"

"我可不是唯一的一个。"妈妈说。

"那可不,还有巧依、海伦、普鲁和波丽都尖叫着,说她们要做的事情够多了,甚至你的克拉莱丝舅婆都说如果他们必须得收留一名疯妇的话,莱斯特将不能享受他良好体面的生活方式。那让我完全丧失了耐心,"爸爸说,"接着戴南和艾萨克自愿站了出来。他们说他们没有孩子,又有空余的房间和时间,婆婆在戴尔看着那里的山羊和鸭子也会很高兴。另外,戴南能搞定婆婆——"

"婆婆可不这么想。"妈妈说。

婆婆不知怎地知道了众人的决定。她裹着一块桌布出现在前室里,对大家宣布说唯一让她离开森之屋的情况是当她躺在棺材里脚先出门的时候。当然也许那只是多数的平荷伊家族成员的看法,婆婆只是不断重复地说:"在一个强迫的桶里生根。"

"戴南领着她回床上去了,"理查德叔叔说,"我们明天替婆婆搬家。我们已经放出消息,让所有的平荷伊家族成员来帮忙,而且——"

"等等。在那之前还有艾迪格的那段插曲,"妈妈说,"艾迪格一副只等婆婆离开就要搬进森之屋的样子。你的苏伊舅婆对此可没有意见,出奇啊、真出奇。家里的祖屋,他们说,村子里的大房子。作为仍然健在的最年长的平荷伊家族成员,艾迪格说,他有权利住在那里。他还打算把房子重新命名为平荷伊庄园。"

爸爸轻声笑了。"自以为是的笨蛋,艾迪格。我当着他的面告诉他没有可能。房子是我的。上任老爹去世时房子就属于我了,只不过婆婆非常在意要住在那里,我就随她了。"

玛丽安从来都不知道这些。她瞪着眼。"结果我们要搬到那里去住?"她想,在我经历了这么多麻烦训练疯豆住在这里之后!

"不,不,"爸爸说,"我们在那里也会和婆婆一样慌乱无章。不,我的想法是把房子卖了,把卖的钱给艾萨克,让他在戴尔照顾婆婆。他和戴南用得上这些钱。"

"又是一番鸡飞狗跳,"理查德叔叔说,"你真应该看到艾迪格的脸!还有莱斯特坚持说房子只能被卖给另一个平荷伊或者干脆不卖——巧侬尖叫着要求分享卖房的钱。亚瑟和查尔斯让她闭了嘴,他们说'那么把房子卖给平荷伊家族的人好了'。一想到他得为原本以为是他自己的房子付钱,艾迪格看起来都要炸开了。"

爸爸笑了。"我可不会卖给艾迪格。他们家来自于何普顿那边。他会为我卖房子。我告诉他从伦敦找个有钱人,卖个好价钱。现在让我们休息一下吧,怎么样?我觉得明天替婆婆搬家不会是一件容易的事情。"

爸爸总是打着折扣说话。但第二天晚上到来时,玛丽安开始觉得爸爸的那句话可以算得上本世纪最保守的陈述了。

第三章

天快亮时每一个人都聚集到了平荷伊湾的院子里：平荷伊家的、卡勒家的、母亲是平荷伊家的、嫁入平荷伊家的，年长的、年轻的还有中年的，他们都从附近几里远的地方赶了过来。理查德叔叔也在场，带着名叫多莉的驴子，它拖着爸爸的家具货运马车。艾迪格舅公在外面停靠住他的四轮马车，一旁是莱斯特舅公闪闪发亮的大汽车。院子里已经没有地方停放车辆了，里面挤满了人，啤酒屋一旁早已堆满了扫帚和自行车，还有史崔克叔叔的农用拖车停在前方。乔伊也在场，站在从那座城堡里赶来的乔斯·卡勒一旁，看起来郁郁不乐。院子里还聚满了差不多一百名玛丽安几乎没有见过的远亲。唯一没有在场的人大概只有巧依婶婶，她还在忙着理清邮件，以及戴南婶婶，她正在戴尔为婆婆准备房间。

玛丽安试着向乔伊挤过去，想问问他在敌对魔法师之中过得怎么样，可是在她能接近乔伊之前，亚瑟叔叔爬到了史崔克叔叔的拖车上，在站在一旁的爸爸的支持下，开始告诉大家应该做什么。由亚瑟叔叔指挥大家工作挺有道理的。和艾迪格舅公一样，他有一副大嗓门。没有人可以说自己听不到他说什么。

每一个人都被分派到了一个工作组。有些人负责把所有森之屋里的东西都清理出来，为出售做好准备；有些人负责把婆婆的特别物品运到戴尔去；还有些人负责在戴尔布置婆婆的房间。玛丽安被安排在第四组，负责把婆婆本人带到戴尔去。让她失望的是，乔伊被分派到了前往戴南婶婶家的那一组里。

"我们应该在午餐时间完成工作，"亚瑟叔叔说，"一点钟准时，就在平荷伊湾这里，会有为大家准备的特别午餐。提供免费的葡萄酒和啤酒。"

当平荷伊家人们为免费的午餐欢呼时，平荷伊教士爬上车，站在亚瑟叔叔一旁，祝福了这一次活动。"希望众人拾柴火焰高。"他说。听起来一切都安排得十分有效率。

事情并不是那么顺利的第一个迹象，也许，是艾迪格舅公把他的马车停在森之屋外时，马车跌进了农用拖车压出的车轨中，一路滑向屋子，险些撞到六名扛着一张沙发正从屋里出来的远房堂兄。艾迪格大步走向爸爸,他正在大厅中央,试着解释哪些东西应当跟着婆婆一起,哪些东西应该被存放到村子外的仓库里。

"我说,哈里,"他用自己最嘹亮庄重的声音说道,"介意我拿走前室里的那个角柜吗?放在仓库里那只能做装饰。"

莱斯特舅公跟在他身后,想要餐厅里的橱柜。在一片"走开,让路"、"莱斯特,把你的车开走!沙发过不去"还有理查德叔叔"我得让驴子退几步,把那沙发挪开"的咆哮声中,玛丽安几乎听不到他的声音。

"听起来像是一场严重的堵塞,"查尔斯叔叔评价着,手里抱着一个书架、两只饼干桶和一把矮凳,"我来解决。哈里,你最好上楼看看。波丽和苏伊他们跟婆婆遇到点麻烦了。"

"上楼去看看,姑娘,"爸爸对玛丽安说,然后转向艾迪格和莱斯特,"是的,拿走那受祝福的角柜和橱柜吧,然后赶紧挪开路。不过留心了,"他一面追赶玛丽安一面气喘吁吁地说,"那个角柜是用胶合板做的。"

"我知道。而且那橱柜的脚总是掉下来。"玛丽安说。

"只要能让他们满意。"爸爸喘着气回答。

外面的呼喊已经升级成伴着驴鸣的尖叫了。他们转过身来看到沙发从被吓呆了的驴子面前飘浮而过。随后是某人摔碎了装着獾的玻璃箱时发出的可怕的碎裂声。接着亚瑟叔叔从楼梯上冲下来，吸引了他们的注意力，他那可观的肚皮上还卡着一个带褶皱边的床头桌："哈里，你得马上过来！大麻烦！"

玛丽安和爸爸从他身边挤了过去，朝楼上婆婆的房间跑去，乔斯·卡勒和其他的远房亲戚正努力从一群激动的婶婶脚下扯出一张地毯。"哦，谢天谢地你来了！"克拉莱丝舅婆满头乱发浑身是汗地说道，完全不像平时优雅的她。

苏伊舅婆看起来还算整齐清洁，她补充道："我们不知道该怎么办。"

所有的婶婶们手里都抱满了衣服。很明显她们一直都在尝试着让婆婆穿上衣服。

"不肯穿衣？"爸爸说。

"比那更糟！"克拉莱丝舅婆回答，"你看。"

女士们让到一边好让爸爸和玛丽安看到床铺。爸爸惊呼道："我的天！"玛丽安也深有同感。

婆婆算是在床上安营扎寨了。她陷在了床垫里，深深地陷了进去,让自己扎了根,身体周围探出小小的睡衣颜色的根须。她长长的脚趾头像是半透明的黄色爬山虎一样攀在床尾的柱子里。另一端,她的头发和耳朵则没有边际地长到了枕头里面。枕头上那张瘦骨嶙峋的脸上布满了挑衅和得意,目不转睛地瞪着大家。

"母亲!"玛丽安的爸爸喊道。

"你以为可以搞定我,是吧?"婆婆说,"我可不走。"

玛丽安几乎从未见过她的父亲发脾气,不过此时此刻他失去了控制。他那圆圆的友好的脸被憋成了绛红色,闪闪发亮。"是的,你必须得走,"他说,"你得搬去跟戴南和艾萨克同住,不管你玩什么把戏。让她待着吧。"他对婶婶们说,"她最后总会厌烦的。让我们先把其他的家具搬出去吧。"

说比做容易。没有人意识到那里到底有多少家具。森之屋这么大的房子,曾经住下了有着七个孩子的家庭,装得下数量惊人的家具。森之屋里也的确放下了数量惊人的家具。乔斯·卡勒不得不去取来史崔克的干草车,还借上了平荷伊教士的老马来拖车,因为单靠拖车来运送,他们恐怕会弄上一整天。艾迪格舅公在这个点上谨慎地离开了现场,以免有人建议使用他那精致整洁的四轮马车;但是莱斯特舅公大方地留了下来，并提出可以用他的汽车来运输一些小物件。尽管如此，三辆车仍然必须到何普顿路旁的那座大谷仓来回好几趟，其间一群年轻的平荷伊家族成员从那里骑着车或者扫帚赶出来卸载家具，将它们安全地堆放起来，然后用他们最好的存护咒语将它们封存起来。与此同时，大家不停地找到一些他们认为婆婆在新家应该用得到的东西，驴子多莉在森之屋和戴尔之间不停歇地来来往往许多次，拖着载满东西咯吱作响的二轮车。

"在一个新地方能有些熟悉的东西环绕四周多好啊！"苏伊舅婆说。玛丽安私下觉得苏伊舅婆真是感性，实际上她从未见过婆婆使用其中的大多数物件。

"我们甚至还没有开始整理阁楼呢！"当大家瞪着驴车再次回来的时候，查尔斯叔叔嘀咕道。

其他所有人都把阁楼给忘了。"把那些东西留到午饭后吧，"爸爸迅速地说，"不然我们就把它们留给新房主。上面堆着的都是些废物。"

"我曾经有过一个玩具要塞，一定也被塞在上面了。"赛门叔叔留恋地说。

和平时一样，没有人理会他，因为理查德叔叔驾着驴车载着个平荷伊小姑娘回来了,带来了她妈妈的口信。显然妈妈急于知道关于婆婆的最新进展。

"他们都准备好了,"小妮可拉宣布,"他们大洒除了。"

"他们干吗了?"所有的婶婶异口同声地问。

"他们洗了地板,还弄干了,还刷亮了,还重新铺好了地毯,"妮可拉解释着,"而且他们还擦了窗户、墙壁,还装上了新窗帘,还开始整理家具、挂画和鳟鱼酿,还有斯塔福和康威·卡勒戏弄一只山羊结果被它给顶了,还有——"

"哦,他们大扫除了,"波丽婶婶说,"我现在听明白了。"

"谢谢你,妮可拉。跑回去告诉他们婆婆马上就来了。"爸爸说。

可是妮可拉坚决地要先说完她的故事。"还有他们都被遣回家了,还有乔伊因为太懒挨骂了。我很乖。我帮了忙。"她最后总结道。然后才带着爸爸的消息蹦蹦跳跳地回去了。

爸爸开始疲惫地爬楼梯。"让我们祈祷婆婆现在不再扎根在床上了。"他说。

可惜她还是老样子。如果说有任何变化的话,那就是她在床上更坚决地扎了根。当苏伊舅婆明快地说:"起来吧,婆婆。我们难道不想去看看那可爱整洁的新家吗?"婆婆却只是反抗地瞪着她。

"哦，拜托，母亲。省省吧！"亚瑟叔叔说道，"你看起来太荒谬了。"

"不要，"婆婆说，"我说过向下扎根，我言出必行。我从出生到现在从来都住在这幢屋子里。"

"不，你没有。不要胡言乱语！"爸爸说，脸色再一次涨得又红又亮，"在你搬来这里之前曾经在何普顿市政厅对面住了二十年。最后再说一次——你要么起来，要么我们连床一起把你搬到戴尔去？"

"随你高兴。我可不能忍受你的脾气，哈里——从来都不能。"婆婆说道，然后闭上了眼睛。

"行啊！"爸爸说，更加生气了，"你们所有的人都来抓住这张床，等我数到三就一起把它抬起来。"

婆婆对此的反应是让自己变得无比沉重。光裸的地板因为床铺的重量而裂开了。没有人能够移动它。

玛丽安可以听到爸爸咬牙的声音。"真不错，"他说，"大家注意了，用悬浮咒。"

通常来说，悬浮咒让你可以用一根手指移动几乎所有的东西。这一次，不知婆婆使了什么法子，移动那张床似乎是不可能的任务。每一个人都紧绷着，冒着汗。克拉莱丝舅婆的发型甚至因此散掉了。漂亮的小梳子和发卡散落到婆婆的根须上。苏伊舅婆现在看起来完全沾不上整洁的边了。玛丽安心想，为了她自己，她可以更轻易地举起三头大象。查尔斯叔叔和四名表亲也不再装载驴车，而是赶上来帮忙，随后跟着理查德叔叔和莱斯特舅公。但是床铺还是动不了。直到所有可能找到的人都围绕在床边，喃喃地挥舞着施展出咒语，婆婆才露出个顽劣的微笑然后放松了牵制。

床铺往上飞了足足两尺然后朝前飞射出去。每一个人都跌跌撞撞地挣扎着。苏伊舅婆被床铺带着朝门道飞去，重重地摔在了门柱上，床铺挤过舅婆然后横着飞进了楼上的过道。随着一声巨大的"砰"的响声，克拉莱丝舅婆用一个快速的咒语拯救了苏伊舅婆，床铺也随之弹了出去。它朝着楼梯飞出，把除亚瑟叔叔之外的所有人留在了后面。亚瑟叔叔仍然紧紧地抓住了床尾的栏杆，极力地尝试把床停下来。

"我太荒谬了，是吗？"婆婆对他说，一边平和地微笑着。然后大床又朝着楼下冲了出去，带着在床前拼尽全力向反方向拍打的亚瑟叔叔。当它着陆时，大床干脆地转了个圈，把亚瑟叔叔甩了出去，肚皮着地弹跳一下，然后像一架平底雪橇一样从剩下的楼梯上滑了下去。在大厅里，疯豆——不知怎样又溜了出来——嘶叫着跳开来。除了亚瑟叔叔以外的所有人都紧张地靠在楼梯扶栏上看着婆婆从前门飞出去，随着哐当一声巨响击中了莱斯特舅公的汽车。

莱斯特舅公咆哮起来："我的车，我的车！"然后跟着婆婆冲下了楼。

"那起码阻止了她，"当众人喧哗着跟在莱斯特舅公身后时，爸爸说道，"她受伤了吗？"他问，当他们走到跟前时，发现汽车的一边被撞出了一大片边缘参差的凹痕，婆婆仍然扎着根，带着同样安详的笑容闭着眼躺在那里。

"哦，我希望如此！"莱斯特舅公说道，拧着手，"看看她都干了什么！"

"你活该，"婆婆说道，甚至都没有张开眼睛，"你毁了我的玩具屋。"

"那时候我才五岁！"莱斯特舅公咆哮道，"六十年之前的事了，你个可怕的老女人！"

爸爸朝床铺靠过去然后问道："现在你准备好起来走路了吗？"

婆婆装作没有听见他说话。

"好呀！"爸爸气急败坏地说，"再用悬浮咒，每一个人。就算是赔上我们所有人的性命我也要把她送到戴尔去。"

"哦，你会如愿以偿的。"婆婆甜蜜地说。

玛丽安倒是觉得他们全都会尴尬至死。他们再一次让床铺浮起，推搡着，紧踩着其他人的脚步，将大床带出了大门，来到了村子里的大街上。一直站在教堂院落里的平荷伊教士越过矮墙赶来帮忙。"哎呀、哎呀，"他说，"老平荷伊夫人这可真是奇怪啊！"

他们让他挤进队伍，然后继续推搡着前进，穿过村子向下走。当斜坡变得越来越陡峭时，他们都很高兴平荷伊教士实际上并不擅长使用悬浮咒。大床越来越快地往前滑去，牧师的咒语实际上拖住了它。他们现在已经在小跑步前进，不是巫师或者平荷伊家族成员的村民们仍然从家里出来跟着一路慢跑，只为看看婆婆和她的根须。其他的人也从窗户里探出头来看热闹。"我从来不知道一个人可以做到那个样子！"大家都说，"她会永远都那个样子吗？"

"天知道！"爸爸怒吼道，脸色是前所未有的红亮。

婆婆又笑了。很快大家发现她起码还有一件事情可以做。

众人身后传来狂乱的喊叫声。大家扭过头去看到莱斯特舅公从大街上朝他们跑来,还有亚瑟叔叔瘸着腿大步跳着跟在他后面。没有人能明白他们在喊什么,可是他们挥舞着让抬床众人靠边站的动作倒是相当明了。

"所有的人向右靠。"爸爸说。

大床和抬着它的众人朝着街道旁的房子转了个向,在玛丽安所在的这一边,开始有不少人被门阶绊到或者被门口的刮鞋板蹭伤小腿,而正在此时,驴子多莉出现了,身后拖着装满家具的驴车一路弹跳,正夺命狂奔。

"哦,不!"理查德叔叔呻吟着。

森之屋厨房里的巨大桌子正在追赶多莉,它六条长腿每次迈出的大步都在缩短和多莉之间的距离。街上的人都一边尖叫着发出警告一边挤向路边。亚瑟叔叔在平荷伊湾的台阶上倒了下来。莱斯特舅公则朝着另一个方向逃进了杂货店。只有理查德叔叔勇敢地放开了床铺,跳到前方试着把多莉拖到安全地带。可是多莉眼神慌乱地从他身边转开,疯狂地往前冲刺。理查德叔叔不得不躺倒在地,因为那巨大的长桌现在改变方向开始向他冲来,它六条长腿仿佛像活塞一样运作着。几乎可以肯定,婆婆意欲让长桌冲着大床和抬床的众人而来，不过当它奔到够近时，查尔斯叔叔、爸爸、赛门叔叔还有平荷伊教士都伸出腿来狠狠地从一旁踢了它一脚。长桌被重新踢回了大街上，一眨眼的功夫，它又追赶多莉去了。

等到长桌被踢转方向时，多莉已经领先了一些，可是长桌跑得那么快，看起来除非多莉能够及时地在山丘底部朝伏尔泽小屋的方向右转或者朝着戴尔的方向左转，否则它会被长桌压扁在邮局的墙上。除了玛丽安之外的每一个人都屏住了呼吸。玛丽安生气地说："婆婆，如果你害死多莉，我永远都不会原谅你！"

婆婆睁开了一只眼。玛丽安觉得那只眼中透露出一丝羞愧。

眼看着离墙壁越来越近，多莉发出一阵尖声驴叫。不知怎地，没有人知道它是怎样做到的，它成功地把自己和身后的驴车朝一旁转到了戴尔巷里。驴车一阵晃荡，从上面掉出一个鸟笼、一张小桌子和一个毛巾架，但终于还是保持了平衡。多莉带着身后的驴车以及上面的一大堆东西，从众人的视线中飞速消失了，仍然一路惊叫着。

长桌继续轰鸣着前进，像是撞车一样冲上了邮局的外墙。它一路前进，好像墙砖都没有重量，直到它穿过墙壁深深进入到墙后凸起的草坪上，这才停了下来。

当震惊的抬床众人小跑靠近这堆残骸时，巧依婶婶正站在废墟之上，双臂不祥地交叉合拢。

"你现在成功了，不是吗，你这个可怕的老女人？"她说，往下瞪视着一脸自鸣得意的婆婆，"像这样让所有的人抬着你走——你应该觉得羞耻！难道你能赔偿吗？你能吗？我可不觉得我该承受这些损失。"

"麻利麻利哄，"婆婆说，"大黄。"

"这就对了。假装温顺，"巧依婶婶说，"然后每一个人都会支持你，就像他们一直以来所做的。如果是我的话，我会把你堆到鸭池子里。诅咒你，你个老——！"

"够了，巧依！"爸爸命令道，"你完全有权利恼怒，等我们卖了房子就会赔偿墙的损失，但是不要诅咒，拜托。"

"那么，起码把这张桌子给弄出去。"巧依婶婶说。她转过身去然后阔步走进了邮局。

大家都看着那张巨大的桌子，有一半埋在了废墟和泥土之下。"我们是不是应该把它带到戴尔去？"一名表兄不确定地问道。

"等搬到那边之后你打算怎么摆放呢?"查尔斯叔叔问,"一半浸在鸭池里,还是一头从屋顶穿出来?那间屋子可小了。而且他们说这张桌子是在森之屋里做的,不然的话是没有可能把它搬进去的。"

"如果是那样的话,"苏伊舅婆问,"它是怎么出来的?"

爸爸和其他的叔叔们交换着担忧的眼神。赛门叔叔收回他的咒语时床铺往下沉了沉,他赶紧沿着山丘往回跑去查看森之屋是不是还在。玛丽安相当肯定她看到婆婆露出了微笑。

"让我们继续吧。"爸爸说。

他们抵达戴尔时,发现多莉仍然套着驴车,正站在鸭池里瑟瑟发抖,不高兴的鸭子们则站在池边朝它嘎嘎直叫。理查德叔叔作为多莉的至亲好友,收回了他的咒语,疾奔到水中安慰它。戴南婶婶、妈妈、妮可拉、乔伊和其他一群人都从小屋子里紧张地涌出来和他们碰头。

每一个人都感激地将大床放到了草地上。床铺一降落到地面上婆婆就坐了起来,向戴南婶婶女皇般伸出了一只手。"很高兴,"她说,"来到你的蜗居。最好再来一杯热的橘子酱。"

"那么赶紧进来吧,"戴南婶婶说道,"我们已经给你准备好茶水了。"她握住婆婆的手臂然后迅速而友善地领着婆婆进门了。

"老天爷!"有人说,"你能相信已经四点钟了吗?"

"桌子呢?"查尔斯叔叔提起。玛丽安可以感觉到他异常小心以防进一步惹恼巧依婶婶。

"一会儿再处理。"爸爸说。他站在那里盯着那座小屋,喘着粗气。玛丽安能感受到他正用和平时制作家具一样的谨慎在房子周围建造着什么东西。

"哎呀,"平荷伊教士说道,"强硬措施啊,哈里。"

妈妈说:"你刚刚阻止了她从那间屋子里出来的任何可能性。你肯定这有必要?"

"是的,"爸爸回答,"不然的话,我们一转背她就出来了。而你知道她被惹恼的时候是怎样的。我们把她带到这里来了,她就得待在这儿——我必须确保这一点。现在让我们去把那张被诅咒的桌子弄回来吧。"

他们结队回到了邮局。大家看着废墟都忍不住发出惊呼。乔伊说:"真希望自己当时在场目睹整个过程!"

"你会像多莉一样逃命,"爸爸爆发了,既疲惫又生气,

"每一个人，悬浮。"

有了许多原本在做大扫除的众人一起协助，长桌很快伴随着一片由砖灰、稻草、泥土和碎砖组成的烟雾从邮局的墙里松脱出来。不过把长桌送上山丘可没有那么容易。长桌十分沉重。人们步履蹒跚，不时地在台阶上坐下休息，精疲力竭。可是爸爸让大家不停歇地前进，直到他们抵达平荷伊湾。赛门叔叔在那里和他们碰头，看起来如释重负。

"没有什么我不能重建的，"他欢快地说，"它毁了半边厨房墙面，还有一些壁橱和后门。我礼拜一就会找人来处理。跟这里的废墟比起来会是轻而易举的事。不过会花些时间和金钱。"

"啊，好吧。"爸爸说。

亚瑟叔叔从院子里一瘸一拐地出来，挂着根棍子，还顶着一只黑紫色的眼睛。"你们都来了！"他说，"海伦正为了她的午餐发脾气呢。看在老天的份上，赶紧进来吃吧。"

他们把长桌留在了院子的入口，刚好在独角兽和鹰头狮的标志下，然后涌入了客栈。在客栈里，尽管海伦婶婶看起来很不高兴，但大家并没有觉得食物有什么问题。甚至连优雅的克拉莱丝舅婆都要了两份烤肉和四份蔬菜。多数人吃掉了三份食物。客栈里还准备了啤酒、香料热葡萄酒和冰镇过的水果饮料——正是大家所需要的。玛丽安在这里终于和乔伊说上了话。

"你在那座城堡里过得怎么样?"

"无聊,"乔伊说,"我负责洗洗东西、跑跑腿。不过话说回来,"他补充道,带着谨慎的表情看着乔斯·卡勒在旁边一桌拱起来的背影,"我从没有遇到过更容易偷懒的地方了。我现在已经到过城堡的每一寸了。"

"那家人不在意吗?"玛丽安问道。

"重要的人都不在那儿,"乔伊说道,"他们明天回来。管家对于我和乔斯今天请假这件事儿恼火得很。我们告诉她说是我们外婆的葬礼——乔斯说的。"

玛丽安一阵哆嗦,心想着希望这不是可怜婆婆的某种凶兆,她继续追问她感兴趣的事情。"孩子们呢?他们也都是魔法师吗?"

"其中一个是,"乔伊回答,"雇员们并不喜欢他。大家都说这在一个小孩身上太不自然了。不过根据其他人的说法,其余的孩子们只是和我们一样的巫师。你想要再来点烤肉吗?顺便给我带点过来,好吗?"

吃吃喝喝花了很长时间,直到太阳都几乎下山了。一群快乐的叔叔和堂兄弟们终于把长桌带回森之屋,将它运过厨房破损的墙壁,等待周一的修补,那时已经很晚了。山坡下面另一群人聚集在一起,在一阵喧哗声中开始清理那边的破壁残垣。

大家都把阁楼给彻底地忘了。

第四章

在从法国南部回家的落上,克里斯托曼奇的女儿朱莉娅带了一本书在火车上阅读,书名叫做《我自己的小马》。从法国出发到半路,克里斯托曼奇的被监护人珍妮特从朱莉娅手里夺过书,也开始读起来。从那时起,她们俩的话题就只绕着马儿打转了。朱莉娅的兄弟罗杰打了个哈欠。卡特,众人中年纪最小的一个,试着不去听她们的谈话,一面希望话题很快就会转变。

可是马儿的话题似乎永远没完。当他们抵达交界处——海峡码头时,朱莉娅和珍妮特已经决定除非在她们回到城堡时立刻各自获得一匹马,否则她们就都活不下去了。

"距离我们再次开始上课只有六个礼拜的时间,"朱莉娅说,"必须是立刻,不然的话我们就会错过所有的比赛。"

"那样的话整个夏天都完全地被浪费掉了,"珍妮特同意道,"可是如果你的父亲不同意呢?"

"你现在就去问他。"朱莉娅说。

"为什么是我去?"珍妮特问道。

"因为对于他让你远离自己的世界的方式他总是心有疑虑,"朱莉娅解释道,"他不想看到你不开心。另外,你长着碧眼金发——"

"卡特也是。"珍妮特飞快地说。

"可是你懂得朝他扇你的长睫毛,"朱莉娅说,"我的睫毛太短了。"

但是珍妮特仍然对克里斯托曼奇心怀敬畏,克里斯托曼奇毕竟是全世界最强大的魔法师,除非朱莉娅也在那里助阵,否则她拒绝去见他。对朱莉娅来说,拥有一匹马已经不再是一个可爱的想法,而是相当现实的一件事情,可她也很害怕自己的父亲。她说如果男孩子们也去支持她们的话,那么她就陪珍妮特一块儿去。

罗杰或者卡特都没有什么兴趣帮忙。他们在穿过海峡时几乎一直都在争论。最后,当多佛的白色悬崖出现在视线中时,朱莉娅说:"如果你们去,而且爸爸又同意了的话,那你们就不用再听我们啰嗦了。"

这样一估量,跑一趟似乎是值得的。卡特和罗杰尽职地同姑娘们一起挤进了车厢,克里斯托曼奇正躺着,睡得很熟。

"走开。"克里斯托曼奇说,看起来甚至没有醒来。

克里斯托曼奇的妻子,米莉,正坐在一个铺位上织补朱莉娅的长袜。那一定只是为了打发时间,因为作为一名魔法师,米莉只需要一个念头就可以修补好绝大多数东西。"他很累了,吾爱,"她说,"记得在我们回家之前,他不得不送一个晕车的意大利男孩一路回到意大利吗。"

"是的,但是那之后他一直在休息,"朱莉娅指出,"而且这个事情很着急。"

"好吧,"克里斯托曼奇半睁开他黑色的眼睛,"那么,是什么事情?"

珍妮特勇敢地清了清喉咙。"呃,我们各自需要一匹马。"

克里斯托曼奇轻声叹了口气。

这可不妙,但是,既然已经开了头,珍妮特和朱莉娅都变得相当有辩才,为她们的绝望、焦急、充满了泪水的对马匹,或者小马的需要进行申辩,然后是对于她们各自想要拥有的马儿的详细描述。克里斯托曼奇止不住地一直叹气。

"我记得自己也曾有这种感觉,"米莉说,一边系紧线头,"在寄宿学校的第二年。我还记得加布里埃尔·德·维特干脆地拒绝我时,我有多么的伤心。一匹马不会带来什么伤害。"

"一辆自行车不行吗?"克里斯托曼奇说。

"你不明白!那可不是一回事!"两个姑娘激动地异口同声。

克里斯托曼奇把手支在头下看着男孩子们。"你们也有着同样的狂热?"他问,"罗杰,你也渴望拥有一匹墨黑色的公马?"

"我宁愿要一辆自行车。"罗杰回答。

克里斯托曼奇的眼神转到罗杰鼓鼓囊囊的手指上。"没有问题,"他说,"你应该做些运动。还有你呢,卡特?你也希望到乡间踩着轮子或者蹄子去兜兜风?"

卡特笑了。毕竟他也是一名九命巫师。"不,"他说,"我可以用瞬间移动。"

"谢天谢地!你们之中总算有一个人是清醒的!"克里斯托曼奇说道。他在女孩子们能够说话之前举起一只手。"好吧,我会考虑你们的要求——但是有条件。你知道,马匹需要许多的照顾,而杰瑞米·凯勒——"

"乔斯·卡勒，亲爱的。"米莉纠正他。

"我们的马夫，不管他的名字是什么，"克里斯托曼奇说，"照顾我们已经有的马就够忙了。所以凡是他们告诉我的、这些麻烦的生物所需要的，你们都必须自己做——打扫马厩、清理马钉、梳理马匹等等。答应我你们会这么做，那么你们俩可以共同拥有一匹马，作为一个开始。"

朱莉娅和珍妮特不假思索地同意了。她们欣喜若狂，感觉简直身处天堂了。在那一刻，任何关于马的事情，甚至是打扫马厩里的粪便对她们来说也是充满了诗情画意的。结果让罗杰厌恶的是，在回城堡的路上，她们仍然除了马匹其他什么都不愿谈论。

"起码我得到了一辆自行车，"他对卡特说，"你不想也要一辆吗？"

卡特摇摇头。他不认为有必要。

克里斯托曼奇遵守了他的诺言。他们一回到克里斯托曼奇城堡，他就叫来了他的秘书汤姆，让他订购一辆男孩骑的自行车，并给他找来所有可能刊登出售马匹广告的期刊杂志和报纸。等处理了所有汤姆带来的工作后，他唤来乔斯·卡勒，向他询问关于挑选和购买适合马匹的建议。乔斯·卡勒那天看起来既苍白又疲倦,振作精神并尽最大努力给了答复。他们在克里斯托曼奇的书房把报纸和马匹期刊四处摊开,乔斯尽力解释了一匹合理的马匹的大小、品种、脾性和价格。苏格兰北部有一匹母马出售,乔斯觉得它非常合适,可是克里斯托曼奇认为那太遥远了。另外,一个名叫普伦德加斯特的巫师在邻近郡有一匹不错的小马出售。它的品种相当棒,它的名字叫做锡拉库扎,而且它的价格比母马便宜不少。乔斯·卡勒考虑着。

"去看看那匹马,"克里斯托曼奇说,"如果它看起来温顺,而且和这个普伦德加斯特形容得一样的好,你就告诉他我们买下了,然后乘火车到波布里治。你可以从那里走回来吗?"

"完全可以,先生,"乔斯·卡勒说道,不过有些犹豫,"但是马匹的运输费用——"

"钱不是问题,"克里斯托曼奇说,"我需要一匹马,而且是马上,不然我不得安宁。今天就去看吧。在那里留宿——我会给你钱的——还有,如果可能,明天就把马带回到这里来。如果不够好的话,给城堡打个电话,然后我们再找。"

"好的，先生。"乔斯·卡勒离开了，前去告诉马童在他不在的时候应该做什么，他仍然因为这突然的要求而有点茫然。

他回到马场时刚好看到朱莉娅和珍妮特试着打开大棚屋一头的门。"嘿！"他说，"你们不能去那儿。那是杰森·也德汉姆的仓库。如果你们搅乱他设在那里的咒语的话，他会把我们都杀了的。"

朱莉娅说："哦，我不知道。抱歉。"

珍妮特说："谁是杰森·也德汉姆？"

"他是爸爸的草药专家，"朱莉娅说，"他很可爱，是我最喜欢的魔法师。"

"而且，"乔斯·卡勒补充道，"他在那座仓库里储存了一万颗种子，其中多数来自于被遗忘的世界，还有无数盆植物，被停滞咒控制着。你们以为自己想在那里面找到什么？"

珍妮特带着尊严答复："我们在替我们的马寻找一个合适的住处。"

"马厩有什么问题呢？"乔斯说。

"我们看过里面了，"朱莉娅说，"看起来很小。"

"我们的马是特别的,你知道。"珍妮特告诉他。

乔斯·卡勒笑了笑。"无论是不是特别,"他友善地说,"它们习惯于那些单厩间了。你不想让它觉得奇怪,不是吗?现在你们快走吧。如果幸运的话,它明天就到了。"

"真的吗?"她们异口同声。

"我现在就去领它回来。"乔斯说。

"衣服!"珍妮特说,一片惊惶,"朱莉娅,我们需要骑马装。现在就要!"

她们跑着去找米莉了。

米莉总是喜欢开那辆时髦的城堡汽车,她载着乔斯和姑娘们出发,把乔斯送到了波布里治火车站,然后带着姑娘们去采购。朱莉娅回来的时候比以往更加激动,抱着满怀的骑士服装。珍妮特也拿满了衣服,却几乎不发一言。在她自己的世界里,她的父母并不富裕。她对于骑马用具价格之高十分震惊。

"仅仅是保护帽一项,"她偷偷告诉卡特,"就值十年的零花钱!"

卡特耸耸肩。尽管对他来说这都是愚蠢的小题大做,但他仍然很高兴珍妮特开始思考一些新的事情。总算不再只是马了。在经历了法国南方后,卡特自己也觉得有些无精打采。无精打采而且无聊。甚至是铺洒在那一片仿佛绿色丝绒的草地上的阳光,都似乎比过往暗淡一些。平时做的事情都让人觉得没有意思。他怀疑是因为自己已经长大了。

第二天早上,波布里治的马车夫带来了罗杰闪亮的新自行车。卡特和其他所有人一起下楼来欣赏它。

"这才是好东西!"罗杰说,握住自行车光亮的车把,"可以拥有这个,谁还需要一匹马?"珍妮特和朱莉娅自然是瞪着他。罗杰朝她们开心地咧嘴笑着,然后转向新自行车。他的嬉笑慢慢地变成了怀疑。"这里有个横杠,"他说,"在座椅和车把之间。我怎么——"

克里斯托曼奇站在一旁,把手插在他的睡袍口袋里,天蓝色的睡袍上带着炫目的金色装饰。"我相信,"他说,"你应该把你的左脚放在近处的踏脚上,然后把右腿从座椅后跨过去。"

"是吗?"罗杰说。满腹疑虑地他按照父亲的建议尝试了一下。

经过一阵子站立、摇晃与向上的运动,罗杰和自行车一道翻倒在地,哐当一下跌在了车道上。卡特畏缩了一下。

"不是很对。"罗杰说,从溅开的鹅卵石之中站了起来。

"我猜你忘了踩踏脚。"克里斯托曼奇说。

"可是他怎么能一边踩还一边保持平衡?"朱莉娅问道。

"生命中众多的谜团之一,"克里斯托曼奇说,"不过我时常看到成功的例子。"

"你们全都闭嘴,"罗杰说,"我会做到的。"

他尝试了三次,两只脚都踩到了踏板上然后踏了下去,沿着车道猛地划出了一道弧线,弧线最后终止在一大丛月桂树丛里。尽管罗杰摔在了树丛里,自行车却神奇地在继续前进。卡特又畏缩了一下。让卡特吃惊的是,当罗杰像是一只从深海中浮上来的海象一样扶着自行车爬出树丛时,他毫不动摇地又骑了上去。这一次他的冲刺结束在了车道另一端带刺的树丛里。

"他大概要花一些时间才行,"珍妮特说,"我学了三天。"

"你是说你会骑?"朱莉娅说。珍妮特点点头。"那你最好别告诉罗杰,"朱莉娅说,"可能会伤他的自尊。"

早晨剩下的时间里,不断地传来碎石滑动的声音,随后是碰撞的轰隆声,经常还伴随着一个圆滚滚的男孩摔到灌木丛中发出的声音。卡特开始觉得无聊,于是转悠到其他地方去了。

锡拉库扎第二天下午就到了。卡特当时正身处他位于城堡顶端的房间里。可是当乔斯·卡勒带着锡拉库扎前往马场大门时,他清楚地在一瞬间感受到克里斯托曼奇城堡的法术在抵消原本普伦德加斯特施加在锡拉库扎身上的咒语。某种类似于电击的震颤。卡特立刻感兴趣地跑下楼去。他并没有听到锡拉库扎前蹄踢在大门上的巨大声响,也没有听到大门砰然敞开的声音。他同样没有看到锡拉库扎从乔斯·卡勒手中逃脱。等卡特抵达那著名的丝绒般的草地时,乔斯·卡勒、马童、两名男仆和多数的园丁都已经在追赶逃跑中的锡拉库扎了。锡拉库扎正享受着它一生中最好的时光,四处躲避它的追捕者,随着它的左突右避,缰绳在空中疯狂地摇摆。一旦某人靠到够近足以抓住他,它便会抬起腿来奔驰到不可及的地方。

锡拉库扎十分漂亮。卡特主要注意到了这一点。它的颜色是几近黑色的深褐色,有着仿佛暗夜一般的鬃毛和飞舞着的黑色丝绸般马尾。它有着形状好看而且骄傲的头,身材纤长、肌肉发达。它的腿优雅、修长而又灵巧。它并不是一匹太过高大的马,当它从在它身后追赶、喊叫、企图抓住它的人类身边退避闪躲时，就像是舞蹈家一般地移动着。卡特看得出来锡拉库扎玩得十分开心，他小跑步靠近追逐的现场，深深地为之着迷。他忍不住因为锡拉库扎躲开众人追捕的聪慧而莞尔。

乔斯·卡勒满脸通红，朝其他人喊出指令。过不多久，他们已经开始有组织地围成一个圈慢慢向锡拉库扎接近，而不再是慌不择路地到处追赶。卡特看到他们很快就能抓住它了。

然后罗杰踩着他的自行车冲入了包围圈，两只手在空中挥舞着，一面拼命地蹬着踏板以保持直立前行。"看，不用手！"他喊道，"我做到了！我做到了！"这时他才看到锡拉库扎，自行车开始在他身下摇摆不定，"我还不会转向！"他说。

他从一群惊慌四散的园丁之间穿梭而过，最后在锡拉库扎面前摔了下来。

锡拉库扎惊跳起来，放下脚后，跃过罗杰和自行车，然后朝着全新的方向飞奔出去。

"把它拦在玫瑰园外面！"首席园丁绝望地喊道，可惜太晚了。

卡特现在是离玫瑰园最近的人。当他朝着花园拱门冲刺时，瞥见了锡拉库扎闪亮的棕色尾部，正沿着碎石小路左边转过去。卡特赶紧加速前进，冲过拱门然后右转。按理说锡拉库扎应该会沿着最宽的路径绕着花园前进。卡特是对的。他在右边小路大概三分之二的地方与锡拉库扎再次碰头。

锡拉库扎已经在慢慢地小跑了，竖着两只耳朵聆听着身后位于玫瑰园另一边正急着追赶他的众人。当它看见卡特时急忙止步，猛然抬起头来。卡特几乎可以听到锡拉库扎的脑子中的想法，*该死的！*

"是啊，我知道我是个扫兴的人，"卡特对它说，"你玩得正高兴呢，不是吗？可惜他们不允许在草地上留印子。那让他们恼怒得很。他们大概会因此杀了罗杰。你踩了蹄印，他可是基本上把草地给犁了一道。"

锡拉库扎把头低下一半来研究卡特。然后，好奇但迟疑地，它伸长了脖子用鼻子蹭了蹭卡特的脸。它的鼻子柔软而多须，带着一点儿湿润。卡特同样好奇而迟疑地把一只手放在了锡拉库扎结实、温暖而闪亮的脖子上。一个清晰无疑的念头从锡拉库扎的意识中传递过来。*薄荷糖？*

"好吧，"卡特说，"这个我能找到。"他用魔法从朱莉娅藏起来的库存中召唤出一颗薄荷糖,放在左手手心里,向锡拉库扎伸出去。锡拉库扎温柔地舔起糖果。

当它享受款待时,身后的追捕队伍在转角处大刹车,挤成了一堆,看着锡拉库扎安静地和卡特站在一起。乔斯·卡勒因为锡拉库扎踢了他而一瘸一拐地走到卡特身后说:"看来你搞定它了?"

卡特飞快地握住晃动的缰绳。"是的,"他说,"没有问题。"

乔斯·卡勒闻着空气中的味道。"啊,"他说,"秘诀是薄荷糖,是吧?如果我知道就好了。我来牵马吧。你最好去帮帮你的堂兄。他不知怎的把自己绞到自行车里去了。"

卡特用了相当高阶的魔法才把罗杰和自行车分开来,接着他们两人一起努力才把犁开的草地恢复原状,所以卡特没能看到乔斯是怎样把锡拉库扎带回马厩的。他猜想大概花了相当长的时间和大把的薄荷糖。结束后,乔斯去了城堡要求和克里斯托曼奇谈话。

结果,第二天早晨当珍妮特和朱莉娅不自然地穿着新骑士装来到马场时,克里斯托曼奇已经在那里了,身着黑色丝绸的束腰睡袍,背后还装饰着深红色的菊花图案。应克里斯托曼奇的要求,卡特也在场。

"看来普伦德加斯特巫师卖给了我们一匹相当不靠谱的马,"克里斯托曼奇告诉女孩子们,"我的看法是我们应该把锡拉库扎便宜卖了,然后再试试运气。"

他们都被吓坏了。珍妮特说:"不能便宜卖了!"朱莉娅接着说道:"我们必须再给它一次机会,爸爸!"卡特说:"这可不公平。"

"那么我只能靠你了,卡特,"克里斯托曼奇说,"我怀疑你施展马匹魔术的能力比我强。"

乔斯·卡特领着锡拉库扎出来,已经装好了马鞍和缰绳。锡拉库扎浑身散发着薄荷糖的味道,看起来无聊极了。晨光中它看上去美得无与伦比。朱莉娅发出一阵惊叹。可是珍妮特惭愧地发现自己居然是那些害怕马匹的人之一。"它太高大了!"她一面说,一面往后退。

"哦,胡说!"朱莉娅说,"它的头不过比你的稍微高一点儿。上去吧,我让你先骑。"

"我——我不能。"珍妮特说。卡特惊讶地看到她正在颤抖。

克里斯托曼奇说:"考虑到这个生物昨天的表现,我觉得你很明智。"

"我并不明智,"珍妮特说,"我只是吓坏了。哦,这些骑装可真是太浪费了!"她眼中涌出眼泪,转身跑回了城堡,躲到了一间空房间中。

米莉在房间里找到了她,正坐在一张没有整理的床上抽泣。"不要这么难过,亲爱的,"她在珍妮特身旁坐了下来,"许多人都没有办法和马匹相处。我觉得克里斯托曼奇也做不到。他总是说他不喜欢马是因为它们的味道,不过我觉得那可不是唯一的原因。"

"但是我觉得太惭愧了!"珍妮特哭泣着,"我一直说着要成为著名的骑手,结果我现在甚至不敢靠近一匹马!"

"你没有试过怎么知道呢?"米莉问,"没有人可以决定自己生下来是怎样的,亲爱的。相反的,你应该想想自己擅长的事情。"

"可是,"珍妮特说,开始道出自己真正愧疚的原因,"我闹得那么厉害,让克里斯托曼奇花了那么多钱买马,结果是*白忙一场*!"

"我记得朱莉娅也闹得很厉害,"米莉评价道,"我们最后还是会给她买匹马,你知道。"

"还有这些衣服,"珍妮特说,"那么*昂贵*。而我再也不会穿了。"

"这样想可就傻了,"米莉告诉她,"衣服可以给别人穿。我只要花上五分钟,用最基本的魔法就可以把它们改成适合朱莉娅的第二套骑装——或者给任何其他想骑马的人穿。罗杰也许会想要呢,你知道。"

一想到罗杰坐在锡拉库扎背上,穿着她的衣服,珍妮特便忍不住笑了。那看起来应该是所有关联世界里最不可能的事情。

"这样好多了。"米莉说。

与此同时,克里斯托曼奇说:"那么,朱莉娅?你看起来要一个人拥有这匹马了。"

朱莉娅高兴地接近锡拉库扎。她按照乔斯·卡勒给她的指示小心地行动,握起缰绳,把脚放到马镫里,然后想办法爬到了马鞍上。"感觉好高。"她说。

锡拉库扎不知用什么方法拱起背来,让朱莉娅坐得更高了。

乔斯·卡勒扯了扯马嚼子,让锡拉库扎安分,然后领着锡拉库扎镇静地沿着院子绕圈,而朱莉娅则勇敢但摇摇晃晃地蜷在马背上。在锡拉库扎突然停步然后把头猛地低下来之前,一切都进行得很顺利。卡特只能使出一个咒语,像是绳子一样稳住朱莉娅,才避免了她从锡拉库扎耳朵上滑下去。锡拉库扎责备似的看着他。

"受够了,朱莉娅?"克里斯托曼奇问道。

朱莉娅咬咬牙然后说:"还没有。"甚至当锡拉库扎东一脚西一脚地前进,故意胡乱行走让朱莉娅在马背上东倒西歪时,她仍然勇敢地又坚持了二十分钟,在院子里继续转圈。

"看起来好像这只动物真的不想被骑。"克里斯托曼奇说。他回到房间里不露声色地预订了两辆女孩子的自行车。

朱莉娅拒绝放弃。一部分出于骄傲和固执。另一部分出于她现在独自一人拥有锡拉库扎这一辉煌的事实。不过这并没有让锡拉库扎更容易驾驭。每次朱莉娅骑马,卡特都必须在院子里待着,时刻准备好施展他的绳索咒语。两天之后,乔斯·卡勒打开了前往围场的大门,邀请朱莉娅去试试她——或者锡拉库扎——是否能在宽阔的场地上做得更好。

锡拉库扎猛然回头朝马厩飞奔,朱莉娅紧紧地拽住它的鬃毛。马厩门是关着的,于是锡拉库扎把目标换成马具室低开的门道。眼看离门道越来越近,朱莉娅意识到自己很有可能会被撞掉脑袋。她惊声叫出咒语,总算是让自己浮到了马厩的屋顶上。当卡特和乔斯用六副马勒和一副马车套往外拖住锡拉库扎时,朱莉娅坐着让豆大的泪珠顺着脸庞滑落,终于开始发泄自己的情绪。

"我恨这匹马!它应该尝尝苦头!它太可怕了!"

"我同意,"克里斯托曼奇身着精致服帖的炭灰色西装出现在卡特身旁,"你希望我试着给你弄匹真马吗?"

"我也恨你!"朱莉娅尖叫着,"你买了这匹马纯粹是因为你觉得我们想要一匹马完全是傻念头!"

"不是的,朱莉娅,"克里斯托曼奇抗议道,"我的确觉得你们挺傻的,但是我诚心地尝试了,不过普伦德加斯特骗了我。如果你想的话,我会试试买一匹又胖又温和又年长的马,这一匹可以送去给兽医。他叫什么名字来着?"他问乔斯。

"瓦斯蒂安先生。"乔斯说,从锡拉库扎摇摆的头上解开拧在一起的皮带。

"不!"朱莉娅说,"我讨厌所有的马。"

"那么,交给瓦斯蒂安先生好了。"克里斯托曼奇说。

卡特不能忍受将像锡拉库扎这样美丽和富于生命力的生物处死的想法。"可以把它给我吗?"他说。

每一个人都惊讶地看着他,甚至包括锡拉库扎在内。

"你想要兽医?"克里斯托曼奇问。

"不是,我指锡拉库扎。"卡特说。

"那么它就由你负责了。"克里斯托曼奇耸耸肩,然后帮助朱莉娅从屋顶下来。

就这样,卡拉发现自己成了一匹马的主人。在众人的期待下,他向锡拉库扎靠近,试着记起乔斯是怎样指导朱莉娅的。他把脚插到了正确的马镫里,从乔斯的手上接过了缰绳,然后使劲一蹬跃上了马鞍。如果他发现自己骑反了,面向锡拉库扎的尾巴,他也不会吃惊的。然而,映入眼帘的是起伏的黑色鬃毛、一对大大的充满了活力的耳朵,还有越过耳朵的,是朱莉娅布满眼泪的脸。

"哦,这太不公平了!"朱莉娅说。

卡特知道她的意思。当他一坐到马鞍里,一种特别的魔法发生了,那并不是卡特通常打交道的那种魔法。他准确地知道自己应该怎么做。他知道应当如何调整自己的重量,知道如何运用自己身体的每一寸肌肉。他几乎准确地知道锡拉库扎的感受——惊讶,以及终于遇到合适骑手的那种喜悦——还有锡拉库扎真正想要做什么。在一起,就像合成一个圈的两个半圆。他们越过马场，穿过打开的围场门，留下乔斯·卡勒在身后着急地追赶。锡拉库扎在围场里渐渐转成欢快的慢跑。卡特从未感觉这么棒过。

时间持续了五分钟，接着卡特便摔了下来。这并不是锡拉库扎的错。仅仅是因为卡特过去没有怎么使用过的肌肉和骨头开始隐隐作痛，然后开始嘶鸣，直到最后完全放弃。锡拉库扎焦虑得不行，站在卡特身旁用鼻子碰触着卡特，直到乔斯·卡勒跑过来拉住了缰绳。卡特试着向他解释情况。

"我看到了，"乔斯说，"在另一个世界里你和这匹马一定是一体的半人马。"

"我不这么认为。"卡特说。他像是一个年迈老人一般从草地上慢慢爬起来。"他们说我在所有的世界里都是唯一的。"

"啊，对了，我忘了，"乔斯说，"你和大人物一样，都是九命之人。"他总是管克里斯托曼奇叫大人物。

"恭喜，"克里斯托曼奇喊，他正站在朱莉娅身旁，靠在大门上，"我想，这免了你去发电报的麻烦。"

朱莉娅的语气充斥着复仇的意味："记得你现在必须得清理粪便了。"接着她露出一朵叹息的，仿佛放心了的微笑，然后说，"恭喜你。"

第五章

那个下午卡特全身都在痛。他坐在他那塔楼圆形房间里的床上,想着什么样的魔法能止住他的腿、臀部和后背的疼痛。或者止住他身上任何一个部分的疼痛。他决定让自己自脖子以下都失去知觉,正当他考虑着最佳实施方案时,一声敲门声传来。以为那是表现得比平时更礼貌的罗杰,卡特说,"我在这里,不过我正在举行黑暗仪式。进来的话后果自负。"

门外的人似乎犹豫着。然后,缓慢而谨慎地,门把旋转了起来,门被推开了。一个大概是罗杰年纪的阴郁男孩,身穿时髦的蓝色制服,站在门口看着他。"埃里克·钱特,是吗?"男孩问。

卡特说,"是的,你是谁?"

"乔伊·平荷伊,"男孩回答,"临时的鞋童。"

"哦。"现在卡特想起来,他的确在马厩外见到过这个男孩一两次，和乔斯·卡勒聊天。"你想干吗？"

乔伊缩了缩头。卡特看得出来是因为尴尬，但那让乔伊看起来既不友好又有攻击性。卡特完全理解。很多时候他自己也像头骡子似的顽固。他等待着。终于乔伊说："我只是想看看你，说实话，你是个魔法师，对吗？"

"对的。"卡特说。

"你看起来没有那么大。"乔伊说。

卡特完全被惹恼了。他发疼的骨头对事情也没有帮助，不过更重要的是他真的受够了每一个人都觉得他太小了。"你想让我证明一下？"他问。

"对。"乔伊说。

卡特在脑海里搜索着他能做的事情。事实上卡特在城堡里被禁止使用魔法，但乔伊看起来是那种不会被轻易折服的人。多数卡特认为不会被克里斯托曼奇注意到的小而简单的魔法，肯定都会被乔伊认为是花招或者幻象。然而，卡特还是恼火地想要做点什么。他把发疼的脚用床铺撑住，然后把乔伊送到了房间圆形屋顶的中央。

的确有趣。在瞬间的全然震惊感过后，当乔伊发现自己悬在空中晃荡着套在制服里的双脚时，他开始施展一个咒语让自己下来。那是一个相当不错的咒语。如果是罗杰而不是卡特把他送到半空中，咒语应该起作用了。

卡特微笑着。"你这样是下不来的。"他说，然后他把乔伊钉在了屋顶上。

乔伊挣扎着肩膀然后踢了踢腿。"打赌我现在能想办法下来了，"他说，"这样做一定让你很费力。"

"不，一点也不，"卡特说，"而且我还可以做这个。"他把乔伊沿着屋顶轻轻地滑向窗户。当乔伊悬在最大的窗户上时，卡特弹开窗户让乔伊往窗口飘浮。

乔伊发出了只有你非常紧张的时候才会有的笑声。"好吧。我相信你。你用不着把我丢到外面去。"

卡特也笑了。"我不会让你掉下去的。我会让你悬浮到一棵树上。你从来没有想过飞行吗？"

乔伊停了笑，开始挣扎。"可不是吗！"他说，"但是男孩子不能用扫帚。来吧，让我飞到村子里去。我赌你不敢。"

"嗯——哼。"有人在门口发出声音。

他们俩都转过头去，看到克里斯托曼奇站在那里。此时他看起来那么高，仿佛他的眼睛正直视乔伊的脸，而乔伊那时候离地面可足足有十五英尺。

"我想,"克里斯托曼奇说,"你得用其他方法来实现飞翔的梦想了,年轻人。埃里克是绝对禁止在这座城堡里施展魔法的。不是吗,卡特?"

"呃——"卡特说。

乔伊脸色苍白,说道:"这不是他的错——呃——先生。您瞧,是我让他证明自己是一名魔法师。"

"这需要被证明吗?"克里斯托曼奇问。

"对我来说是的,"乔伊说,"作为这里的新人。我的意思是,*看看*他。您觉得他看起来像是个魔法师吗?"

克里斯托曼奇默默地把脸转向卡特。"他们的形状和大小各有不同,"他说,"以卡特为例,有和他一样的另外八个人,不是在我们系列的其他世界中没有能够出生,就是出生时就去世了。他们多数人也都可能是魔法师。卡特因此拥有九个人的魔法。"

"像是被挤到了一起。我明白,"乔伊说,"难怪这么强大。"

"是的。那么。既然这让人为难的情况已经解决了,"克里斯托曼奇说,"也许,埃里克,你可以好心让我们的朋友下来,好让他去做该做的事情。"

卡特朝乔伊咧嘴笑笑,然后温柔地把他放到了地毯上。

"去吧。"克里斯托曼奇对他说。

"你的意思是你不会解雇我?"乔伊不可置信地问。

"你难道想要被解雇?"克里斯托曼奇说。

"是的。"乔伊说。

"这样的话,我想,让你保留你那毫无疑问十分无聊的工作已经是足够的惩罚了,"克里斯托曼奇告诉他,"现在请你离开吧。"

"该死的!"乔伊耷拉着肩膀说。

克里斯托曼奇看着乔伊没精打采地离开房间。"多么古怪的年轻人。"当房门终于关上时他评价道。他转向卡特,看起来远没有那么可亲了。"卡特——"

"我知道,"卡特说,"可是他不相信——"

"你读过穿靴子的猫这个故事吗?"克里斯托曼奇问他。

"读过。"卡特说,满脸疑惑。

"那你应该记得里面的怪物是怎样被杀死的,它先是被诱惑着变得很大,然后变得很小,小到足以被吃掉,"克里斯托曼奇说,"记住这个教训,卡特。"

"可是——"卡特说。

"我试着告诉你的是,"克里斯托曼奇继续说道,"甚至是强大的魔法师也有可能因为自食其果而被击败。我并不是说这个男孩子——"

"他不是的,"卡特说,"他不过是好奇。他自己也使用魔法,而且我觉得他认为魔法的强弱是和你的大小一致的。"

"一名魔法使用者。是吗?"克里斯托曼奇说,"我必须再多了解一下他。现在跟我来加上一堂魔法理论课,作为你在屋里使用魔法的惩罚。"

可是乔伊还挺不错的,说实话,卡特在跟着克里斯托曼奇一瘸一拐地走下旋转楼梯时叛逆地想着。乔伊并没有试着诱惑他,他知道。他发现自己几乎没有办法在课堂上集中注意力。课上教的全是魔法师的某种被称为**施为言语**的魔法。那很容易被理解。它意味着你以某种方式进行表述,而事情就会像你表述的那样发生。卡特可以做得到,不过是勉强做到。但是至于为什么这种现象会发生他则完全没有概念,尽管克里斯托曼奇试着向他解释。

第二天他很高兴在前往马厩的路上看到乔伊。乔伊从鞋室里闪躲到卡特经过的小路上,穿着衬衫,胸前还抱着只靴子。"昨天你遇上什么麻烦吗?"他紧张地问。

"不算太糟,"卡特说,"只是加一堂额外的课。"

"那就好,"乔伊说,"我并不想让你被发现——真的。大人物相当可怕啊,不是吗?你看着他,然后意识好像就慢慢被吸走了,不知道他最糟可以做什么。"

"我不知道他最糟可以做什么,"卡特说,"不过我想可以很糟糕。回头见。"

他往马场继续前进,在马场里,他可以感受到锡拉库扎知道他已经在路上了,而且着急地想要见到他。那种感觉棒极了。但是乔斯·卡勒坚持着先完成其他的工作,比如说清理粪便。对于像卡特这样具有特殊能力的人来说,那完全不是问题。他只需要求所有散落在单厩间地面上的东西自动自觉地堆到肥料堆上就行了。然后他要求新的干草自动出现。马童羡慕地在一旁看着。

"我可以把整个马厩都打扫干净,如果你想要的话。"卡特说。

马童遗憾地摇摇头。"卡勒先生会杀了我的。他相信的是努力工作之类的,卡勒先生。"

卡特发现的确是这样的。自己照顾锡拉库扎,乔斯·卡勒说，绝不应该用魔法来完成工作。然而乔斯是对的。锡拉库扎对于最为微细的魔法印记都有着极其不良的反应。卡特不得不用普通而又耗时的方法来工作，一边做一边学习。

另一个问题是锡拉库扎的无聊心情。当卡特准备好锡拉库扎的装备要骑他时，乔斯·卡勒却要求他们都去围场里做一系列的小练习。卡特并不是很介意，现在卡特用着曾经是珍妮特的，由米莉极其巧妙改装过的骑装，他昨天造成的疼痛现在几乎是立即又涌现了出来。锡拉库扎却非常反感。

"它想要飞驰。"卡特说。

"啊，但是它不可以，"乔斯说，"或者暂时还不行。天晓得一个巫师打算拿它怎么样，但是它需要和你一样多的训练。"

卡特想了想，他和锡拉库扎一样，渴望在旷野中飞奔。他告诉锡拉库扎，现在好好听话，然后很快我们就可以那样做了。很快？锡拉库扎问。很快，很快？对的，卡特告诉它。很快。忍受一下无聊的练习，然后很快我们就可以出去了。让卡特长舒一口气的是，锡拉库扎相信了他。

卡特离开后又考虑了一下。因为锡拉库扎非常讨厌魔法，那么他只能在自己身上使用魔法。他不被允许在城堡里使用魔法，因此他必须在看不出来的地方用。他快速施展了魔法，以训练和驯服所有看起来他必须用到的新肌肉。他让锡拉库扎向他展示所需的技巧，然后让那存在于他和锡拉库扎之间的奇怪的、并非魔法的魔法来告诉锡拉库扎，怎样在即使很无聊的情况下保持耐心。过程比卡特所期望的进行得更慢。比珍妮特狂笑着教朱莉娅学会骑她的新自行车花了更长的时间。远在卡特和锡拉库扎能够满足乔斯·卡勒之前，罗杰、朱莉娅和珍妮特就已经快乐地踩着自行车在城堡周围和村子里四处转悠了。

但是他们很快就做到了。事实上，比卡特自认为可能的时间更快，乔斯认为他们现在已经做好准备，可以真正地骑马了。

他们出发了，乔斯骑在一匹大棕马上与卡特和锡拉库扎同行。锡拉库扎非常激动，几乎都要跳起舞来。为以防万一，卡特明智地用魔法把自己和马鞍粘在了一起，而乔斯在他们沿着主干道走上通向宏木森林的陡峭小径上，一直稳稳地牵着卡特的缰绳。当他们来到树林之间，乔斯让卡特自己控制锡拉库扎。锡拉库扎像是一匹疯马一般飞驰而去。

大概疾驰了四分之一英里，锡拉库扎才平静下来。对于卡特来说，一切都像是一片让人疲惫的混沌，雷鸣般的马蹄声、马匹响亮的呼吸声、腐叶从地面上溅起戳到卡特的脸庞上，还有蕨类植物、草丛和树木从卡特的眼角、耳畔以及面前的马鬃旁一闪而过。然后，终于，锡拉库扎同意渐渐慢下来，变成慢跑，好让乔斯追上来。卡特有空间可以四处看看，用嗅觉和眼睛来体验从夏季转入秋天的树林。

卡特一生中并没有到过很多的森林。他先是在一个小镇里生活，然后是城堡里。可是，像多数人一样，他对于森林有着一个清晰的想法——纠结、昏暗而且神秘。但宏木森林完全不是那样的。好像任何树丛都被修建掉了，只剩下了深色叶子的树木、蕨类植物和为数不多的一些结实的冬青树，漫长、笔直的路径则贯穿其间。这里的空气闻起来清甜，带着叶子的味道。但是卡特向锡拉库扎学习到的那种新魔法告诉他，森林应该远远不止这些。但是这里却没有更多了。尽管他的视线可以穿过树林看到很远，这个地方却仿佛没有深度。它好像是只存在于眼前，就像是纸板风景。

当他们继续骑行时，他心想，也许他对于森林的看法的确是错误的呢。但锡拉库扎突然往一旁跳开来然后停住。锡拉库扎总是这么做，那正是卡特用魔法把自己粘在马鞍上的原因。他并没有掉下来——不过几乎掉了下来——等终于挣扎着重新坐起来,他开始查看这一次是什么让锡拉库扎受惊。

是一只死喜鹊颤动的羽毛。那只喜鹊被钉在一块竖立在路边的木板上。也许锡拉库扎不喜欢喜鹊旁边钉着的死乌鸦那拖着的翅膀。也许是整个木板。在卡特注意查看时,他可以看到木板上钉满了死去的动物,僵硬而干枯,甚至连苍蝇都对它们没有兴趣。上面钉着的扭曲尸体包括鼹鼠、白鼬、鼬鼠、蟾蜍还有两条长长的、变黑了的、像是管子般的东西,也许曾经是蝰蛇。

卡特一阵颤抖。当乔斯赶上来时,他转过来问,"这些是用来干什么的?"

"哦,没什么,"乔斯说,"那只是——哦,早上好,法雷先生。"

卡特再次回头看向那可怕的木板。一名留着狰狞络腮胡的老人现在站在了木板旁,握着一把长枪,枪管从他的右边手肘向下指着他厚实的皮绑腿。

"这是我的绞刑架,"老人毫无热情地盯着卡特,"用来作为教训。作为榜样,你懂吗?"

卡特不知道说什么好。那管长枪实在让人不安。

法雷先生越过他看向乔斯。他有着冷漠、残酷的眼睛，上方覆盖着浓密的眉毛。"你带着个像他这样的人到我的树林里什么意思？"他责问道。

"他住在城堡里，"乔斯说，"他有这个权利。"

"如果不在路径上，他没有，"法雷先生说，"确保他待在清理过的路径上。我可不能忍受他来破坏我的狩猎。"他向卡特抛出又一个冷漠的眼神，然后猛然转过身，步履艰难地消失在树丛之间。他沉重的靴子踩在树叶、草地和树枝上发出响亮的声音。

"猎场看守人，"乔斯解释道，"继续前进吧。"

带着被震撼的感觉，卡特劝诱着锡拉库扎继续沿着小径前进。

走了三步后，锡拉库扎穿越了树林原本应当有的深度。那是一种奇特的感觉。放眼望去没有前景，没有平滑的绿色马道，没有高大的树木。取而代之的，是四周深远的蓝绿色，空气中布满了土地和腐叶的味道——几乎掩盖了任何其他的气味。尽管卡特和锡拉库扎正穿越没有前景的距离，卡特相当肯定，正在他们身旁同路的乔斯仍然在带着前景的马道上行走。

*哦，求求你，*有人说。*请让我们出去！*

卡特抬起头来寻找声音的来源，却没有找到任何人。然而锡拉库扎摆动着它的耳朵，仿佛它也听到了声音。"你在哪里？"他问。

*关在身后，*声音说道——也许是许多的声音在说。*深深在内。我们一直都很听话。我们至今不知道自己做错了什么。请让我们出去吧。已经这么久了。*

卡特看了又看，试着像克里斯托曼奇教他的那样使用他的魔法眼。经过一阵子努力后，他觉得自己能看到某些蓝色的背景在动，仿佛云彩一般地四处飘移，可是他只能看到这么多。然而，他可以感觉得到。他能从那一团朦胧中感受到痛苦，还有渴望。里面聚集了那么多的苦恼忧愁，让他的眼睛和喉咙都刺痛起来。

"是什么把你关在了这里？"他说。

*那——之类的东西，*声音们说道。

卡特看着他的注意力被指引到的方向，看起来就像有一扇坚硬的黑色铁闸门就在他的眼前，正是那块钉着许多动物尸体的木板。从这一面它看起来巨大无比。"我会试试看。"

他说。

他必须用上全部的魔力来移动它。他不得不如此用力地推挤,乃至于锡拉库扎在他身下往一旁滑去。最后他成功地把它向一旁推动了一丁点,像是推开一扇生锈的大门。然后他骑着锡拉库扎越过那裂片一般的边缘,再次回到马道上。

"让你的马保持方向。"乔斯说。很明显除了锡拉库扎朝一旁移动了几秒之外,他并没有注意到其他事情。"把你的注意力集中在路上。"

"抱歉。"卡特说。随着他们继续前进,他意识到自己事实上在向那些躲藏起来的声音说抱歉。即使用尽全身力量,他也没有能够帮到他们。他几乎都要哭了。

也许他做到了点什么。在他们周围树林里开始缓慢而轻柔地被蓝色的空间所弥漫,好像从卡特所推开的钉满了尸体的木板旁渗漏了过来。几只小鸟开始谨慎地啼鸣起来。但是这并不够。卡特知道,这还远远不够。

他骑到家里,将这奇怪的经历藏在心中,像是藏了一个可怕的梦境。他时时回想。但他不擅长向其他人讲述,更不用提如此特别的事情。他没有向任何人正式地提起整件事情。而当他面对罗杰,他几乎说了出来:"那座山丘另一边的树林是怎么样的?就是最远的那座。"

"不知道,"罗杰说,"为什么问?"

"我想去那里看看。"卡特说。

"宏木森林有什么不好?"罗杰问。

"那里有个可怕的看守人。"卡特说。

"法雷先生。朱莉娅曾经以为他是个怪兽,"罗杰说,"他让人讨厌。听着,为什么我们不去那个山坡上面的森林呢?我想它的名字是埃尔夫斯哥特森林。你骑马,我可以骑车。会很有趣的。"

"好啊!"卡特说。

卡特知道这个计划最好不要让乔斯·卡勒知道。他知道乔斯一定会说卡特单独骑锡拉库扎还为时太早。他和罗杰同意,他们会等到乔斯休假的时候再行动。

第六章

卡特感兴趣地发现，乔斯看起来也想躲开法雷先生。那一次之后，如果他们骑马出门，不是沿着河岸走，就是去何普顿荒野那边光秃秃的山地，总之离宏木森林远远的。然而在这里，无论是哪个方向，卡特都发现了仿佛不存在的黑色区域。那让他觉得既悲伤又疑惑。

罗杰对于一次真正的远距离骑行异常兴奋。他试着让珍妮特和朱莉娅也感兴趣。他们已经骑过了城堡中室外的每一寸土地，还绕着赫尔姆·圣·玛丽村子里的广场骑过一圈又一圈，他们都已经准备好来一次远行了。他们三人计划骑行十二英里远，离何普顿越远越好，不过，就像朱莉娅指出的，那样的话，算上回程，他们就得骑二十四英里，这样就很远了。珍妮特告诉她不要做个胆小鬼。

当一辆小小的蓝色汽车不期而至地停在了城堡的大门前时，他们正要出发进行这次马拉松。

朱莉娅在车道上丢开她的自行车，朝着蓝色的小轿车跑了过去。"是杰森！"她尖叫道，"杰森回来了！"

米莉和克里斯托曼奇在朱莉娅还在数尺之外朝着爬出汽车的年轻人快乐地挥手时就出现在了城堡的阶梯上。他才刚刚转过身来，朱莉娅已经跳到他身上。他踉跄一下。"上帝眷爱众生！"他说，"朱莉娅，你现在可真重啊！"

杰森·也德汉姆并不是很高。即使在城堡里生活了多年之后，他仍然设法保留了浓重的伦敦口音。"不必吃惊，我在这里是从鞋童干起的。"他向珍妮特解释道。他长着一张修长、骨感的脸，因为常年在海外旅游而被晒成了棕色，头上的鬈发因为日照而发白。他的眼睛是闪亮的蓝色，眼睛周围布满了因为爱笑或者常常眯着眼看太阳而形成的细纹。

珍妮特对他很感兴趣。"这不是很奇怪吗，"她对过来看热闹的卡特说，"你听别人说起某个人，接着几天之后他们就出现了。"

"可能是城堡的咒语。"卡特说。他也喜欢杰森。

罗杰愁眉苦脸地把三辆自行车收集到一起放好。剩下的众人在城堡大厅中聚齐起来，杰森正在那里告诉米莉和克里斯托曼奇他游访过的奇特世界，还有他希望他的储存仓库没有被动过。"因为我还租了一辆厢型车,正在前往这里的路上,装满了你所能见到的最奇怪的植物,"他的声音在头上的圆顶下回响,"有些必须立刻种上。您有空闲的园丁可以帮忙吗?有些植物我需要找人咨询一下——它们需要特别的土壤和肥料之类的。我会和您的首席园丁谈谈的。还是马克德莫先生吗?不过从伦敦过来的路上我一直在想,我需要一名真正的草药专家。那名上了年纪的灵术师还在吗——就是长着长腿留着大胡子的那位——您知道的?他总是比我知道的多一倍。我想他天生就有直觉。"

"你是指伊莱扎·平荷伊?"米莉说,"让人遗憾的是,不在了。他大概八年前就去世了。"

"我记得那可怜的人的尸体是在树林里被发现的,"克里斯托曼奇说,"你没有听说吗?"

"没有!"杰森看起来非常不安,"当他们找到他时我一定不在这里。可怜的人!他总是告诉我这里附近的森林里有什么不对劲。一定是有了某种预感,我猜。也许我可以和他的遗孀聊聊。"

"她卖了房子然后搬走了,我听说,"米莉说,"关于这事儿我听说了一些相当傻的八卦。"

杰森耸耸肩。"啊，是吗。马克德莫先生对于植物相当有研究。"

罗杰感到一阵沮丧。

厢型车随即抵达了，由两匹拉车马拖着，从临时鞋童到图书管理员罗莎莉小姐都被叫来帮忙处理杰森的植物。珍妮特、朱莉娅、男仆们，以及城堡中的多数巫师和女巫都拎着袋子和盆子还有盒子往仓库前进。米莉负责写标签。杰森告诉罗杰标签都放在哪里。卡特被要求和管家以及女管家贝瑟默小姐一起把细小而脆弱的根须、毛茸茸的树叶放置到马克德莫先生认为的最适合的地方，同时，罗莎莉小姐手持一张清单跟在大家身后。其他人则负责卸下并解开包裹，并把有着奇怪形状的球茎分类以便今年晚些时候种植。罗杰知道这一天没有可能骑车去任何地方了。

当天晚餐时，杰森向大家讲述着他所到过的各色世界和找到过的奇特植物，让每一个人都着迷了，罗杰几乎因此原谅了他。在"系列九"的"世界乙"中，有一种植物每过一百年会开出一朵巨大的花朵。那种花朵是如此美丽，乃至于当地人将它当作神来崇拜。

"那是我的失败之处，"杰森告诉他们，"无论我说什么，他们都不让我剪。"

不过他在"系列七"的"世界丁"获得了更大的成功,那个世界某个遥远的小村子里长满了药用的番红花。一开始,拥有那个村子的老人想不出任何他希望用以交换球茎的东西,而且他警告杰森,番红花对牙齿很不好。杰森最后用魔法替老人全家都制作了整套的假牙,并以此换回了满满一袋番红花。接着他说起"系列一"的"世界戊",在所有的世界中,唯有那里长着某种可以真正治愈感冒的暗绿色蕨类植物。当然了,拥有整个山头的男人以出卖这种植物致富——除了植物的根部,这样没有任何其他人可以种植它了——而且极有决心防止其他人获得一株。无论白天黑夜,他都有用来守卫的野兽和武装起来的护卫巡山。杰森在夜间潜入,在强大的咒语的保护之下挖出了好几株,直到被发现并开始逃跑。护卫们一直追到"系列二"的"世界甲",但杰森在他们赶到之前成功地溜到了"系列五"的"世界丙",这样他们才放弃追捕。现在克里斯托曼奇城堡里有三株这样的植物,由马克德莫先生照顾。

"明天我们再种剩下的。"杰森欢快地说。

珍妮特和朱莉娅以及其他人第二天仍然在帮助杰森。但是那天是乔斯·卡勒的休息日。罗杰看着卡特。卡特去了马厩，他给锡拉库扎喂了薄荷糖，然后给它装上马鞍，领着它穿过绕着杰森忙碌的众人和储藏仓库。"我打算在围场里骑骑它。"他解释道。那正是他所做的。他知道如果不做些练习，锡拉库扎会无法被驾驭。

半个小时之后，卡特和罗杰已经在前往远处山丘的路上了。

与此同时，乔斯·卡勒正骑车前往赫尔姆·圣·玛丽，他在那里停留并拜访了他的母亲，这样如果有人问起，他可以实事求是地回答说他去拜访了他的母亲。然而仅仅半个小时之后，他就踩着自行车往埃尔夫斯哥特出发了。

在埃尔夫斯哥特，玛丽安的爸爸正在为自己上午的工作收尾，把一套厨房椅装到驴车里，然后让多莉和理查德叔叔出门送货到克伦威姆去。哈里·平荷伊接着走路去了平荷伊湾，在那里和乔斯见面。他俩舒服地在普拉斯那酒吧里坐下来，一人一杯啤酒。亚瑟·平荷伊从主吧台的入口处亲切地靠过来，哈里·平荷伊点燃了烟斗，在这种场合里他会纵容自己来管烟。

"那么，有什么新闻？"哈里·平荷伊一边问，一边从嘴里呼出细致的蓝色烟雾,"我听说家族成员们都回来了。"

"是的,还带回来一匹马,"乔斯·卡勒说道,"完全上当受骗了。"哈里和亚瑟都笑起来,"包括我在内,"乔斯承认道,"卖马的巫师大概在它身上施了几十个咒语,才让它看起来可以被驾驭。唯一能骑那匹马的人是他们正培育着成为大人物接班人的那个男孩,而且他和那马处得可好了。不过,真是奇怪。他看起来并没有在马身上使用任何我认得出的魔法。我说这些是因为法雷老爹。我和男孩在宏木森林的时候遇到了他,他给我们俩来了个严正警告。看起来他觉得男孩很有可能会干涉我们的工作。你们怎么看?"

哈里和亚瑟交换一下眼神。"他的态度也许有一部分是出于和婆婆的争吵,"亚瑟建议道,"在婆婆变得奇怪之前。现在我们所有的平荷伊家人对法雷家人来说还不如尘土。"

"他们会适应的,"哈里平静地说,"但是我们不能让那个男孩在乡里到处骑。我们得阻止他。"

"哦,我会的,"乔斯保证道,"他短期内不会在没有我陪伴的情况下独自外出。"

哈里轻声笑了。"如果他自己外出的话,路障自然会解决这个问题的。"他们安静地喝了会啤酒,直到哈里问:"还有别的吗，乔斯？"

"没有什么了。就是些寻常的事情，"乔斯说，"只要他没有再买马或者自行车，大人物就立刻开始工作——伦敦的魔法诈骗、中部地区的一些集社在闹腾、苏格兰的女巫们吵着要万圣节的拨款、因为在龙血上的税收导致的两个世界的敌对问题——都是些常见的问题。哦，我差点忘了！那名到处在关联世界里搜集植物的魔法师回来了。就是那个和上任老爹关系很好的年轻人。杰森·也德汉姆。他问起上任老爹。我要花多少精力监视他？"

"他应该不是什么大问题，"哈里把烟斗中黑色的脏烟灰倒在烟灰缸里。他一边挂着烟斗一边思考着，最后摇摇头。"不，"他说，"他在这里不太可能来找我们的麻烦，现在上任老爹都去世那么多年了。我是说，当年和他在一起的时候只不过是学习和阅读，不是吗？又不是说他像我们这样*使用*那些草药。没有必要去干扰他。不过还是保持警惕，如果你明白我的意思。"

"没问题。"乔斯说。

他们和亚瑟要了更多的啤酒，然后花了些时间吃了些猪肉派。过了一会儿，哈里记起来问："哎，乔伊怎么样呢？"

乔斯耸耸肩。"还行,我想。我几乎见不到他。"

"那就好。那他还没有陷到什么麻烦里。"哈里说。

乔斯想起自己的问题:"婆婆还好吧?"

"她还行,"哈里说,"戴南把她照顾得很好。她只是坐在那里,没有人能弄明白她说了些什么,连玛丽安都搞不明白,不过好在她挺高兴的。她每天把玛丽安叫去,每次都告诉玛丽安必须照顾好那只猫。不过没有其他的了。说实话,这边挺平和的。"

"我最好去拜访一下她,"乔斯说,"如果我人来了却不去看望她,她迟早会发现的。"他一口气喝完剩下的啤酒然后站起来:"回见,哈里、亚瑟。"

他从院子里推出自行车来,沿着下坡道一路从村子里滑过,沿途向偶尔遇到的平荷伊家族成员打个招呼。在经过被桌子摧毁的邮局外墙时,他朝着那堆碎砖和泥土组成的废墟摇了摇头。心里想着,怎么还没有人修理一下那面墙啊。接着他转入了戴尔巷,很快便来到了小农场。当他走上前去敲门时,农场里的鹅、鸭和母鸡们一路嘈杂地从他面前躲开。

"我来看婆婆。"当戴南打开门时他说。

"这可是一件奇怪的事情!"戴南惊叹道,"整个早上她都在念叨你。她一遍又一遍地同我说,'等乔斯·卡勒来的时候,你立刻领他进来。'而我连你来埃尔夫斯哥特都不知道!"她回到房间里,打开了狭窄门道右边的门。"婆婆,猜猜谁来了!乔斯·卡勒来看你了!"

"啊,他们都这么说,"婆婆的声音回响道,"他们在看,而且他们一直都在监视我。"

乔斯·卡勒在门前犹豫着。一部分因为他在考虑怎样接话,另一部分他正因为哈里·平荷伊设置的用以阻止婆婆外出的咒语而震撼。他重整思绪,然后朝前挤进了那间狭小的前室。房间里塞满了茶壶、花瓶、箱子和其他人们觉得婆婆会需要的东西。婆婆坐在一张椅背两边带折翼的靠椅里,她那皱巴巴的脸和一头蓬乱的白发都几乎被靠椅的两翼遮住了。她双手交叠在膝盖上那洁白的裙子上。"你今天怎么样,婆婆?"他衷心地问。

"不要像扇谷仓门一样宽,不过要足够宽到可以让鸡穿过,"婆婆回答,"多谢你,乔斯·卡勒。不过是艾迪格和莱斯特做的,你知道。"

"哦?"乔斯说,"真的吗?"

当他想着还可以说什么时,想着到底是告诉她城堡里的消息还是谈论一下天气,婆婆就已经敏锐地说:"你现在终于来了,你可以去给我把乔伊立刻带到这里来。"

"乔伊?"乔斯说,"可是我也可以告诉你城堡里的消息,婆婆。"

"我不需要消息,我需要乔伊,"婆婆坚持道,"你和我都知道他在哪里,但是我想要他到这里来。难道你不再管我叫婆婆了吗?"

"不,您当然是婆婆,"乔斯说,然后试着换一个话题,"今天天气有些阴沉,不过——"

"你敢和我打马虎眼,乔斯·卡勒,"婆婆打断他,"我告诉你去把乔伊带来,我是认真的。"

"不过相当暖和——对于骑车来说有点儿太热了,说实话。"乔伊说。

"谁在乎天气?"婆婆说,"我说了,去把乔伊找来。现在就去,不要和我开玩笑了!"

在乔斯看来,她十分坚决而且头脑清晰。他叹了口气,想着自己原本可以在平荷伊湾消磨一个下午,和亚瑟聊天,也许再和查尔斯玩玩飞镖,现在没有可能了。"你想要我大老远骑车去赫尔姆·圣·玛丽,然后告诉乔伊到这里来,是吗?"

"是的。你早就应该这么做了,"婆婆说,"我不知道你们这些年轻人现在怎么了,居然无视我的命令和我争辩。去把乔伊带来,现在就去。告诉他我要求和他谈话,而且这事儿不能让任何其他人知道。去吧。现在就走。"

那正是所有平荷伊家族成员所敬畏的婆婆,乔斯不再争辩,也不敢再提起天气。他说:"那么,好吧。"然后离开了。

锡拉库扎挣扎着想跑得更快,更快!卡特沿着草地边缘骑行,罗杰则在一旁的路上用力踩着脚踏车。他们在平地时前进的速度几乎差不多,但当他们来到上坡路时,锡拉库扎轻松上行,一面摆着头一面试着要撒开蹄子飞奔,但罗杰都在脚踏车上站起来了,用尽全力地踩着,像一列火车一样喘着粗气,胖胖的脸都憋成了树莓般的红色,然而他仍然落在了后面。

他们已经可以看见目的地森林了,眼看着不过是两个小山头的距离,一片浓重的绿色里点缀着一点纯净的阳光般的金黄色,宣告着秋天的到来。每一次卡特看过去的时候——通常都是他在一座山丘顶端等罗杰赶上来时——那些树木都似乎往左边退得更远了,总是还有两座山头横在中间。卡特开始想他们是不是错过了一个弯道,或者甚至是一开始就走错了路。

当罗杰再一次追上来时,他的脸已经不是树莓的红色,而是熟透的草莓般的深红。卡特说道:"我们必须在下个路口左拐。"

罗杰喘着粗气,除了点头已经不能做其他反应了。于是卡特领头,将锡拉库扎带向了一条朝左前进的宽阔道路。指示牌上写着,"上赫尔姆"。

半英里之后,当可以再次出声时,罗杰说:"这条路一定不对。这条路应该会通向城堡。"

卡特仍然能看到森林,还是在原来看到的地方,于是他继续前进。道路弯弯曲曲,在别无他物的乡间荒野中延绵数里,上下起伏,直到罗杰的脸色变成了芍药的绛红色。道路一个转弯,然后来到一座高耸的山丘之前。

罗杰对着山坡发出一声哀号。"我做不到!我得下来推车了。"

"不,不用,"卡特说,"让我来拖你。"

他施展当时用来阻止朱莉娅从锡拉库扎背上掉下来的那

个咒语,让魔法环绕罗杰的自行车,然后继续前进。一开始很快,因为锡拉库扎仍然将每一座山丘当作撒开蹄子飞奔的挑战,接着慢了下来——甚至当卡特允许锡拉库扎快步前进时——然后越来越慢。到一半路程时,当锡拉库扎的前蹄在山坡上挣扎,后蹄乱颤时,它终于明白过来发生了什么。它撇过头看着罗杰和他的自行车,全都不寻常地贴在它身旁。接着它把卡特摔下背,丢到一旁沟渠里,然后越过路边的篱笆,跳到另一面的覆盖着残株的空地里去了。

罗杰勉强保住了自己和自行车,避免了也掉到沟渠里的命运。"那匹马,"他一边说,一边在自行车仍然空转着的前轮边的草地上蹲下来,"实在是太机灵了。你还好吗?"

"我想是的。"卡特说,但他仍然坐在沟底湿软的杂草上。那一跤摔得并不是很严重。但是锡拉库扎野蛮地从咒语中挣脱出来。这从来没有在卡特身上发生过,而且他发现这种情况实际上会让人受伤。"一会我就起来。"他补充道。

罗杰紧张地将目光从卡特苍白的脸移到他们对面正欢蹦乱跳的锡拉库扎身上。"我希望我年纪大到可以开车了,"他说,"不然就希望我能够不用踩,这辆脚踏车就能自己前进。"

"你就不能想个什么办法吗?"卡特问道,把自己的注意力从疼痛上转移开来。

当他们都坐在地上思考这个问题时,一个男孩骑着自行车从他们身边经过,往山丘上前进。他骑着一辆普通的自行车,然而他在上坡路上一边平稳地保持着良好速度的同时,还一边轻松地哼着歌,重要的是,他完全没有在踩自行车。罗杰和卡特在他身后张大了嘴看着。卡特是那么的吃惊,乃至于好几秒之后他才认出来那是乔伊·平荷伊。罗杰则是完全地被镇住了。他们两人同时喊了出来。

"嘿,乔伊!"卡特喊道。

"嘿,你!"罗杰喊道。

然后他们异口同声地喊道:"你能停一下吗?拜托!"

开始那一瞬间,乔伊看起来不打算停下来。他继续哼着歌前进了大约二十码,才好像改了主意。他耸了耸肩。然后把手伸到车前横杠下,拨弄了某种开关,接着平滑地转了个圈,朝着他们的方向滑下坡来。

"怎么了?"他问,在一旁用一只脚支撑着自己,"需要我帮忙抓住那匹马吗?"他朝着锡拉库扎点点头,马儿正带着极大的兴趣从篱笆后看着他们。

"不，不!"卡特和罗杰立刻说。"不是马的事儿。"卡特补充道。

罗杰说:"我们想知道你是怎么做到像那样不用踩就让自行车走上坡路的。太棒了!"

乔伊看起来明显很高兴。他咧着嘴笑起来。但是就乔伊的样子而言,他仍然垂着脑袋,一副阴沉的样子。"我只用这个上坡。"他防备地说。

"那正是它的奇妙之处,"罗杰说,"你是怎么做到的?"

乔伊犹豫着。

罗杰看得出乔伊对于自己的发明非常骄傲,无论那是什么,而且他几乎忍不住想要展示一下自己的杰作。他诱哄道:"你自己发明的吗?"

乔伊点点头,然后再次露出他那阴沉的微笑。

"那么你一定是个了不起的发明家,"罗杰说,"我也想发明点什么,但是我从未想到过这样有用的东西。我是罗杰,顺便说一句。你在城堡里工作吗?我在哪里见过你。"

"鞋童,"乔伊说,"我是乔伊。"他朝着卡特点点头,"我已经见过他了。"

"杰森·也德汉姆也曾经是那里的鞋童,"罗杰说,"这个职位一定和杰出相伴。"

"草药,我知道,"乔伊说,"我喜欢的是机械。不过这个盒子——更应该说是某种灵术,你瞧。"他的手向车前横杠那里的盒子伸去,然后停住了,"如果我给你看,我有什么好处?"他怀疑地问。

罗杰同样具有商业头脑。他完全理解乔伊。问题是他身上一分钱也没有,而且他知道卡特也同样没有钱。再说,提出金钱交易的主意很有可能冒犯乔伊。"我不会告诉任何其他人,"他一边思考一边说,"卡特也不会。让我告诉你吧——等我们回到城堡里,我会给你魔法专利办公室的地址。你向他们注册你的发明,这样的话,任何人想要使用你的发明,都得付钱。"

乔伊的脸散发出克制的贪婪光芒。"我不需要等到成年就可以去注册吗?"

"不用,"罗杰说,"我去年为自己发明的一个魔法镜面游戏派人领取了申请表,他们完全不问年龄。不过他们要求缴纳五十镑的费用。"

卡特心里想着要不要指出,实际上是他而不是罗杰凑巧发明了那个镜面游戏。不过最后他什么也没有说,因为他和罗杰一样对那个盒子充满了好奇。

乔伊一脸淡漠而算计的表情。"这个夏天我也许可以挣到那么多,"他决定,"城堡这边的薪水挺高的,好吧。我给你们看。"

带着他阴沉的微笑,乔伊小心地取下位于他车前横杠盒子上的插销。带插销的盒盖往下打开来,露出——卡特从沟里伸长了脖子,然后又缩了回去——在所有可能的物品里,居然露出了一只白鼬标本!那弯曲的黄色身躯上缠绕些金属丝和弯曲的植物茎部,从它的头部和爪子连接到盒子与横杠的交接处。

"金属到金属,"乔伊解释道,指着连接处,"那是机械装置,你看。其中涉及灵术的部分,是要为生命找到正确的植物。你必须使用曾经活过的生物。然后你就可以使其中的生命力从框架中流过然后推动车轮了。"

"太棒了!"罗杰虔诚地说道,瞄着那只白鼬。它的玻璃眼仿佛尖锐地回视着他。"可是你怎样让其中的生命力开始流动呢?是使用某种咒语,还是其他的什么?"

"那是某种我们有时候在森林里使用的咒语,"乔伊说,"但诀窍是和这套金属丝配套的植物。花了我不少时间才找到对的植物，瞧，你要把它们混在一起。"

罗杰的腰弯得更低了。"哦，我明白了。聪明。"

卡特爬出沟渠，然后去抓住锡拉库扎。现在他看到了盒子里面是什么，他知道自己肯定可以今晚就给罗杰做一个，也许都不需要一只白鼬标本。不过他也知道罗杰不会高兴的。卡特的魔力让很多事情看起来太容易了。罗杰会希望自己来做一个盒子，无论那要花多长时间。当卡特从篱笆丛里挤过来时，他想着乔伊所说的"灵术"到底是指什么。那是魔法的另一种古老说法？听起来应该不止于此。一定是指某种特别的魔法，也许。

锡拉库扎并不难抓。它拖着罗杰上坡已经相当疲惫了，而且对于空旷、覆盖着矮小树茬的野外也觉得有点无聊了。可是当卡特终于把缰绳握在手中时，发现锡拉库扎只剩下了三只马蹄铁。另一只马蹄铁一定是在它越过篱笆的时候弄掉了。

找到那只马蹄铁完全不是问题。卡特只是伸出手来然后提出要求。丢失的马蹄铁就从草丛中回旋而出，拍在了卡特的手上。如果用普通的方法去找，大概几年后他们都还找不到掩藏马蹄铁的地方。真正的麻烦在于，卡特知道如果他试着用魔法把马蹄铁钉回去，乔斯·卡勒会气坏的。那一定会出什么乱子。而且如果卡特试着在锡拉库扎缺了一只马蹄铁的情况下骑它，乔斯也会非常生气。卡特叹口气。他会不得不一路用漂浮术带它回家，不然就不断地用短距离召唤术，或者——知道锡拉库扎有多么讨厌魔法——最有可能他必须得走路回家了。糟糕。

他找着一个缺口，从那里领着锡拉库扎穿过篱笆，沿着下坡向乔伊和罗杰走去。他俩正肩并肩坐在路边路肩上，急切地聊着天。卡特可以看得出来他们已经是好朋友了。嗯，他们明显有许多共同点。

"那是女人的工作，一个用来洗餐具的机器，"乔伊正说道，"我们可以比那做得更好。如果你有什么好主意，最好来告诉我。如果被抓着在城堡里晃荡，我会有麻烦的。你可以在靴室里找到我。"他听到锡拉库扎不平稳的脚步声时抬起头来。"我得走了，"他说，"我得替我们的婆婆跑点腿，在赫尔姆·圣·玛丽。"他从路肩上站起来，扶起自己的自行车。"而你永远猜不到这是什么，"他说，"看一看。"他从车前的篮子里抽出一个带盖的大玻璃瓶子，用手举着它。"我会把这个倒在他们村子的水池里。"他说。

卡特和罗杰靠过去看着瓶子里浑浊的绿色液体。几条长着尾巴的又肥又黑的东西在里面慢慢地扭动着。

"蝌蚪吗?"罗杰问,"这个季节有点晚了吧?"

"个头相当大。"卡特说。

"我知道,"乔伊回答,"我只能找到六条,而且有些已经长出腿来了。知道这是用来干吗的吗?"两人都摇摇头,"这可不是一瓶子蝌蚪,"乔伊说,"这是战争宣言,这个。"他把瓶子放回车篮里然后骑上了自行车。

"等等,"卡特说,"你知道从这里去克里斯托曼奇城堡有多远吗?"

乔伊给了他一个内疚的眼神。"你从这个山丘顶可以看到它,"他说,"绕路了是吧?不是我的错。不过法雷家的人不喜欢有人在他们的乡里四处晃荡,所以他们对道路设了法。回见。"

他拨动了他那盒子边上的开关,车子发出呼噜噜的声音,一路流畅地向山上进发了。

第七章

　　没有意外地,卡特在乔伊或者罗杰回到城堡后很久才抵达。锡拉库扎抵抗了卡特以漂浮咒运送它的尝试,而且仅仅是瞬间移动的一点点迹象,都让它开始跺脚和慌张。卡特担心甚至是多用一次魔法,都有可能撕裂那只没有钉马蹄铁的蹄子。如果他让锡拉库扎带着那样的伤势回去,简直不能想象乔斯·卡勒会说什么。结果他没得选择,只能迈着沉重的步伐,沿着草地边缘往回走。锡拉库扎则调皮地朝他的头发喷着气,为他不再尝试使用魔法而高兴。卡特闷闷不乐地想,那个卖了锡拉库扎的巫师一定是在不停向它施展咒语的时候把它给吓坏了。卡特很希望能朝那个巫师也扔回几个咒语。

　　但过了一会儿,锡拉库扎愉快的心情让卡特也开心起来。他开始以一种奇特的方式注意到四周,仿佛锡拉库扎在训练他这么做。他嗅着青草、沟渠、篱笆的气味和地里庄稼浓重的灰尘味道。他抬起头来看到鸟儿在傍晚的天空中成群飞过，准备栖息；还有，就像锡拉库扎一样，他因为树篱里窸窸窣窣的声音跳了起来，等看过去时，他可以肯定那只是一只鼬鼠。他们都瞥见了那细小、棕色、像是蛇一般的身体。他们都抬起头来看着兔子一蹦一跳地跳开，远离树篱另一边草地中的危险。

但锡拉库扎很疑惑，因为它实在应该能够感受到比气味和眼前风景更多的东西。卡特知道锡拉库扎的意思。整个乡村有着一种空荡荡的感觉，原本应该更加充实——尽管无论是卡特还是锡拉库扎都说不上到底缺了什么。它让卡特想起宏木森林，那里的世界完全没有距离感。这里缺了什么东西，原本应当更为热闹、欢快。尽管如此，四周仍然是平和的。他们继续缓慢地前进，安静地享受这次漫步，直到他们终于爬到山顶，然后沿着道路转了个大弯，这才看到远处位于下一座山头的克里斯托曼奇城堡。

哦，天哪，卡特想道。走路真是慢啊。他大概赶不上晚餐了。

不过事实上，当他们抵达马厩门口时，这个晚上才刚刚开始。当卡特推开一扇门领着锡拉库扎进来时，院子被金黄色的光照得亮堂堂的，两条影子在地上拖得长长的。遗憾的是，那两条影子属于克里斯托曼奇和乔斯·卡勒。他们肩并肩地站着等他。两人个子差不多高，站在一起差异却不能更大了。克里斯托曼奇又高又瘦而乔斯又宽又重。克里斯托曼奇肤色黝黑而乔斯面色红润。克里斯托曼奇穿着一套收腰的灰色丝绸西装，而乔斯穿着他通常穿着的绿色衬衫和粗糙的皮衣。但是他们都看起来强而有力，而且两人都相当的不高兴。卡特觉得自己没法决定到底更不愿见那两人中的哪一个。

"终于回来了，"克里斯托曼奇说，"据我了解，你完全没有理由一个人带着这匹马出门。什么让你这么晚才回来？"

乔斯·卡勒直接用手沿着锡拉库扎的腿向下，扶起了它没有钉马蹄铁的那只脚。乔斯从马儿另一边投过来的眼神直让卡特胃疼。他除了把手中的马蹄铁伸出去递给乔斯之外，不知道还能做什么。

"怎么回事？"乔斯说。

"它把我摔下来然后跳过了一个篱笆，"卡特说，"那是我的错。"

"它的脚跛了吗？"克里斯托曼奇问。

"不会比你光着脚走路之后的情况更糟,"乔斯说,"马蹄还好,简直是奇迹。我现在带它去马厩了,如果您不介意的话,先生。"

"当然。"克里斯托曼奇说。

卡特看着乔斯领着锡拉库扎走开。锡拉库扎低着头,仿佛它觉得和卡特一样有责任。从锡拉库扎的角度来看,也许的确如此。锡拉库扎爱极了他们的非法外出。

"接下来一段时间,我会请乔斯负责训练那匹可恶的马。"克里斯托曼奇说,"我还没有决定到底是一个礼拜、一个月或者是一年。我会让你知道的。直到我批准之前,你不准再骑它。卡特,我说得够明白吗?"

"是。"卡特郁闷地说。

克里斯托曼奇转过身来准备走开。卡特先是觉得放松了一些。接着他记起自己还有事情要告诉克里斯托曼奇,然后追了过去。

"罗杰有没有告诉您路的事情?"

克里斯托曼奇回过头。他看起来一点也不开心。"看来罗杰原本打算躲着我。路怎么了?"

这让卡特意识到,如果他不非常小心的话,他不单单会让罗杰,甚至连乔伊都惹上麻烦。乔伊应该已经到城堡里了,而不是带着一罐子蝌蚪四处游荡。他斟字酌句地说:"嗯,罗杰骑着他的自行车和我一起——"

"然后自行车也跳过了篱笆,也许丢了一个轮子?"克里斯托曼奇说。

"不,不是的。"卡特说。克里斯托曼奇挖苦人时总是会让他很糊涂。"不,他很好。但是我们原本想去埃尔夫斯格特森林,但是我们却到不了。道路总是把我们领到回城堡的方向。"

克里斯托曼奇立刻放下了他挖苦讽刺的表情。他的头抬了起来,就像是锡拉库扎听到卡特接近时一样。"真的?你觉得是一个误引咒?"

"像是那种之类的——但是我并不认识。"卡特说。

"我会去看看。"克里斯托曼奇说,"与此同时,你上了黑名单,卡特。罗杰也是,等我找到他的时候。"

罗杰当然知道自己很有可能有麻烦了。他在去出席城堡里那总是异常正式的晚餐时见着了卡特。"他很生气吗?"他问,一边紧张地拉扯着自己时髦的天鹅绒外套。

"是的。"卡特说。

罗杰抖了抖。"那我得躲着他，"他说，"哦，还得躲着女孩子们。"

"为什么？"卡特说。

"她们真讨厌，"罗杰说，"特别是珍妮特。"

姑娘们已经先到了，当罗杰和卡特来到前厅时发现克里斯托曼奇、米莉和所有其他作为城堡员工的巫师和术士们全都在晚餐前聚集在一起。珍妮特和朱莉娅面色苍白而且异常安静，但在卡特看来，并不像罗杰所说的那样让人讨厌。罗杰立刻朝着墙壁滑了过去，试着在自己和他的父亲之间隔上一名巫师或者术士。但他的努力并没有效果。无论罗杰溜到哪里，克里斯托曼奇都随着转过身去，用他那黑亮的眼睛死死地盯着他。晚餐时，情况变得更糟了。因为对罗杰来说晚餐是不可抗拒的诱惑，结果他不得不坐在聚光灯下的餐桌前。多数时间里，克里斯托曼奇脸上都带着那暧昧而充满讥讽的表情。杰森·也德汉姆不知道为什么那晚却不在场，所以没有人能够引开克里斯托曼奇的注意力。罗杰在他的椅子里不自在地扭动着。他低着头，装作自己在看长窗外花园另一边的日落风景，但是，无论他做什么，父亲的瞪视仍然不时地撞入他的视线里。

"哦,得了!"罗杰对卡特喃喃道,"每一个人都会觉得我谋杀了谁!"

晚餐一结束,罗杰就从他的位子上跳了起来,火烧屁股般地离开了。朱莉娅和珍妮特也一样。克里斯托曼奇对着卡特抬起一边眉毛:"你难道不用也赶紧逃了吗?"他说。

"并不需要。不过我想我还是走吧。"卡特说,一边站起来。

"你肯定你不想和我们一起来点坚果和咖啡?"克里斯托曼奇礼貌地问道。

"你们总是讨论一些我听不明白的东西,"卡特解释道,"而且我想去见珍妮特。"

无论罗杰怎么说,卡特仍然觉得这一次他对珍妮特负有责任。她的脸色一直看起来非常苍白,而她之所以会在"系列十二"的"世界甲"生活,完全是因为卡特的姐姐纯粹出于自私施展了一个咒语,把她困在了这里。他知道,有时候陌生与寂寞的感觉仍然困扰着珍妮特。

他想,当他进入娱乐室时,正是她感到困扰的那种时候。珍妮特正坐在一张破旧的沙发上啜泣。朱莉娅双手环抱着她。

"怎么了?"卡特说。

朱莉娅抬起头,卡特这才看到,她几乎和珍妮特一样的愁眉苦脸。"杰森结婚了!"朱莉娅悲惨地说,"他回来之前在伦敦结婚了。"

"所以呢?"卡特问。

珍妮特猛地瘫倒沙发上。"你不明白!"她带着哭腔说道,"四年来我一直都希望自己会是他的新娘!"

"我也是,"朱莉娅补充道,"不过我想珍妮特比我更爱他。"

"我一定会痛恨他的妻子!"珍妮特哭泣着,"艾琳!多么可怕的名字!"

朱莉娅带着些许嫉妒和阴郁说道:"她曾经是艾琳·平荷伊小姐,不过起码艾琳·也德汉姆听起来要好些。也许他是出于好心才娶了她。"

"还有,"珍妮特恸哭道,"他要去把她带到这里来,他们打算来附近看房子。那样他们会在这里呆上好久,而我知道自己根本没有办法靠近她!"

朱莉娅厌恶地补充道:"她是个艺术家。他们要买的房子必须要合她的胃口。"

卡特现在终于知道罗杰到底什么意思了。他开始从娱乐室往外撤退。

"对啦！开溜吧！"珍妮特在他身后喊着，"你比——比一条椅子腿更没有感情！"

珍妮特这么说真是伤了卡特的心。他知道自己情感充沛。他已经因为自己不能骑锡拉库扎而够伤心了。

第二天，他更加想念锡拉库扎。更糟的是他能够感受到锡拉库扎被带到了围场里，也想念着卡特，而且因为卡特没有出现而觉得伤心和疑惑。卡特没精打采地四处闲逛，躲着珍妮特和朱莉娅，也没有能遇上罗杰。罗杰大概正想办法躲过克里斯托曼奇，这一天多数时间都和乔伊在一起。每次乔伊没在工作的时候——那大概有超过半天的时间——他和罗杰就头碰头地黏在一起，在马厩后的旧花园棚屋里讨论机械装置。作为一名魔法师，卡特起码能够找到他们，其他人都不知道他们在哪里。他们在棚屋周围设置了一个强大得出人意料的"忽略我"咒语。但是卡特对机械装置没有兴趣，所以也只是去拜访了一次。

在那之后的一天，杰森·也德汉姆的小小蓝色汽车轰鸣着停在了克里斯托曼奇城堡的前面。这一次，珍妮特和朱莉娅拒绝靠近它。但米莉急切地穿过前厅去迎接，还有卡特也因为无聊，和她一道前往。杰森以他常有的活力跳出车来，然后绕着小车跑到另一边替艾琳打开车门，协助她出来。

当艾琳站起来朝着米莉和卡特微笑时——不过是有点紧张的微笑——卡特的直觉是珍妮特和朱莉娅没有可能痛恨她！艾琳身材苗条，有着深色的皮肤，她的侧脸像是卡特认为的古埃及人，骄傲而苍白。然而那些特质在艾琳身上，却显得十分美丽。她的眼睛像是法老的妻子们的眼睛，形如杏仁儿，大大的还带着向上翘的眼角。所以当艾琳看向卡特时，他吃惊地发现她的眼睛实际上是蓝色的。那对眼睛仿佛认出了卡特，将他深深吸入，为他带来温暖，仿佛是一对老朋友的眼睛。现在卡特想起来，米莉的眼睛好像也有同样的魔力。

当杰森骄傲地微笑着将艾琳领上阶梯带入前厅时，卡特完全理解他的心情。艾琳的眼睛滑过大理石地板上镶嵌的五角星印、头顶的玻璃圆顶和从上垂悬而下的吊灯，还有图书室门外巨大的落地钟。"我的天！"她说。

杰森笑了。"我告诉过你这里相当华丽。"他说。

此刻，克里斯托曼奇城堡里所有的巫师和术士雇员们都从大理石阶梯上鱼贯而下,来和艾琳见面。克里斯托曼奇自己也随后跟来。和往常一样,在每天早上的这个时候,他穿着睡袍。这一次的袍子是夹着绿和蓝的铜金色,看起来像是用孔雀羽毛制成。艾琳看到他的睡袍时眼睛眨了眨,但随即几乎平静地向他伸出了手。当克里斯托曼奇握住艾琳的手时,卡特感觉到克里斯托曼奇挺喜欢她的。他为此觉得放松不少。

朱莉娅和珍妮特出现在了台阶顶上,跟在大家身后。她们也跟着人群围在艾琳身旁。珍妮特瞟了艾琳一眼接着冲了出去,眼中带着苦涩的泪。但朱莉娅留了下来,带着一点点有兴趣的眼神看着艾琳。卡特对此也觉得放心不少。

总的来说,艾琳的到来让卡特和锡拉库扎的别离变得比较能够忍受。她即自然又温暖,仿佛已经认识卡特许多年。杰森允许卡特带着艾琳在城堡里转转——尽管他坚持自己领着艾琳去参观花园——艾琳跟着卡特一路漫步,不断对周围的景致发出赞叹:那些大得不像话的房间、铺着绿色地毯的延绵过道、还有城堡里那被过度使用的教室。她是如此的好奇,卡特甚至领她参观了自己在角楼上的圆形房间。

艾琳非常喜欢他的房间。"我一直都希望能住在一间这样的塔楼房间里,"她说,"你一定很喜欢这里。你觉得这个附近会不会有一幢房子附带像这样的塔楼?"

卡特很不好意思地承认他并不知道。

"不要紧,"艾琳说,"杰森找了好几幢正在出售而且我可能会喜欢的房子。你瞧,那必须是一幢大一些的房子。我的父亲在去世时给我留了些家产,可是他也给我留下了两名老仆人。我们必须找到一幢足够大的房子,这样他们和我们同住时不至于太过拥挤。简·詹姆斯坚持说她不介意我们住在哪里也不在乎有多少个房间——可是我知道那不是实话。她可挑剔了。还有亚当斯,他一心想住在乡下,我实在不能让他失望。如果你认识他,你就会明白我的意思了。"

晚些时候,艾琳坐在实际上空间巨大的"小酒吧室"中,展示她的画簿给卡特看。卡特惊讶地发现,与其说它们是画作,不如说它们更像是图案。它们都有干净规则的形状,长长的带状或者是优雅的菱形。带状花纹里有蕨类植物和金银花的花纹,而菱形图案中则是繁复而曼妙的叶状花纹。画簿里还有层层叠叠的玫瑰花纹以及一面面画得细微精致的鸢尾花图案。更让卡特吃惊的是,每一张图案都带着它微妙的香氛魔法。它们都充满了陌生而温柔的喜悦之情。卡特完全不知道图画可以是这样子的。

"我实际上是个设计师,"艾琳解释道,"我设计书本装饰和布料、瓷砖、墙纸之类的。似乎我很擅长这些。"

"可是你也是女巫,不是吗?"卡特说,"这里的图案都带着魔法。"

艾琳的脸色变成和她画的玫瑰一样的粉红色。"并不是这样的,"她说,"我画画时总是用真正的植物,但我并没有加入任何其他的东西。魔法仿佛是画作中与生俱来的。我从来没有觉得自己是个女巫。不过,我的父亲,他的确有魔法——我从来不知道他的工作是什么,但是杰森说他是一位出名的魔法师——所以也许我获得了那么一丁点遗传。"

更晚些时候,卡特听到艾琳问米莉,为什么他看起来那么悲伤。他在听到米莉向艾琳解释锡拉库扎的情况之前走开了。

"哈!"珍妮特在教室外面的阶梯上遇到他时说,"已经爱上艾琳了,不是吗?现在你知道我的感觉了吧。"

"我可不觉得。"卡特回答。他想他大概没有。但是此刻他意识到,等到他年纪大到会坠入爱河时——尽管那看起来完全没有意义——他大概会想找一个和艾琳有些相似的女孩子。"她的确很好。"他说,然后回到自己的房间去了。

艾琳的好是真挚而活跃的。她一定和杰森谈起了卡特。第二天早晨,杰森在教室里找到卡特。"艾琳觉得你应该出去走走,年轻的九命巫师,"他说,"你觉得今天上午和我们一起乘车出游,去看几幢在出售的房子怎么样?"

"我不会碍事吗?"卡特问道,试着不让自己心里的雀跃显示出来。

"她说她很相信你的判断,"杰森说,"她向我保证,手掌按着心口说的,你只要看一眼那幢房子,就会知道我们住在里面会不会开心。你说这是真的吗?"

"我不知道,"卡特回答,"也许吧。"

"那么一起来吧,"杰森说,"今天天气不错。总觉得今天会是不一样的一天。"

杰森是对的,虽然不是以他或者卡特所料想的方式。

第八章

在埃尔夫斯哥特，疯豆给玛丽安制造了无数麻烦。似乎没有什么可以说服它明白自己现在住在伏尔泽小屋了。爸爸把全部的锁都给换了，还有窗户上的搭扣，可是疯豆仍然成功地每天溜出去起码一次。没有人知道它是怎么做到的。不停地有人从村子里带着在他们手中扭动挣扎的疯豆回到伏尔泽小屋。妮可拉有一次发现了它在埃尔夫斯哥特森林里徘徊。巧侬婶婶则从邮局把它带了回来。海伦阿姨起码从酒吧里把它拎回来两次，解释说疯豆跑到那里的厨房里找吃的。还有查尔斯叔叔，好几次来敲门，疯豆则在他被油漆沾花的手臂间蠕动，它又跑回森之屋去了。

"它一定以为自己还住在那里，"查尔斯叔叔说，"也许在找婆婆。试着把它关在房子里吧。那里的墙壁已经修复了，我也几乎要完成油漆工作了。昨天我们装好了后门。如果我们离开的时候把它关在了里面，它会饿死的。"

妈妈的观点是疯豆应该到戴尔去和婆婆同住。玛丽安原本应该同意的，但是婆婆总是同她说："你会替我照顾好疯豆的，对吧？"

婆婆坚持玛丽安每天都过去见她。玛丽安完全不明白为什么，婆婆常常只是盯着墙壁什么也不说，除了重复告诉她要照顾好疯豆。有时她会倾身向前，说一些完全没有意义的话，像是"这时弄到粉红色番茄的最佳方法"之类的。更多的时候，婆婆仅仅是自言自语地念叨。"他们要来抓我了，"她会说，"我必须得先出手。他们到处都有眼线，你知道。他们观察他们等待。然后当然啦，他们长着可怕的獠牙。最好的办法是把他们的精神吸出来。"

玛丽安越来越不喜欢去拜访她。她不知道戴南婶婶是怎样忍受婆婆那些可怕的唠叨的。戴南婶婶轻快地说："那就是她啦，可怜的老太太。她不知道自己在说什么。"

疯豆一定是跟着玛丽安认识了去戴尔的路。有一天就在玛丽安离开之后，它出现在戴尔，然后盯上了戴南婶婶养的刚一天大的小鸡们。它留下的残局可怕极了。艾萨克叔叔在玛丽安正准备去找疯豆时来到伏尔泽小屋。他把疯豆扔了出来，用的力气如此之大，疯豆被摔到了房间另一边的厨房水池里。

"戴南都哭了,"他说,"原本有一百只小鸡,现在还有不到二十只。如果那只猫再靠近戴尔,我一定会杀了它,拧断它的脖子。我警告你。"然后他摔上大门离开了。

妈妈和玛丽安看着疯豆自己爬起来,然后以一种异常满足的姿态舔遍了自己的胡须。"发生了这种事,它不可能再去和婆婆一起住了,"妈妈说,一边叹了口气,"努力试着把它给关在家里吧,玛丽安。"

可是玛丽安却做不到。她怀疑任何人都不可能做到。她在疯豆身上试了十二种不同的禁闭咒语,可是疯豆似乎对魔法像是它对门锁和螺栓一样免疫,它仍然能够找到办法逃出去。玛丽安能够做到的,仅仅是一个微弱而简单的指路咒,告诉她这一次疯豆又跑到哪里去了。如果它朝着戴尔的方向出逃,玛丽安会赶紧跑去找它。艾萨克叔叔几乎从不使用威胁,但如果他用的话,那么他就是认真的。玛丽安没有办法想象疯豆的脖子像只小鸡一样被拧断的样子。

每一次发现疯豆不见了,玛丽安的心就会被悬起来。那一天,在另一次对婆婆毫无意义的拜访之后,她发现疯豆又消失了。玛丽安赶紧使用她那微弱而又简单的指路咒,直到她转动菜刀三次后它都指向了森之屋的方向,她才觉得好些。

那可让人松了口气!她想。但是这一点都不公平!我永远都没有时间喘口气!

楼上藏着玛丽安心形的书桌。她关于可爱的艾琳公主的故事几乎还没有开始。她已经有了一些初步进展。她现在知道艾琳公主长什么样了。可是她仍然需要构思一个足够匹配她的王子。如果一直这样被打断,她怀疑自己永远都没有办法完成。

当朝着森之屋出发时,玛丽安思考着自己的故事。艾琳公主有着苍白的埃及人式侧脸,厚重而卷曲的深色头发以及美妙的蓝色杏仁眼。她最爱的裙子是用精致的丝绸做的,上面印着大朵的蓝色鸢尾花,正配上她的蓝眼睛。玛丽安对那条裙子很满意。那可不是常见的公主裙。可是她无论如何也没有办法想象出一名合适的王子。

和往常一样,她的思绪在路上会一直被打断。妮可拉从窗户里伸出头来喊:"疯豆去了那边,玛丽安!"然后指着坡上。

玛丽安的堂兄罗恩骑着车从山坡上下来,喊道:"你的猫刚刚跑到酒吧里去了！"

当玛丽安爬到平荷伊湾时，她的另一名堂兄吉姆从院子里出来说："你的那只猫在我们的梯子上。我们的妈妈把它赶到教堂墓地里去了。"

在教堂墓地里，平荷伊牧师见到玛丽安，说道："疯豆恐怕又回森之屋去了。我看到它从那边的墙壁跳进了花园。"

"谢谢。"玛丽安说，然后加快脚步朝着森之屋那老朽的大门走去。

这一次房子的大门全都紧锁。赛门叔叔和查尔斯叔叔已经完成修复工作，干别的活去了。森之屋的大门和窗户都紧闭着。疯豆不可能进到里面去。玛丽安不开心地找遍了它在花园里最爱的藏身之处。她实在想一走了之。可是疯豆仍然有可能在它回去的路上决定去戴尔，靠近野地那块儿，那么艾塞克叔叔会毫不犹豫执行他的威胁的。

疯豆不在那丛长得过分繁茂、几乎像是树木一样高大的山毛榉篱笆下面。它也不在草坪那边的干草上晒太阳，或是遮住了那荒芜的厨房后花园的围墙上。在后面栅栏下方的蟋蟀草和草丛中也找不到它，只有大个儿的浅色鹅莓从草丛中露出头来。它们已经快要成熟了。玛丽安摘了几颗，一边打量着前任老爹以前在房子旁的药草园子一边吃着。这里曾经是花园里被照顾得最周到的地方,现在却长满了一丛丛的杂草,荆棘丛生。疯豆常常喜欢到这里找个小空地窝起来晒太阳,特别是在猫薄荷的旁边。

今天它也不在这里。

玛丽安到处查看,担心疯豆已经在去戴尔的路上了,然后她看到通往阳光室的大门微微地开着。

"还好——哦,该死的!"她说。现在几乎可以肯定疯豆跑到房子里面去了。她不得不去房里找。

她把那阴暗朦胧的玻璃门推得更开,越过地板上那肮脏的垫子。成群的平荷伊人没一个记得打扫一下阳光室。玛丽安大步走过破损的柳条椅和种着枯黄植物的大花盆,沿着过道往前厅走去。

前厅里站着四个人——不是,五个人。莱斯特舅公也刚刚走进了大门。另外的人里有一个是艾迪格舅公,带着他的呢帽,看起来不寻常地慌张和吃惊。至于其他的人——玛丽安站在那里,完全被震住了。眼前正是她的艾琳公主,几乎一模一样,穿着她那飘逸的裙子,上面印着大朵的鸢尾花,完美地衬托出她的眼睛。然而她实实在在地存在于在玛丽安眼前，与玛丽安的想象多少还是有些区别。没有人会有玛丽安幻象中的那种巨大蓬松的头发。可是艾琳的头发也是深色的，尽管头发的形状更趋向于大波浪而非密集的鬈发，而且她有着修长的身材和玛丽安想象中的那种埃及式的侧面。太神奇了。

在公主身旁站着一名好看而开朗的年轻人，带着闪亮的表情，让玛丽安立刻喜欢上了他。他穿着活泼的上装和熨烫过的非常时髦的浅色裤子，让玛丽安突然意识到，这正是一名王子在平时可能穿的非正式着装。他正是我会给她安排的那种王子！玛丽安心想。

还有一个男孩和他们在一起，他脸上带着某种麻木的表情，像是乔伊不得不和他不喜欢的成年人待在一起时会有的那种表情。玛丽安觉得他大概不怎么喜欢艾迪格舅公，像乔伊一样。因为男孩子有着浅黄色的头发，玛丽安猜测他一定是艾琳公主和她的王子的孩子。很明显故事在这里已经往前发展了好几年。艾琳和她的王子已经身处他们"永远幸福地生活在一起"的结局之中，而现在正在找一幢合适这一结局的房子。

玛丽安朝着他们走过去，因为自己脑海中的画面而微笑。就在她接近时，男孩子说："就是这幢房子。"

艾琳紧张地朝他转过身去。"你肯定吗，卡特？这里相当破旧了。"

卡特很肯定。他们已经经历了两次失望的拜访了，一幢太过于潮湿，而另一幢则有着压抑的天花板，绝望的感觉压在人的心头。接着他们去看了一幢在广告中号称为一座小城堡的房子，因为艾琳希望它能有塔楼，像是卡特的房间那样，可惜等他们看到房子时才发现它居然连屋顶都没有。这一幢房子让人觉得——嗯，卡特开始有些不确定，当时那名身材臃肿、戴着顶好像花盆一样的呢帽的男人朝他们走了过来，一边嚷嚷着："早上好。我是艾迪格·平荷伊。房产中介。"这个男人看着杰森和艾琳，仿佛他们不值一提——而他们站在艾迪格身边的确看起来有些虚弱——杰森好像也很有些退缩。但是艾琳笑了，然后伸出了她的手。

"多么巧合啊！"她说，"我的婚前姓氏也是平荷伊。"

艾迪格·平荷伊一阵惊愕。他从艾琳身旁退开两步。"平荷伊，平荷伊？"他说，"我被指示把这幢房子卖给一个平荷伊家人，如果可能的话。"到此时，他终于记起了礼节，飞速地握了握艾琳的手，仿佛那会烫着他一样又把手缩了回去，然后放下了他那高人一等的架子。卡特意识到他在他们身上用了某种控制咒。咒语的力量一消失，他就可以自由地感受这幢房子了。

杰森说："你也许能做到——把它卖给平荷伊。我的妻子将负责付钱，不是我。"

当他说话时，卡特正用他的头脑来感受房子的外形。它里面都是些宽敞、方正、通风的房间，很多间，房间里回荡着空旷和被忽视的氛围，这幢房子深处有种既温暖又快乐的感觉，而且急切地希望再一次被利用起来。多年以来，在这里居住过的人们都是友好而强大的——特别的人——这幢房子期盼着再一次有那样的人居住在里面。它很高兴看到艾琳和杰森。

卡特立刻让他们知道这就是他们在找的房子。然后他看到那女孩朝他们走过来，就像这幢房子一样很高兴见到他们。她穿着村里女孩穿的那种衣服，外面套着围裙以保持清洁，就像多数的乡村女孩一样，但卡特不会把她当作乡下女孩看待，因为她身上带着如此强大的魔法。卡特平时和带着中等程度魔法的朱莉娅和几乎完全没有魔法的珍妮特在一起，所以对于她身上的强大魔法特别敏感。魔力似乎是从她身上放射出来。他心想,这是谁呢。

艾迪格·平荷伊也看到了她。"现在不行,玛丽安,"他说,"我忙着招呼潜在的买家呢。你回家去吧,那才是个好姑娘。"他又朝着玛丽安用上了控制咒。卡特不知道艾迪格·平荷伊期望他的控制咒能起什么作用,考虑到他的魔法仅仅是个术士水平,而那女孩的魔力几乎可以赶上米莉了。要知道,米莉可是一名女魔法师。

结果可想而知,控制咒从玛丽安身上被弹回来了。卡特觉得她甚至没有意识到它。"我在找疯豆,艾迪格舅公,"她说,"我想它从阳光室的门那里溜进来了。那扇门开着。"

"那扇门当然开着,我把它打开的,那样这些好人们才能到花园去看看,"艾迪格·平荷伊让人恼怒地说道,"不要管你那让人讨厌的猫了,现在走吧。"

刚刚进门来的穿着细条纹衣服的男人用一种挑剔而又紧张的语气说:"拜托,玛丽安。你现在没有权利到这房子里来了,你知道。"

玛丽安宽阔的棕色眼睛转向他,安定而疑惑。"我当然有权利,莱斯特舅公。我知道婆婆曾经住在这里,但是这幢房子属于我的爸爸。"她突然想到一个好主意。她转向杰森和艾琳。她满心希望能够认识他们。"我能带你们转转吗？如果我们去每一间房间看看，我一定会在哪里找到疯豆的。它曾经和婆婆住在这里，你瞧，所以它一直溜回来。"

"当它没有在屠杀才一天大的小鸡的时候。"莱斯特舅公喃喃道。

很明显他接下来就要拒绝，但艾琳微笑着在他开口之前打断了他。"你当然可以领我们转转，我亲爱的。有个熟悉这幢房子的人带领实在是太方便了。"

"而且你会知道房子的屋顶哪里漏水之类的。"杰森说。

两个老人看起来都被震惊了。"我向你保证，这幢房子绝对没有问题。"艾迪格说。他补充道，带着些许挑衅的目光看着莱斯特舅公："那么，我们是不是从厨房开始呢？"

他们都到了厨房里。这里被重新粉刷过了，卡特可以看到远处新的橱柜。艾琳站在那张巨大的被擦洗过的长桌一头，长桌的这一边看起里已经被仔细的修补、刨平过。"这真是可爱而明快，"她说，"还有这么多的空间。这张桌子真大，但仍然没有占据这整个空间。我可以预料简·詹姆斯会很喜欢这里。不过我们必须得为她安装新的炉灶。"

她靠近那黑色的旧锅炉，小心翼翼地提起其中一个生锈的炉盖，一边摇着头一边甩动炉盖，一阵烟灰落到她印着鸢尾花的裙子上。玛丽安知道婆婆的旧炉子被存放在何普顿路上的仓库里。自从前任老爹去世之后，她再也没有看到那个炉灶被用过。她也摇着头，然后走到了厨房里，打开所有的橱柜，以确认疯豆没有把自己关在哪个柜子里，接着是食品储藏室，可是还没有找到疯豆。

与此同时，杰森茫然地用手摩擦着长桌被损坏的一头。卡特可以看得出来他正在使用一个占卜咒，可是对于那两名正关注地盯着他看的老人来说，他看起来也许不过是个对于像是厨房啊、炉灶啊之类的女性话题感到无聊的男人。"这里看起来有点儿被敲坏了，这张桌子，"他说，"是不是把它弄进厨房时遇到了些麻烦？"

艾迪格和莱斯特同时躲闪了一下。"不，不，不！"莱斯特说。然后艾迪格补充道："我听说——家族传统说——这张桌子实际上是在这间屋子里制作的。"

"啊！"杰森说。卡特可以感觉到他的震动，因为自己嗅到了什么而激动。"有人同我说起过这张桌子，那是很多年前的事情了。一名灵术师，叫做伊莱扎·平荷伊。"

艾迪格和莱斯特都激动得跳了起来。莱斯特沉重地说：

"去世了。八年前就去世了。"

"是的,但是他曾经在这幢屋子里住过,对吧?"杰森说。

"对的,"艾迪格承认,"他是玛丽安的祖父。"

"是的!太棒啦!"杰森说。他一个大转身抓住了正从空荡荡的食物储藏室中出来的玛丽安的手臂。"年轻的姑娘,立刻跟我来,然后告诉我你祖父的草药园在哪里?"

"嗯……嗯。"玛丽安说,她正在想疯豆是不是跑到阁楼里躲起来了。

"你知道的,是吧?"杰森激动地说。

我的天哪,他就像前任老爹一样,不过更年轻,而且说话带着伦敦腔!玛丽安想。还有他的眼睛是可爱的亮蓝色。"是的,我当然知道,"她说,"就在阳光室外面,这样他就可以把比较娇嫩的药草放在室内。这边走。"

杰森欢呼起来,催促着大家都到外面去。艾琳看到他如此急切忍不住衷心地笑了。"事关他的药草,他总是这个样子的,"她告诉卡特,"我们必须顺着他来。"

当杰森看到一片荒草和荆棘时十分失望。"我猜的确已经过去八年了。"他一边说,一边在各种杂草之间逡巡。下一刻他已经跪在了地上，完全不在乎他那漂亮的浅色裤子，仔细地扒开一丛荨麻，"多毛锑！"他喊道，"仍然还活着！啊，我要——！还有这个是纽扣川弓草，还有这里的狼麦芽，仍然长势强盛！这里一定有着某种强大的咒语，八年了它们仍然还活着！这里的土壤对于它们来说太过于干燥了，说实话。还有这个——这是什么？"他问，抬头看着玛丽安。

"外公总是叫它野兔的爪子，"她说，"还有在你脚边的那个——哦，它的名字已经到我嘴边了！你知道吗？"她问卡特。

卡特不但让自己吃了一惊，更让其他所有人都吃了一惊，他回答道："黄褐色马齿苋属植物。常用名为猩红马齿苋。"显然他被迫学习的一些草药知识仍然在他脑子里扎着根。他宁愿相信是玛丽安的魔力从他脑海某个深藏着的无聊的角落里把那个名字唤了出来。

"是的，是的！非常稀少。你总是能找到绿色和黄色的，但是猩红色的才是真正有魔力的，而且你几乎不可能找到它们！"杰森喊着，爬到另一丛植物那里，"针麦芽草、金色纺锤草、修女的口袋、落绿草——这可真是个宝库！"

艾迪格和莱斯特站在草丛中,看起来无助、拘谨而且恼怒。"你难道不想看看房子其他的部分吗?"艾迪格最后说。

"不,不!"杰森呼喊着,"就算是它的屋顶要掉下来了,我也会买的!这真是太棒啦!"

"可是我想看看啊,"艾琳为他们觉得难过,"带我四处看看吧。"她带着两人穿过阳光室离开了。

玛丽安让杰森一人独自去和一丛荆棘纠缠,朝着卡特走了过来。"你能帮我找疯豆吗?"她问他。

"它长什么样?"卡特说。

玛丽安挺欣赏这个问题。"黑色的,"她说,"相当的胖,一只眼睛比另一只更绿些。它的毛在脖子那里堆成一圈,但是它身上其余部分相当顺滑,除了它的尾巴以外,它的尾巴毛茸茸的。"

"你有试过指路咒吗?"卡特说,"或者是占卜咒?"

更多实用性的问题,玛丽安赞同地想。卡特不会拐弯抹角。"疯豆对于魔法具有相当免疫力了,"她说,"我估计是因为和婆婆同住,它不得不如此。"

"不过我猜它对于让前厅散发出甘甜鱼香的咒语没有免疫力,"卡特说,"那会诱惑它出来吗?"

"不是鱼，培根。它爱培根，"玛丽安说，"我们去试试吧。"

他们快步穿过房子来到前厅。这里空荡荡的，但他们能够听到艾琳和两名老舅公在远处四处参观时，踩在裸露的木地板上空洞洞的声音。玛丽安开始施展培根咒语，既慢又小心，仿佛她并不相信自己的能力。卡特在等待的同时，在自己的脑海里想象着一只黑色的猫，有着奇怪的眼睛和脖子上的环形毛发，并开始在房子里寻找疯豆。

"它上去了，"他在玛丽安弄完之后指着楼梯说，"我们可以在它下来的路上抓住它。"

"是的，"她说，"就这么做吧。"

他们爬到上面一层。"这儿真好。"卡特一边说，一边越过一张打开的房门看向里面那正方形的舒适房间。

房间中空无一物，但是玛丽安知道卡特什么意思。"难道不是吗？"她同意，"你知道，婆婆一直让房间里灯光昏暗、灰尘肆虐，我从来都没有看过这到底是一幢多棒的房子。"

卡特在意识到之前已经在说："我想她也把你用昏暗的灯光和灰尘遮掩起来了。你的魔力几乎可以和魔法师媲美了，你知道吗？"是什么让我这样说的？他想。

玛丽安瞪着他。"真的?"

"是的,只不过你还不信任它。"卡特说。

玛丽安别过身去。卡特一开始想也许她是因为不安,接着想也许是她不相信他,直到她说:"我想你是对的。当每个人都告诉你,你太年轻了,你应该按他们说的做的时候——真的很难相信自己。谢谢你告诉我。我想疯豆去了阁楼。我其实一直都知道,只是不相信自己。"

他们沿着空荡荡的走廊来到另一段台阶上,台阶半掩在一个巨大的木制储藏室后,那里原本一定是放置热水箱的地方。热水箱大概是有点问题,渗出的水流和黏稠的胶质物在这里留下了痕迹。这里的台阶又暗又破,顶上的门打开了一半,露出里面一片暗淡的棕色。玛丽安的脚撞上了门后的一排油漆罐子,查尔斯叔叔一定是没把门关上,她想。

卡特想,这里有着一个相当强大的"忽视我"咒语!最起码,现在他再想想,也许它更像是一个"不想知道"咒语——仿佛有人真的很不喜欢这个地方。玛丽安走进阁楼时却破除了原本的咒语。

他跟着玛丽安走进一阵浓郁的香气之中,像是薄荷酱、火鸡填料和热的香料甜酒的魂魄在其中游荡。他注意到,这些味道来自于屋顶上挂着的一把又一把的干草药。多数的草药都已经被放置得太久而丧失药效了。几乎整个地面都被各种盒子、成捆的药草和旧皮箱覆盖，还有老式的椅子和沙发，一排排的尖头靴子、铁皮箱子，还有成堆的看起来像是生锈了的园艺工具。所有的东西都被屋檐边缘的一点暗淡的光照亮着。卡特可以看到他脚边躺着一个布满灰尘的玩具城堡，几乎让他觉得很遗憾，因为他的年纪已经大到不再适合玩这样的玩具了。

阁楼上的空间转了个弯，他们的视线看不到那么远。那边有些有趣的东西。

卡特在一堆堆的废品之间那狭窄的空隙里向前移动，试着找出那边角落里到底放了什么。这时玛丽安说："疯豆之前在这里。"

"你怎么知道？"卡特说。

玛丽安指着地上一只残缺的死老鼠，它躺在油漆罐一旁。"它总是只吃前半截，留下尾巴。"她说。

这让卡特有了完美的借口来充分地探索整个阁楼。他在成捆的草药和盒子之间沿着地面上狭长的空间挪动。

"可是它已经不在这里了。"玛丽安说。

"我知道,我只不过需要一个借口。"卡特说,然后继续往前挪。玛丽安随后跟上。

他们在转过弯后看到的第一件能认出来的东西,是一盒圣诞装饰,式样相当老旧:木头雕刻的天使、沉重的玻璃球和一大堆各种形状和字母样子的金色厚纸片。

"哦,我记得这些!"玛丽安喊出来,"我曾经帮助上任老爹把它们挂在大厅里的圣诞树上!"

她在盒子旁跪下来。卡特把她留下来翻看那一堆金色纸片,自己继续向前摸索。展开的纸片写着"圣诞快乐"和"圣诞快到了"。阁楼的这个部分更加阴暗,这里也没有堆着药草,可是卡特完全相信在阁楼的最里面,藏着某种绝对珍贵而且让人兴奋的东西。他又推又摸——有时还因为某些不真实的东西拂过他的头而得把手举起来遮住脸。他的感觉越来越强烈,那里有着某种具有强大魔力的东西,某种如此重要的东西,它需要用几乎真实的幻象来保护。

他在最里面找到了它,这里是如此的黑暗,他几乎看不到它。它又大又圆,放在一条被飞蛾咬得破破烂烂的旧毯子里。一开始卡特以为它是一只足球。当他把手放上去时,却觉得它是瓷制品。卡特触摸到它的那一瞬间,他就知道这件器具的确奇特而且有价值。他把它拾起来——非常的重——然后小心翼翼地挪回玛丽安身边那堆装饰品一旁。

"你知道这是什么吗?"他问她。他注意到自己的声音因为隐藏的兴奋而颤抖,就像当杰森发现这幢房子原本属于那名药草专家时一样。

玛丽安从地上一串金色的铃铛上抬起视线。"哦,它还在这里啊?我不知道那是什么。婆婆总是说它是前任老爹的傻玩笑之一。她说他告诉过她,那是一只大象的蛋。"

这可能是个蛋,卡特心想。他在昏暗的光线下转着手中的物件。它看起来可能有一头更尖。它光滑、发亮的表面好像是很浅的紫色,上面还有稍稍明显一些的淡紫色斑点。它并不是很可爱——仅仅是奇怪。然而他知道自己必须拥有它。

"可——可以把它给我吗?"他问。

玛丽安有些不确定。"嗯,它也许是婆婆的,"她说,"不是我能给的。"不过如果不是大家都把阁楼给忘了,她想,它还会和其他的东西一样被清理出来,然后很可能被丢掉。而且这幢房子其实是爸爸的,里面所有的东西也是。在某种程度上,玛丽安确实有权利送掉其中的一些破烂儿,反正不会有人想要它。"哦，好吧，拿去吧，"她说，"你大概是唯一一个会对它有兴趣的人。"

"谢谢！"卡特说。玛丽安可以发誓，毫不夸张地说他的脸绽放出光芒，好像亮光照在了上面。有一瞬间，他的头发仿佛是圣诞铃铛一样的金色。

艾迪格舅公暴躁而遥远的声音从楼下某处传来："玛丽安！玛丽安！你和那男孩还在上面吗？我们要锁房子了。"

玛丽安把圣诞铃铛卷在一起放回盒子里，发出一阵干脆清亮的声音。"老天！"她说，"我们还是没有找到疯豆！希望那个培根咒语把它诱到楼下去了。"

的确是的。当他们得得地跑下楼梯来到前厅里，卡特小心地用两只手捧着那奇怪的物品，首先映入他们眼帘的就是疯豆那得意的脸，从艾琳的肩膀上方露出来。疯豆的尾巴自得地绕在艾琳的手臂上，它正发出心满意足的咕噜声。艾琳正抱着它在大厅里来回走动，一边说着："你个又大又胖的得意家伙！你一点德行都没有，不是吗？你这只坏猫咪！"杰森则带着宠溺的微笑看着她，两只膝盖上都沾着泥土。

"我知道她一定是个爱猫人士！"玛丽安说道。两名舅公都满脸不悦地抬起头来看着她。卡特往他手里抱着的东西上施了一个相当强大的"忽视我"咒语。

莱斯特舅公有足够强大的魔法知道卡特正拿着什么东西,但他一定是以为是那盒圣诞装饰品。"玛丽安给了你这些吗?"他说,"都是破烂的旧东西。我死都不会把那些挂在我的树上的。"接着,在卡特和玛丽安都憋红了脸试着不要笑起来时,莱斯特舅公转向杰森。"如果你和你家的好小姐明天十一点能到我在何普顿的办公室,也德汉姆先生,我们会把文件都准备好的。玛丽安,抱着你的猫,我会顺路载你去伏尔泽小屋。"

第九章

在回克里斯托曼奇城堡的路上,杰森和艾琳都对终于买了一幢附带稀罕草药园子的真正的房子而太过兴奋,以至于没有太注意卡特和他抱在自己双膝上的奇怪物品。当他们抵达城堡时,也没有人问卡特那是什么,或者告诉他不应该拿着它。因为城堡里的人们正为什么事情慌乱着。

员工们在大厅里和楼梯上紧张地进出、上下。汤姆,克里斯托曼奇的秘书,正和米莉一起站在大厅的五角星旁。当卡特抱着手里的物件经过他们时,汤姆正在说:"不,通常的咒语都没有被激活。一个都没有!"

米莉回答说:"而且我非常肯定他没有用这个五角离开。伯纳德检查完旧花园了吗?"

听起来和卡特并没有关系。他抱着手里的东西小心地从后梯上楼回到了自己的房间。他的房间一片狼藉,仿佛玛丽——平时负责打扫卧室的女仆——也被这一阵慌乱影响到了。卡特耸耸肩，带着他的新收获来到窗边仔细观察。

它的外表是某种冷色调的淡紫色，仿佛卡特长时间暴露在寒冷空气中的皮肤一样的颜色。它很沉，十分光滑，而且一点也不漂亮，可是卡特仍然觉得它是他一生中所拥有过的所有东西中最为让人兴奋的物品。也许那和它瓷器般表面上神秘的深紫色斑点和花纹有关。它们像是某种暗号。卡特心想，如果他能解开这些暗号，好像他就能得知某种全世界没有其他人知道的超级重要的事情。他从未见过像这样的东西。

然而它的淡紫颜色总是让他觉得它太冷了。他小心地绕着它施展了一个保暖咒。然后，因为它看起来很容易就会被弄破，他又知道玛丽有多么的毛躁，他在保暖咒之外又施加了一层强大的保护。最后为了保证它的安全，他用自己的冬季围巾和帽子做了一个窝，把它包在里面之后，放到了自己的五斗柜上，这样他从自己房间的任何一个角落都可以看到它。在那之后，他不得不强迫自己离开，到娱乐室去吃午饭。

卡特原本打算告诉所有的人——或者起码是罗杰——他获赠了这个神奇的物品，可是他们三人看起来如此忧心忡忡，他不得不问："怎么了？"

"爸爸不见了。"朱莉娅说。

"可是他总是消失不见！"卡特说，"只要有人找他。"

"这一次不一样，"罗杰说，"他设置了一整套的咒语，那样这里的人们总是知道谁找了他，还有他大概是去了哪里——"

"还有，"珍妮特说，"还有一套咒语告诉我们他是不是遇到什么麻烦了，可是现在没有任何咒语被激活。"她仍然表情阴郁，而且带着为杰森哭红的眼睛。

"妈妈觉得他在消失的时候并没有穿衣服，"朱莉娅又插进来，"今天的睡袍被丢在了椅子上，而且他其他的衣服都还在。"

"那可真傻，"卡特说，"他随时可以召唤出衣服来。"

"哦，他的确可以，"朱莉娅说，"总算是放心了！"

"我想这都很傻，"卡特告诉她，"他一定是忘了设置那些咒语。"他开始吃午餐。今天的午餐是肝脏和熏肉培根，那味道让他想起了玛丽安的咒语。他也想到了那只猫，疯豆。猫是一种古怪的动物。他觉得这一只带着非同寻常的魔力。

"哦，我希望你对事情不是这样的平静！"珍妮特激动地说，"你甚至比克里斯托曼奇还要糟糕！你难道意识不到事情很严重吗？"

"是啊，"卡特说，"可事情并不严重。"

然而，到了晚餐时分，当克里斯托曼奇仍然没有出现时，卡特也开始担心了。这很奇怪。当卡特想到克里斯托曼奇时，他有着一种平静、安全的感觉，仿佛克里斯托曼奇非常安好，无论他在哪里，也许正希望着自己也能够回来吃晚饭。但是当他见到米莉时，他在她的脸上可以看到绝望的担忧，还有所有坐在餐桌上的其他人，就连杰森也有着相似的表情。卡特几乎开始认为自己也应该担忧了。然而他知道那并不会造成任何区别。

不过那天晚上，当他躺在床上盯着房间另一边，骄傲地看着围巾里放着的那一团带着斑点的淡紫色影子时，他仍然在脑子里留了一个角落关注着周围，这样，如果克里斯托曼奇在晚上回来他也会知道。然而那一整晚，他留出的这份精神仅仅关注到锡拉库扎，在月光下的围场里渴望地吃着草，想着卡特为什么遗弃了它。

那天深夜，他做了一个奇怪的梦。

梦的开始,是什么东西在敲打他房间里最大的那扇窗户。卡特在梦中转过身去,试着不去理它。然而那敲打声变得越来越急促,直到他梦见自己爬起来,然后蹒跚地去打开窗户。他透过玻璃能看到一张倒悬着的脸,用一对闪亮的蓝紫色眸子看着他。可是他一直没有能够看清楚它,因为一轮洁白的月亮正照在它的背后,让他目眩。

"魔法师,"它的声音透过玻璃有些模糊,"魔法师,你能听到我吗?"

卡特把手放在窗钩上然后慢慢地推开窗。那张脸往上躲了躲,好让窗户能够被打开。卡特听到它的脚在屋顶上挪动,还有也许是翅膀为了保持平衡而拍打展开的声音。等到窗户敞开后,他知道那像是龙一般的巨大影子现在正坐在他上方那圆形角楼的屋顶上。

"你想干什么?"他说。

那张脸再一次低下来,然后头朝下地伸进了窗户。那是一颗巨大的头颅。卡特从它身边退后几步,梦境中好像有羽毛轻轻刷过他的耳朵。

"我的孩子在你这里。"那生物说。

卡特转头越过自己的肩膀,看向月光下正温柔地窝在他围巾里的物件。他毫不怀疑那生物指的正是它。"那么它是一颗蛋咯?"他说。

"我的蛋。"那巨大的尖嘴回答。

伴随着一阵可怕的失落和孤独感,卡特问道:"你想要领它回去?"

"我不能,"那生物伤心地回答,"我被施了分离咒。我现在只能在满月的时候获得自由。我们把蛋保护在了咒语之外。我希望确保自己的孩子在可靠的人手中。它应该被埋在温暖的沙子里。"

那很简单。卡特转向月光中发出微光的蛋,然后把他的温暖咒变成了暖沙。"这样对吗?我还需要做什么?"

"等它破壳之后让它自由地生活,"生物回答道,"给它食物和爱,让它成长。"

"我会这么做的。"卡特保证道。甚至在他的梦里,他也在想着自己能怎么做。

"谢谢你,"那庞然大物说,"我会用我一切能力来回报你的。"它将它的头颅从窗户里缩了出去。屋顶上传来一阵挪动的声音。然后一个张开了翅膀的巨大黑影从窗户外滑过,仿佛猫头鹰一般悄无声息地在月光下消失了。

卡特带着睡意磕磕碰碰地走向那颗蛋，想着他怎样才能对得起那生物的信任。在他的梦中，他加倍地设置了暖沙，然后三倍地检查以确保没有人会碰到它，或者打扰它。事后想起那条龙的话，他又在它的四周注入了满满的爱、友情和关怀。那应该够了，他想，慢慢蠕动着回到床上。

第二天早晨他惊讶地发现窗户被大肆打开了。而那颗蛋，他可以从一码之外用它来暖手。一定是那种真实梦境之一，卡特一边想着一边准备去洗澡。克里斯托曼奇说过魔法师有时会有那样的经历。

当卡特回到房间时，红头发的女仆玛丽也在他的房间里，正瞪着那颗蛋。"你想要我替这个东西扫灰尘？"她生气地说。

"不，"卡特说，"不要碰它。那是一颗龙蛋。"

"老天保佑！"玛丽说，"好像我会靠近它似的。因为这次的骚动，我已经有太多的事情要做了。"

"克里斯托曼奇还是没有回来吗？"卡特问。

"影子都没有，"玛丽说，"他们整晚都在大办公室施咒语，试着找他。你不会相信我得往大办公室里送多少杯咖啡和茶！钱特夫人今天早上看起来像是具尸体。"

卡特很遗憾米莉那么难过。上午过了一半时,他们仍然没有听到任何新消息,他打算去大办公室告诉米莉,克里斯托曼奇很好——或者,算不上很好,他想,一边走一边感受着。有点什么不对劲,但是并没有危险。

当他到了办公室时,米莉并不在那里。"她去躺一会,"他们告诉他,"你不要去打扰她,亲爱的,不要在她那么担心的时候。"

"那么你们能不能告诉她,克里斯托曼奇多多少少还好呢?"卡特说。

他看得出来他们并不相信他真的知道。"好的,亲爱的,"他们敷衍道,"现在走吧。"

卡特离开了,感觉很悲伤,就像平时类似的事情发生时一样。当他离开时,他记起"走吧"正是玛丽安的两个舅公对她说的话。而且他告诉了玛丽安,那是在小看她——卡特在城堡那淡绿色的长廊里走到一半突然停住。他意识到他之所以知道为什么玛丽安会对自己的能力不确定,因为他也总是有一样的遭遇。他想着自己是不是应该回到办公室里,然后坚持要求他们让他来找到克里斯托曼奇。

可是他为什么需要他们的许可来做一件他们自己根本就

做不到的事情呢?

卡特停在那里思考着。不,如果他坚持,甚至询问,一定会有人禁止他的。很明显他应该自己行动,去把克里斯托曼奇带回来,不必制造任何麻烦或者去申请许可。还有,为什么不干脆现在就做呢?卡特站立着,直到他的精神集中到了那模糊的远方——克里斯托曼奇的所在地。然后他让自己朝着那个地方飞身扑去。

他撞到了一堵障碍,像是某种老旧而摇摆的围栏。围栏晃动着砰的一声又把他给弹了回来。下一刻,他又回到了他自己的塔楼房间里,大吃一惊。

卡特坐在地毯上喘着粗气。他实在是生气。他知道自己应该抵达克里斯托曼奇的所在地,而且那层障碍是那么的粗劣。它用魔法制成,可就像是生锈的棘铁丝或者老旧的铁丝网。他应该能穿越它的。

然而,他的下一个念头是放置在他五斗柜上的龙蛋。他以那样暴力的方式回到房间里,完全可能伤害它或者是打破它。他站起来然后紧张地把手放在上面。

它没有裂开。它仍然既温暖又平和,而且沐浴在那暖和的咒语沙和关爱中,十分舒适。卡特可以透过他的手指感受到其中的生命力。它几乎是在发出咕噜声了,像是躺在艾琳怀中的疯豆。所以它还好。现在他必须去找到克里斯托曼奇,他坐在床上思考着。

上一次的错误,他想,是他不应该直接朝着克里斯托曼奇跃进那层障碍。它一定是被设计成那个样子来阻止直接的跃进。是的,正是这样。它的设计正是为了让你防不胜防,也让你因此被糊弄。可现在卡特知道它的存在了,而且也知道克里斯托曼奇不知怎的到了它的后面。那必然意味着他可以偷偷接近它,然后从旁边某处溜过去。它是那样的粗劣,也许他可以冲破它,如果那是唯一可以越过它的办法的话。他也相当肯定,作为一名惯用左手的魔法师,他有着某种优势。因为那层障碍感觉起来是——很久以前——某个习惯自己的方式的右撇子制作的。如果他够聪明的话,他可以以奇袭制胜。

卡特站起来,漫步走出房间,走下旋转楼梯。故意让脑子一片模糊,以防障碍制作者正等着他再试一次,他走出了城堡,一直走到马厩旁。有那么一刻他希望自己可以去和锡拉库扎交谈一会儿,可是他告诉自己,那可以等以后再说。他继续漫步前进,朝着罗杰和乔伊聚会讨论机械问题的那座棚屋前进。他们刚好在里面。他可以听到罗杰说:"是的,但如果我们申请专利,每一个人都会试着使用它的。"卡特笑了,然后侧身悄悄地融入他们的"忽视我"咒语。现在甚至不是他自己的魔法在隐藏他了。然后他再一次跃进。

这一次,他侧着身出发,行动非常轻柔。他把自己比较强大的左手放在身前,当他在其上漂浮时他可以感觉到那层障碍,直到他找到一个弱点。就在那里,他悄悄地将一段看起来像是细铁丝网状的障碍朝两边弯开来,然后穿了过去。

他感觉到自己的脚砰的一下撞在了地面上,然后睁开了眼睛。

与其说是一条路上,不如说他更像是站在一条被青苔覆盖的小道上。小道位于一座古老的森林之中,两边长着巨大的树木,在小道上方长拢起来形成一条拱道,直至小道消失在远处。

他可以闻到烤培根的味道。

卡特想起了玛丽安的培根咒语,他露出一个微笑,开始朝着传出香味的方向前进。走了几码之后,眼前出现一名戴着顶软塌塌帽子的老人,坐在草地边缘的一堆小火旁,用一个老旧的黑色平底锅忙着煎培根和鸡蛋。老人后面是一驾破旧老朽的木马车，更远处卡特可以看到一匹白色的老马，在斜坡上吃着草。他因为愚弄了那层障碍而涌上心头的快乐和欢欣此刻都消失了。这不是克里斯托曼奇。发生了什么？

"抱歉，先生。"他对老人礼貌地说。

老人抬起头来，露出一点灰白胡子的边缘，那是一张肮脏的棕色脸庞，有着一对非常宽大、精明的棕色眼睛。"下午好，"老人愉快地说，然后给了卡特一个幽默的表情，因为现在不过刚刚过了中午，"我能帮你点什么？"

"你在这附近看到过一名魔法师吗？"卡特问他。

"唯一见到的就是你，"老人说，"想来点午餐吗？"

现在吃午餐还有些太早了，但是卡特发现，朝着那层障碍跃进耗费了他不少的精力，而培根的香味让他更加觉得饿。"好的，谢谢，"他说，"如果你还有多余的话。"

"当然，我正准备往里加蘑菇，"老人说，"你喜欢这些吗？好。那么过来坐下吧。"

当卡特走向篝火时，马车另一边的老马停止了吃草，抬起头来看着他。它有些奇怪的地方，但是卡特没有能清楚地看到是什么，因为他坐下时老人声音尖厉地说："不要坐在那里。那边有一丛牛奶麦芽草，我想让它活着，拜托你。到这边来。你可以避开那些草莓，银叶草和五瓣草不怕你坐。"

卡特听话地挪开。他看着老人拿出一把小刀切开饱满的蘑菇。刀刃被磨得那么利，它看起来更像一把小刺刀。

"你得早点把它们放到锅里，这样才能染上培根的味道，但是又不能放得太早，那样会煮得太老尝起来像橡胶。"老人解释着，一边摇着平底锅里嗞嗞作响的蘑菇。"烹饪是一门艺术。最好的蘑菇是牛肝菌菇，法国人管它叫 cèpes，而其中最美味的是你们的松露。让我伤心的是，我还没有试过它们中的任何一种。你知道我刚刚让你不要压到的牛奶麦芽草的特质吗？"

"不是很清楚，"卡特说，有点吃惊，"我听说它能够帮助母亲分泌乳汁，但那不是真的，对吧？"

"如果你配合使用正确的咒语的话，那的确是真的，"老人一面说，一面翻动锅里的蘑菇，"你们现在的科学草药专家们总是疏忽应该和草药一道使用的魔法，然后就认定是植物没有功效。多么大的浪费啊。如果你把咒语从母系式转成父系式，牛奶麦芽草对男人也能起到神奇的作用。给我把你身旁的两个碟子递过来。你脚边那矮小的蕨类植物呢，它有什么特殊功效？"

卡特拾起一旁的两个木头盘子，一边递给他一边研究着脚边的蕨类植物。"隐形？"他怀疑地说道。现在看起来，他们所在的那片草地上全都是细小但各不相同的植物。还有几乎在他身下的野草莓，已经成熟了。他感到自己好像和锡拉库扎在一起一样，被赋予一种全新地看待世界的角度。

老人一边用一把木制长勺把培根、鸡蛋和蘑菇推到盘子里，一边说："不是隐形功能，更像是一个很有效的'忽视我'。如果在你的舌头下面放一些，你可以装成一棵树或者一只路过的鸟，但是你必须得告诉它你需要的是什么。这就是药草魔法工作的原理。开始吃吧。"

他递给卡特满满一盘子还在滋滋作响的食物，盘子上还搁着一把弯着的餐刀和一把木质的叉子。卡特把盘子放在膝盖上平衡着开始吃起来。美味极了。他一边吃，老人一边弯过腰来向他介绍身边的各种植物。卡特认识了一种能让牙齿变甜的植物、还有一种能治疗咳嗽，还有那颗矮小的粉红色植物，叫做锯齿知更鸟，魔力实在是非常强大。

"用一种方法来对待它，它能够将所有针对你的不良期望都带走，"老人说，"可是如果你粗暴地摘下来，它会带来雷雨。对于任何活着的生物，都不应该粗暴。如果用第三种方法来处理,而且向它请求帮助,它会给你的敌人带来可怕的报复。那颗蛋孵出来了吗?"

"不,还没有。"卡特说。不知道为什么他并没有因为老人知道那颗蛋的事情而觉得吃惊。

"不会太久了,一旦它身处温暖的环境中,而且被爱着。"老人说。他叹口气。"它可怜的母亲总算是可以放下一颗心了。"

"它——它会是什么?"卡特问道。他发现自己对问题的答案相当紧张。

"啊,它会带着自己的名字出生的,"老人回答,"一开始它会既孱弱又胆小,而且柔软,那是肯定的。有一段时间,它会需要你所有的帮助。吃完了?"他伸出他宽厚的棕色手掌来接盘子。

"是的。非常美味。谢谢你。"卡特说,将盘子和刀叉都递了过去。

"那么你最好赶紧去找你的大人物吧。"老人说。刚起身一半的卡特瞪住他。老人看起来有一点不好意思。"分散你的注意力是我的错,"他说,"我非常渴望能见到你。你的大人物就在不远处。"

卡特可以感受到克里斯托曼奇就在附近。他想这个老人一定是相当强大,足以阻挠他感受克里斯托曼奇的存在到现在。结果在他踏上那满是青苔的小道离开之前,卡特向老人满怀敬意地表示了感谢,然后道别。

当他经过马车时,老人白色的马再一次抬起头来看着他。卡特发现自己正注视着一对最不像马的、充满了兴趣的蓝色眼睛,前面还搭着一丛白色的鬃毛。从那一丛白色的马毛中,一支长长的尖角伸了出来。长角泛着珍珠的颜色,上面还带着螺旋压痕。

他不可置信地转向老人。"你的马长了——你的马是一匹独角兽!"他喊出声来。

"是的,没错。"老人也喊了回来,忙着照看他的篝火。

接着那匹马说:"我的名字是莫莉。我也很期待见到你。"

"你好吗?"卡特尊敬地说。

"不太糟,考虑到我的年纪,"独角兽说,"我会再见你的。"它再次低下头开始吃起草来,咬着一口一口的草和小花朵儿。

卡特站了一会儿,嗅着它的味道。和马儿并不太一样。除了马的味道之外,还有某种几乎像焚香一般的气息。接着他说:"再见。"然后上了路。

沿着小道前进大约一百码之后,他发现自己必须得拐弯,往森林深处前进。他跋涉越过茂盛的蕨类植物,咯吱咯吱地踩着脚下多刺的灌木,直到他来到一些更高大的树木下一片稍微空旷些的地方。那里他发现了一块空地,上面覆盖着积到膝盖的腐叶。就在卡特踩在腐叶中前进时,克里斯托曼奇正从另一个方向朝着空地跋涉。他们都停住然后瞪着对方。

"卡特!"克里斯托曼奇说,"真是太好了!"

他穿着卡特从来没有见他穿过的衣服,还套着厚重的编织袜和巨大的休闲鞋,然后是一件套头毛线上衣。卡特从未见过克里斯托曼奇穿套头毛衣,不过他还握着一根拐杖,也许那是克里斯托曼奇所能想到的走路应该穿的衣服。他也从来没有见过克里斯托曼奇需要剃胡须的样子。这一切都让他看起来更像普通人。

"我来找你。"卡特说。

"谢天谢地!"克里斯托曼奇回答,"我仿佛没有办法从这片林子里走出去。"

"你怎么进来的?"卡特问。

"我犯了个错误,"克里斯托曼奇疲惫地说,"当我离开的时候，我只是想去查看你告诉我的道路的问题，试着看我能不能走到埃尔夫斯哥特森林。当我发现无论我往哪个方向走，都不断地转回往城堡前进的路时，我变得烦躁和窘迫。我最后总算是挣扎着到了森林，但是却没有办法出来了。我大概已经绕着圈走了二十四小时了。"

"这里不是埃尔夫斯哥特森林。"卡特告诉他。

"我相信你，"克里斯托曼奇说，"无论这是哪里，它都是个悲伤、失落、空荡荡的地方。我们怎么回家？"

"这里有种奇怪的障碍物。"卡特告诉他，"我想当你冲破他们的'转回城堡'咒语时，你被安置在了那层障碍的后面，可是我不是很肯定。它相当的老旧迟钝了，朝着城堡用一个缓慢的瞬间移动，我会试着让咱们过去的。"

"我试过了。"克里斯托曼奇苦笑着说。

"再和我一起试一次。"卡特说。

克里斯托曼奇耸耸肩，然后他们出发了。几乎是立刻，他们已经来到障碍之前。从这一面看来，那层障碍似乎更真实。它看起来几乎跟细铁丝网和老旧的波纹钢板一模一样，上面长满了荆棘、鹅莓和厚厚一层金银花。卡特觉得自己还在那些植物之间看到了蔓草莓和锯齿知更鸟开出的细小粉红色花朵。啊哈！他想，记起了那位老人告诉他的。一个"绕过你"咒语。他先是转向自己的左边，然后用手在藤蔓之间伸展，直到找到一个节点。当他摸索的时候，他可以感到克里斯托曼奇向后方滑去。卡特不得不用他的另一只手抓住克里斯托曼奇的拐杖，然后把他拖到自己认为两块波纹钢板交接的地方。幸运的是，在他俩再一次被推开之前，克里斯托曼奇也看到了那个节点，然后帮助卡特推开了障碍。那消耗掉了他们两人全部的力量。

然后他们挤了过去，喘着粗气来到了城堡车道的中央，身上还缠着藤蔓。卡特发现自己还握着克里斯托曼奇的拐杖。

"谢谢你。"克里斯托曼奇收回拐杖。他需要它来支撑自己走路。卡特注意到他一瘸一拐得很厉害。"天晓得那层障碍到底是什么做的。我拒绝相信么强大的魔法仅仅是细铁丝网。"

"我想，是那些藤蔓，"卡特说，"他们都是用来束缚和禁闭敌人的。你伤到脚踝了吗？"

"仅仅是长了我有生以来最大的水泡，"克里斯托曼奇说，然后停下来从自己的套头衫上扯下一条长长的鹅莓藤，"我走了一天一夜，穿着我已经开始痛恨的鞋子。我绝对会把这些袜子给丢了。"他瘸着腿又走了几步，然后开始要用一种衷心的语气说些别的什么，但在他能开始之前，米莉从车道那头猛地冲了过来，张开双臂一下子抱住了克里斯托曼奇。

米莉身后还跟着朱莉娅、艾琳、杰森、珍妮特和城堡里的大多数巫师。克里斯托曼奇瞬间被人群给吞没了，大家欢迎着、庆祝着，询问他去了哪里、恭喜卡特、还想知道克里斯托曼奇是否还好。

"不，我不好！"五分钟后，克里斯托曼奇说，"我长了世界级的水泡。我需要剃个胡子。我累坏了，而且从昨天吃过早饭之后就没有吃过任何东西。如果你们是我的话会觉得还好吗？"

一边说着他一边随着一阵烟雾消失在车道上。

"他去哪里了？"大家都问。

"去泡个澡，我猜想，"米莉说，"难道你不会吗？有人能去替他找些足部润滑膏吗，我要去给他订些吃的。卡特，跟我来，告诉我你到底是怎样找到他的。"

一个小时之后，克里斯托曼奇召唤卡特去他的书房。卡特找到他时，他正坐在沙发里，酸痛的脚支起来放在一张皮制的脚踏上，已经干干净净地剃了胡子，穿着桃红色的缎子睡袍，那颜色让卡特想起絮状云层之间的落日。"你现在好些了吗？"卡特说。

"完美。谢谢你，多亏了你，"克里斯托曼奇回答道，"继续我们被欢迎人群给打断之前准备进行的对话，我止不住在想那层障碍。那可真是神奇，卡特。二十多年前，当我还是你的年纪的时候，我曾经被拖着进行了当时我所经历过的最长最潮湿的步行。弗拉维安·坦普尔带着我一直穿过了何普顿·摩尔，几乎都要到何普顿了。我把何普顿森林给点燃了。那个时候没有绕路的咒语，也没有任何形式的障碍。我知道。我那时会全心全意地欢迎它们。可是坦普尔和我笔直朝前走了有好几英里，没有任何事物阻止我们。"

"那层障碍看起来相当老了。"卡特说。

"二十年的时间可以让藤蔓长很长了，"克里斯托曼奇说，"也可以生出许多锈迹来。让我们假设那层障碍的年纪没有超过二十年。真正的问题是，它为什么在那里？"

卡特也很想知道，但他只能摇摇头。

克里斯托曼奇说："它也许只对埃尔夫斯哥特森林有效。

可是我必须得调查整个事情。我叫你来这里的真正原因，卡特，是想告诉你，在你那样拯救了我之后，我不能继续让你和那匹可怜的马分开了。马夫告诉我它蹄子的情况比我的脚要强多了。所以，去吧。在晚餐之前你仍然有时间骑一会儿马。"

卡特猛地冲到了马厩院子里。原本他应该还有时间骑会儿马的，只是当锡拉库扎看到卡特接近时，跳过了小围场的大门，乔斯当时正准备打开大门，而锡拉库扎从乔斯的头顶一跃而过。锡拉库扎在院子的周围跳了几次，然后跳回了围场。在围场里锡拉库扎开心地度过了一个小时，躲避努力想要抓住它的乔斯、卡特和马童们。在那之后，吃晚餐之前已经没有空闲时间了。

第十章

"不,她没有!"婆婆大声喊着,戴尔那间狭小的客厅里回荡着的全是她的声音,"平荷伊就是平荷伊。还有确保你替我照看好疯豆,玛丽安。"

"我听不懂,婆婆。"玛丽安大胆地说。她想卡特说她被压迫的事完全说对了,而她决心从现在开始勇敢起来。

婆婆咬牙切齿地、重重地呼吸着,然后激烈地盯着一片空白。

玛丽安叹口气。婆婆的这种行为在一个星期之前会把她吓坏。但是现在她勇敢起来了,玛丽安对此只是觉得不耐烦。她想要回家继续写自己的故事。自从她见了艾琳,她的故事突然变成了"艾琳公主和她的猫咪们的冒险",不知为什么好像比她第一个想法要有趣得多。可是巧依婶婶却派表兄奈德到伏尔泽小屋去告诉玛丽安,婆婆要立刻见她。当时妈妈说:"最好去看看她想要什么,亲爱的。"结果玛丽安不得不停止写作，然后赶紧跑到戴尔。毫无意义的一趟行程，因为婆婆根本就完全不着边际。

"疯豆在你那，不是吗？"婆婆紧张地问。

"是的，婆婆。"玛丽安把疯豆留在了排水板上，看着妈妈切草药叶子，拨着胖墩墩的根茎表皮。她只能希望那只猫仍然还待在那儿。

"可是它不在我这儿！"婆婆说，情绪从紧张变成生气，"这不是真的，无论你什么时候听到它你都必须反驳，明白了吗？"

"我会的，不过我并不明白你到底在说什么。"玛丽安说。

对于这样的回答，婆婆的心情变成了愤怒。"轰加普加！"她叫喊着，一边用她的拐杖敲打着地面，"你们都在针对我！这是巴潘，我告诉你！他们拒绝告诉我他们对他做了什么。把他放下然后拖链子，我告诉他们，可是他们做了什么？他们撒谎。每一个人都对我撒谎！"

玛丽安试着告诉她没有人对婆婆撒谎，而婆婆只是用更大的声音盖住她。"我听不懂你在说什么！"玛丽安冲她大声喊了回去，"说点有意义的话，婆婆！你知道如果你努力的话能做得到。"

"这是对平荷伊的侮辱!"婆婆尖叫道。

这一阵骚动惊动了戴南婶婶,她欢快地步入房间。"哎,哎,婆婆,亲爱的。你这样只会让自己累坏了。她会睡着的,"戴南婶婶对玛丽安说,"然后当她醒来之后就什么都不记得了。"

"是的,可是我不明白她到底在生什么气。"玛丽安说。

"哦,真的没有什么,"戴南婶婶说,仿佛婆婆并没有坐在那里,"只是你的海伦婶婶之前在这里。她喜欢让你所有的婶婶们都过来拜访,告诉她周围发生的事情,让她高兴。你知道。然后海伦告诉她那名新买了森之屋的女士是一名平荷伊——"

"她不是的!"婆婆阴沉地说,"我才是这里唯一的平荷伊。"

"是吗,亲爱的?"戴南婶婶欢快地说,"那我们这些剩下的人算是什么呢?"

原来这才是应付婆婆的正确办法。婆婆看起来吃了一惊,既羞愧又好笑,所有的情绪都一齐涌现,然后她看看身上那天早晨戴南婶婶替她穿上的干净的裙子。"这不是我的衣服。"她说。

"那它们是谁的呢，唉？"戴南婶婶笑着说。她转向玛丽安。"她不应该因为这个把你拖到这里来，玛丽安。下一次她再这么做，就不要理她。哦，还有，你可以替她向你妈妈多要些药膏吗？她一直这么坐着会长褥疮。"

玛丽安回答说她会问的，然后便离开了。她从一群鸡鸭之间穿过，小心注意锁上她身后的门。乔伊总是忘记好好地关门。上一次他忘记锁门，结果山羊溜出去拜访了所有人的花园。巧依婶婶因此对乔伊的怨念简直无法形容！玛丽安发现她比自己所预料的更加想念乔伊。不知道他现在怎么样了。

"妈妈。"玛丽安在穿过伏尔泽小屋那布满蒸汽的厨房时问道。此时厨房里的蒸汽充斥着药草和盐的味道。让她松了一口气的是，疯豆还在，它现在坐在桌子上了，蹲在一堆用来装乳液和药物的瓶瓶罐罐之间。"妈妈，也德汉姆夫人也是平荷伊出身吗？"

"反正你莱斯特舅公是这么说的。"妈妈回答。她细长的脸因为满屋的蒸汽而涨得通红，还滴着汗水。汗湿的卷发从她红白格子的头巾边缘翘出来。"玛丽安，我可以用得上一点你的帮助。"

玛丽安知道这是什么意思:帮助妈妈,不然的话她就得不到其他消息了。她为了自己没写完的故事叹了口气,然后就去找一块能包住自己头发的头巾。"所以呢?"等她卖力地开始工作,在加热了的鹅油里碾压切碎了的药草时,她问道,"然后呢?"

"她的确是平荷伊家的人,"妈妈说,一面小心地用一块方形棉布来挤干另一组药草里面的水分,"莱斯特去伦敦查阅了记录,以防把房子卖给了不该卖的人。你记得那些关于卢克·平荷伊的故事吗,就是那个一百年前跑去伦敦寻找财富的人?"

"是逃走前把他的老爹变成了一棵树的那个?"玛丽安说。

"不过是一个晚上而已,"妈妈说,好像那样就不过分了,"他那么做只是为了能逃脱,我想。那时候一定有一场大的争吵。卢克拒绝继承老爹的位子,而他的父亲弄瘸了他两条腿这样他就不得不留下来。反正,最后他们说卢克偷了他父亲的灰色老母马,然后连夜骑到了伦敦。那匹母马全凭自己回了家。卢克后来找了名魔法师来修复他的腿——那一

179

定是真的，因为莱斯特发现卢克先是做了一名药剂师，如果他是个瘸子是不可能成为药剂师的，而更有可能是在街上乞讨。可是他在那儿，配方制药，因为他擅长处理草药，就像我一样。可是卢克好像很快发现他自己实际上也是一名魔法师。他用这个为自己创造了一笔巨大的财富。而他的儿子也随他一样，是一名魔法师，他儿子的儿子也是，一直传到最近这一辈。威廉·平荷伊，他上个春天去世了，只留下了一个女儿。他们说他给女儿留下了他全部的财富和两名仆从照顾她，而那正是买了森之屋的也德汉姆夫人。"

妈妈停下来用勺子小心地掂量，然后舀起刚刚切碎的药草，再把药草放入被滤过的液体里。玛丽安记起艾琳提到过某个名叫简·詹姆斯的人，那一定是她的厨子。听起来是这么回事。"可是为什么婆婆对此那么愤怒？"

"嗯，"妈妈语带讽刺地说，"我说是因为她脑子不正常了，不过只是你和我知道的话，我会说，是因为也德汉姆夫人是比婆婆更加正宗的平荷伊族人。卢克是他家老爹的长子。婆婆的家人是从住在何普顿的远方表亲那边传下来的，你明白吗？"她用棉布把碗盖住，然后把碗拿去冷藏库里让里面的物体充分浸泡。

玛丽安开始舔手指上的鹅油,不过她及时地记起鹅油中添加的药草里多数是不能吃的。她觉得自己作为平荷伊的直系后代非常自豪——哦,不!她的家庭实际上是从前前任老爹的第二个儿子乔治延续下来的。无论从哪个角度来看,乔治都是一个温顺、孱弱的人,只是按照他父亲的要求行动。所以艾琳比起玛丽安来更是一名正宗的平荷伊——"哦,这又有什么要紧?"她大声说,"都一百多年前的事情了!"她四处寻找疯豆,刚好在它从妈妈因为满室蒸汽而打开的一扇窗溜出去之前逮住了它。"不,你不可以,"她把疯豆放到地上时对它说,"他们有些人今天搬进森之屋。他们不会想要你在那里的。"

埃尔夫斯哥特所有的人都不知怎么已经知道——实际上没有任何人被正式告知过——艾琳的两名仆人那个早上抵达了。他们乘坐一辆笨重的伦敦厢式货车,里面放着一些基本的家具。好家具应该晚一些,等也德汉姆夫妇搬进去了才会被送到。赛门叔叔和查尔斯叔叔那天下午去拜访,以便查看是否有任何改变装修的需要。

他们离开时都被镇住了。

"巨大的工程,"当他们抵达伏尔泽小屋向爸爸汇报,同时饮用复元滋补茶时,赛门叔叔以他那不爱说话的语气说,"而且在我们开始工作之前,还得等新的炉子和锅炉从何普顿运过来。"

"那个简·詹姆斯!"查尔斯叔叔衷心地说,"你完全不能行差踏错。绝对的老式仆人。我只不过以为他们俩是夫妻,结果——哦!还有他,那个看起来像是被踩过的家伙,可是你必须得称呼他为亚当斯先生,她说,而且要表现出适当的尊敬。所以我称呼她为詹姆斯小姐,就像她要求的那样表现出适当的尊敬,然后她跳起来,拘谨得像是把收拢的伞,嘴里说着'我是简·詹姆斯,如果你能记得住的话我会感谢你的!'在那之后我就把嘴闭得严严实实了。"

"可还是得回去的,"赛门叔叔说,"也德汉姆夫妇明天会过来看看还需要什么,而且她想要你开始粉墙壁,查尔斯。"

艾琳和杰森第二天的确是打算去森之屋和平荷伊建筑有限公司协商的。艾琳深深地吸了一口气,然后邀请珍妮特和朱莉娅跟他们一道去。"一起来吧,"她说,"无论简·詹姆斯做了什么,我都知道那里看起来一定还是一场让人沮丧的混乱。我需要有人来告诉我怎样把它变得适合居住。"

珍妮特看着朱莉娅,而朱莉娅则看着珍妮特。她俩更像是在左顾右盼而不是真正的对视。艾琳好像止住了呼吸。卡特看得出来艾琳知道出于某种原因,女孩子们并不喜欢她,而那很明显让她不安。最后,朱莉娅终于用一种不是很友善的语气说:"好吧。谢谢你,也德汉姆夫人。"然后珍妮特点了点头。

那并不友好,但是艾琳微笑着松了口气,接着转向卡特。

"你也愿意来吗,卡特?"

卡特知道她希望自己能帮忙让女孩子们更好相处,可是锡拉库扎在等他。卡特微笑着摇了摇头,然后解释说乔斯在半个小时后要带他去河边骑马溜达。而哪里都找不到罗杰。艾琳看起来有些失望,结果只有珍妮特和朱莉娅陪着杰森和艾琳去了埃尔夫斯哥特。

通常,整个埃尔夫斯哥特的居民都会跑出来盯着他们看。但是那一天,只有几个人——而且都有头脑地拜访了平荷伊牧师,以便从牧师宅的墙壁后探出头来观望——看到了他们四个人从杰森的汽车里出来。他们都告诉彼此那浅色头发的女孩子看起来和巧依婶婶一样不开心,还有,多么遗憾啊,那可以反映出他们在那座城堡里到底过得怎么样,可是也德汉姆夫人的确让平荷伊家族长面子。一名真正的高贵小姐。她出生于平荷伊家族,你知道的。

村子里剩下的人都被一股神秘的坏运气给影响到了。一只狐狸溜进了戴尔的鸡笼,吃掉了从疯豆嘴里逃脱的许多小鸡。老鼠溜进了杂物店,还有平荷伊湾的食物储藏室。另外,错误的砖块被运送到邮局用来修补墙壁。

"我不会接受亮黄色的砖!"巧依冲着送货司机喊叫着,"这里是邮局,不是海滩上的沙堡!"接着她要求司机把那些砖头都运回去。

"而且是在我的眼睛再看到它们之前,赶快!"赛门叔叔抱怨着。砖头被运来时他还因为扭伤的脚踝在卡勒医生的诊疗室里。他不得不派他的领班波至·卡勒代替他去和也德汉姆沟通。除了赛门叔叔,诊疗室里还坐满了扭伤、脱臼和严重淤青的病人,全都是平荷伊家族成员,而且他们全都是在那个早晨受的伤。史崔克叔叔也在那里,因为从他的干草棚上摔下来;还有莱斯特舅公,因为关车门时压到了自己的拇指。几乎所有玛丽安的表亲们都经历了类似的意外,而苏伊舅婆则把开水倒在了自己的腿上。卡勒医生不得不同意玛丽安的意见，这洪水般的伤痛绝不是自然发生的事件。

在伏尔泽小屋，妈妈正试着处理更多的割伤、擦伤和淤青。像是她告诉玛丽安的，她在巨大的困境中工作。她一半的浸泡物一夜之间发了霉。玛丽安趁着变质的混合物影响到其他的瓶瓶罐罐之前，替妈妈把它们剔除出去。与此同时，当理查德叔叔小心翼翼地在一个新橱柜前刻玫瑰时，他的弧形凿不知怎的滑了一下，在他的另一只手掌上犁出了一道深深的血印。妈妈不得不再一次离开她的储藏室，用一团蜘蛛网和一些施过痊愈咒的润肤露来帮助他。

"我觉得这很不寻常，茜茜莉，"当妈妈替他绑绷带时理查德叔叔说，"巧依不应该那样咒骂婆婆。"

"不要胡说，"爸爸说，他刚好过来探视自己的兄弟，"我在巧依开始之前阻止了她。这恐怕另有原因。"

爸爸是唯一这样想的人。坏运气逐渐开始感染到平荷伊家族的远亲，接着连完全没有魔法的人也受到了影响，结果大多数埃尔夫斯哥特的居民都开始责怪起巧依婶婶来。巧依婶婶的脸，就像妈妈所说的，从一百码以外就可以酸坏牛奶了。

坏运气也延伸到了森之屋。在那里，简·詹姆斯十分不满。来负责安装新炉子的男人把炉子砸在了自己的脚上，然后，让简困惑的是，他一瘸一拐地往村子里去了，还一边喊着："茜茜莉妈妈会治好我的。在我回来之前不要碰任何东西。"

当妈妈处理着男人可能被砸断了骨头的脚时，玛丽安发现——主要是因为一股难闻的味道——整个储藏室架子顶层的所有罐子里都冒起了泡泡长了霉。而且疯豆又不见了。

晚些时候疯豆再一次出现在森之屋的大厅里，刚好让一手扛着梯子、一手拎着一桶白色涂料的查尔斯叔叔在经过大厅时绊了一大跤。查尔斯叔叔在试着平衡自己的过程中，脑袋撞上了他扛着的梯子，而手里的涂料则倒在了疯豆的身上。

那一阵叮当哐啷的声音把简·詹姆斯和艾琳从厨房里招了过来，珍妮特、朱莉娅和杰森则从他们计划当作餐厅使用的房间里跑了过来。每一个人都对眼前的画面表达了同情：他们的油漆工躺在一架梯子下面，浑身沾满了白色涂料，而他身旁还有一颗白色的小脑袋拼命地试着从一个翻倒的涂料提桶下挤出来。

查尔斯叔叔看到简·詹姆斯的脸时停止了咒骂，但那仍然没有办法阻止他向整个世界宣布他打算怎样处置疯豆。就好像他晚些时候告诉玛丽安的，当你的脑袋被狠狠撞击时是会有那样的效果的。结果两个女孩子大笑起来。

"你还好吗？"杰森问他。

"如果那只猫死了的话我会更好，"查尔斯叔叔回答，"我没有把它给弄死吧？"

珍妮特和朱莉娅试着——却又忍不住——不要笑得太大声，走上前去翻开提桶把疯豆拯救了出来。疯豆身上的毛都贴着皮肤，看上去瘦骨嶙峋的样子，爪子在空中挥舞着，全身几乎都是白色。它挣扎着把白色的涂料甩到每一个人身上。珍妮特伸长手臂举着它，别开脸看向一旁，艾琳和杰森赶紧过去帮查尔斯叔叔的忙。"哦，它是一只黑色的猫！"当大家终于可以看清楚疯豆时，朱莉娅惊叹道。杰森的脚在地上的涂料上滑了一下。他抓住艾琳的手臂试着平衡自己。结果杰森脸朝下摔了下去，而艾琳也一屁股坐到了地上的涂料里。当艾琳坐在地上开始放声大笑时，珍妮特对她的看法完全转变了。

"他们的好衣服可全都毁了。"查尔斯叔叔告诉玛丽安。

他有点头昏眼花地到了伏尔泽小屋,手臂下还夹着疯豆。"那表明就算是魔法师也没有办法避免厄运咒。那家伙是个绝对的魔法师,不然我就是个付了钱的中国人。可别告诉婆婆这件事。她会抓狂的。他的脸还埋在地上的时候已经让我站起来了。把你的猫拿走。给它洗洗。如果你愿意的话,干脆把它给淹死算了。"

玛丽安接过疯豆,然后把它带到水池里,打开两个龙头冲洗它。疯豆开始疯狂地抗议起来。"这是你自己的错,闭嘴。"玛丽安告诉它。爸爸坐在桌边,用锯齿知更鸟草的花朵和繁复的叶子小心地织着一个解除咒的交错花纹,玛丽安试着听他和查尔斯叔叔谈论厄运咒的事情。

"绝对是一个恶意事件。我很肯定,"查尔斯叔叔在说,"那该死的蹄子一撞到我的头我就意识到了。但是我不知道是谁的,或者——"

妈妈从前室传来的喊声打断了他,她正在那里为一个突然开始严重咳嗽的小男孩治疗。她想知道查尔斯叔叔是不是有点脑震荡。

"只有一点儿头晕,"爸爸喊了回去,"他很好,没错。"他对查尔斯叔叔说:"我感觉像是微进推助型的。是那种等待机会，等着你的情况快要变坏，像是你快要被绊倒了，然后你提着的涂料桶快要掉了，然后它微微推动你一把，让这些可能快要发生的厄运真的发生。这并不需要太过强大的魔法来让它产生强大的后果。"

"那不能解释狐狸的事情，"查尔斯叔叔回击道，"还有他们说很多小孩子都得了百日咳，那也不能解释这个现象。"

"那些可能不是一回事儿，"爸爸说，"如果他们也是整个事情的一个部分，那么我必须得公平地说，那就比推助咒要更强大了——但是还没有出现死亡的情形呢。"

与此同时，杰森他们这些被白色涂料给妆点一新的人离开了森之屋，去换干净的衣服。杰森看起来特别的壮观，不仅仅是他的前胸，就连他的鼻尖和刘海都被染成了白色。当他的汽车不能发动时，他是那样的恼怒，忍不住喊出声音来。他骂起自己的车时，比起查尔斯叔叔咒骂疯豆更有过之而无不及。珍妮特的理论是，那辆车最后纯粹是因为羞耻才发动了起来。朱莉娅告诉她，杰森其实使用了大量的魔法来发动它。

当汽车终于喀嚓喀嚓地前进时，他们驶出了村子，直到最后一间小屋子也被抛在身后。突然杰森停住了，他猛地刹住了车子,发出一阵尖厉的声音。他跳出车子,然后站在路中央,目光炯炯地瞪着四周的篱笆。

"他在干吗?"珍妮特说。

他们都紧张地看着杰森那小丑般的身影。

"魔法。"朱莉娅说,随后也下了车。

珍妮特和艾琳跟着朱莉娅走下车来,而杰森则纵身跳入了路边一丛植物之间。"还刚好设置在一堆艾草之间,来吸取能量!"他们听到他说。他用靴子的后跟插进草丛之中。"来吧,你!"

一块拖着线头的黑色包块从植物之中被踢了出来。它看起来像是一个没有被系好的肮脏的熏衣草包裹。杰森把它挑出草丛,弄到了路肩上。"抓住你了!"他说。艾琳瞟了一眼那包裹便立刻返回到车里去了,脸色苍白而病态。朱莉娅则一阵反胃。珍妮特心里想着她们俩都怎么了。那只是一个装了草药的油腻的灰色袋子。"保持距离。"杰森对她说。他把袋子踢到路中央,然后谨慎地朝它弯下腰。"有人做了相当险恶的事情啊。这是一袋棘手的恶咒——现在它大概已经影响到整个村子了。我处理它时你最好回到车上去。"

那时连珍妮特都能感觉到那个袋子有点什么不对了。她踽踽着几乎摔倒，朱莉娅及时把她拖进了车里。"我想我要吐了。"朱莉娅说。

他们从车里看着杰森把袋子悬浮到十五英尺的高度，让它在空中变成一团火焰。它燃烧着又燃烧着，那绛红色的火焰不寻常地持续燃烧了许久，冒出一股浓重的黑烟。杰森不停地收集黑烟，然后将它导回火焰中继续燃烧。他们所有人，甚至包括珍妮特，都能感觉到那个袋子试着掉到杰森身上好把他也点着。可是杰森挥舞着左手让它停留在空中，就像你挥舞着手掌让气球在空中停留一样。他挥舞了又挥舞，一边用另一只手收集黑色的浓烟，把浓烟导回火焰中，一次又一次，直到没有剩下任何东西，甚至连最细微的灰烬都没有留下。当他回到车里时，汗水从白色的涂料层下面透了出来。

"呼！"他说，"这附近有人相当险恶啊。那东西被设计成时间越长情况会越糟糕。"

与此同时，卡特正幸福地骑着锡拉库扎，跟在乔斯和他的棕色大马身后，沿着河岸边小跑步。锡拉库扎将他的注意力吸引到河谷里的各种味道上——温和流淌的河流，散发着水流的独特气味，还有河岸上植物发出的潮湿的草香，以及河谷其他地方散发出的夏日将尽时的芳香。卡特嗅着田野中干燥的焚香味道，心里想着，即使现在突然失明，他仍然能够知道自己身处八月底。锡拉库扎和卡特一样满心喜悦，正帮助他感受河道中无数黏糊糊的小东西享受着河底泥泞的生活，河岸上成百上千的生物发出窸窸窣窣的声音，还有上方空地里随处可见的鸟类与动物们。

卡特施展咒语，让蠓虫和马蝇离远些。它们也随处可见，从树丛里成群结队地涌出来。当他设置咒语时，有着一股只要他骑马出来就会有的，和他当初在宏木森林感受到的一样的感觉。这儿确实有着众多的生物，但其实应该有更多。在喧哗的生物、雀跃翱翔的鸟儿的背后，无疑有那么一股空白应当被填补。

卡特再一次试着去寻找那股空白，然后一切都停滞了。

鸟儿不再歌唱。生物们停止发出瑟瑟的声音。甚至连河流也丢失了它的声音，只是在沉默中像牛奶一般流淌。乔斯也停住了，他停得那么突然，锡拉库扎为了不从后面撞上乔斯的马，只好往一旁挤，差点把卡特摔到河里。

法雷先生从一丛柳树背后走到他们视线中，手中仍然握着他的长枪。

"早上好,法雷先生。"乔斯尊敬地说。

法雷先生无视他的尊重,就好像他无视卡特一样。卡特坐在马上,斜占着乔斯身后的小道。他冷酷的眼睛责难地死盯着乔斯。"告诉平荷伊停止。"他说。

乔斯显然不比卡特更明白这是什么意思。"什么?"

"你听到我说的话了。告诉他们停止,"法雷先生说,"不然他们会有比一点儿恶意咒语更多的麻烦。告诉他们这是我说的。"

"当然,"乔斯说,"如果你这么说的话。"

"我就是这么说的。"法雷先生说。他摇摆了一下,这样他比过往更加无视卡特。直接而且故意地无视他。

"还有,你没有权利带着城堡里的人到处乱跑,"他说,"让大人物不要瞎掺和,你听到了吗?上一次我不得不自己采取措施。做好你的工作,伙计。"

在卡特面前,乔斯只是无助地挪动着。卡特可以感觉到锡拉库扎在他身下移动,仿佛它在建议他俩朝着法雷先生冲过去,把他推到河里。卡特完全同意,但是他知道那可不是什么好主意。他也朝锡拉库扎动动,好让它知道不要那么做。

"我的工作不是阻止事情的发生,法雷先生,"乔斯抱歉地说,"我只负责报告。"

"那你就去报告,"法雷先生说道,"不然我不知道那什么时候会结束。采取措施,在我彻底摆脱他们之前。"他脚上的大靴子在地上旋了一圈,然后便沿着河边小道大步离去。

等法雷先生从他们面前消失到柳树另一边之后,乔斯转向卡特。"现在必须得上去穿过那些空地了,"他说,"把法雷先生挤出小道不会奏效的。"

卡特热切地想问乔斯到底发生了什么,然而他也知道乔斯希望卡特完全不明白刚刚对话中的任何一句。于是他保持沉默,让锡拉库扎跟着乔斯,穿过了河谷一边的田野。鸟儿在他们的四周飞舞,生物们也再一次开始发出窸窸窣窣的声音,他们身后的河流又恢复了原本流淌的节奏。

第十一章

那颗蛋当天晚上开始孵化。

当小东西开始动起来时,卡特并没有在睡觉。他正躺在床上思考。那天晚餐时分,朱莉娅告诉大家他们发现的那个灰色的熏衣草袋子。克里斯托曼奇没有说话,但他的态度看起来显得非同寻常的暧昧。当克里斯托曼奇表现得暧昧时,通常那意味着他正特别密切地关注着某件事。晚餐后,当克里斯托曼奇把杰森叫到书房里去询问来龙去脉时,卡特一点也不吃惊。一个恶意咒语是对于魔法的滥用,而且说到底,阻止这样的事情正是克里斯托曼奇的工作。问题是,卡特知道他也应该告诉克里斯托曼奇法雷先生的事情,因为他相当肯定,那个袋子正是法雷先生在河边提到的东西。

他试着想明白为什么自己什么也没有说。一个明显的原因,就是乔斯·卡勒是某种间谍,而告诉克里斯托曼奇会暴露乔斯。卡特喜欢乔斯。他不希望乔斯陷入麻烦——而且那会是大麻烦,卡特知道。但真正的原因,是法雷先生当着卡特的面说了那些话,他当时就坐在锡拉库扎身上,听到了每一个字。仿佛法雷先生完全不担心。仿佛他十分强大,足以把克里斯托曼奇关在细铁丝网的后面,而且如果他想的话,他有着足够酸腐扭曲的能量,把城堡里的每一个人都解决掉。他基本上就是这么说的。

承认吧,卡特想,真正的原因是我怕死了他。

正是那个时候,卡特听到被掩盖住的敲打声。

一开始他以为声音又是从窗户传来的,但是当他坐起来开始聆听时,他意识到声音来自于房间里面。他打开灯。真的,那巨大的带着淡紫色斑点的蛋正在它那用围巾做成的窝里轻轻地摇晃着。从里面传来的敲打声渐渐地变得越来越快,好像有什么东西惊恐地想要出来。然后它停住了,接下来是一段仿佛已经精疲力竭的安静。

哦,帮助它!卡特想道。他从床上跳起来,飞快地取消安全咒、暖沙咒,希望那能够让里面的小生物更容易地出来。他紧张地朝那颗蛋弯下腰。"哦,不要死掉了!"他对它说,"求你了!"但是他知道,它已经在寒冷的阁楼度过了许多个春秋。此时的它一定已经是强弩之末了。

让他真正松了口气的是,里面的敲打又再一次开始了。速度慢了下来,然而敲打声既强烈又持续。卡特听得出来,里面的生物为了凿出一个洞,正集中力量在蛋壳的一个部位敲打。他想着是否应该从外面帮它弄一个洞。但是不知为何,他觉得那一定是个糟糕的主意。他也许会伤到它,或者它会因为惊吓而死掉。他唯一能做的事情,就是在蛋的一旁无助地等待和聆听。

咚、咚、咚,它一直响着。

像头发丝那么细的一条裂缝出现了,就在蛋壳靠近上方的部位。在那之后,又是一阵耗尽力气后的安静。"加油!"卡特耳语道,"你做得到的!"

可是它做不到。那敲打的声音又开始了,却微弱得多,蛋壳顶上的细小裂缝也没有变得更大。一阵子之后,敲打的声音变得如此快速,仿佛已经是一阵呼呼的声音,但是仍然没有变化。卡特可以感受到里面小东西越来越惊恐害怕。他也开始慌张起来。他不知道应该怎么做,或者怎样帮助它。

整个城堡里,卡特只想到一个可以帮忙的人。他冲过去敲开大门,然后冲回蛋的位置。他把蛋连着所有的围巾一起抱起来,冲下那弯曲的楼梯去找米莉。在他冲刺的时候,能够感受到手中蛋里因为恐惧而传来的颤栗。"不要紧!"他对它喘着气,"不要害怕!会好起来的!"

米莉的起居室在楼下一层。她和艾琳正坐在那里,一边喝着睡前的可可一边安静地聊着天。米莉的灰色大猫茉贝萨正坐在她的膝盖上,几乎盖住了她的整个膝盖。艾琳则任由城堡里的另外两只猫——可依和波茨——各自挤在她椅子的两边。当卡特撞开门冲进来时,三只猫都跳起来飞快地躲到安全的高处。

"卡特!"米莉喊道,"怎么了?"

"它破不了!它出不来!"卡特喘着粗气。这个时候他几乎都要哭了。

米莉没有浪费时间问问题。"把它给我,放在这里的地上。轻一点。"她说,然后迅速地在那毛茸茸的炉边地毯上跪了下来。卡特还在发抖,一边喘着气一边吸着鼻子,随即把蛋递给了她。米莉把它小心地放到地毯上,然后小心地把围巾扒开。"我明白了,"她用手指轻柔地在那条细微的、几乎不可见的裂痕上滑过,"可怜的小东西。"她用两只手把蛋围起来,包住尽可能多的部分,"现在没有关系了,"她喃喃地说,"我们会帮助你的。"

卡特可以感受到平静的情绪传递到蛋里,还有希望和力量。他经常忘记,米莉是除了克里斯托曼奇以外,这个国家最为强大的魔法师。人们说她曾经是一名女神。

艾琳也跪在了地毯上。"这蛋壳看起来非常厚。"她说。

"我不觉得那是问题所在——不是最大的问题。"米莉低声道。她的手从裂缝处往蛋的两边移动,开始温柔地试着将它开得更大。茉贝萨从米莉的手肘下挤进来,鼓着眼睛,仿佛它也在试着帮忙。卡特意识到也许它真的在帮忙。城堡里的猫都是阿什斯神庙里猫咪的后裔,它们有着自己特殊的魔法。可依和波茨也从壁炉台上热切地观望着。"啊!"米莉说。

"怎么?"卡特紧张地问。

"蛋壳里面被停滞咒围住了,"米莉说,"我想施咒的人原本是希望保护这个蛋,可是那让它非常难出来。让我们看看。卡特,在我试着消除咒语时,你和艾琳把手放在我的手放的位置。让已经裂开的部分张开越大越好,但是动作要非常温柔,不要让裂缝延伸开来。"

他们跪在地上,手掌相互交叠着,卡特和艾琳——艾琳相当小心害怕地——往裂缝两边稍稍施力,与此同时,米莉用指尖点着他们开拓的一点点空间。一会儿之后,米莉发出一声恼怒的声音,接着让自己拇指和食指的指甲长长了一英寸。接着她继续用她新的长指甲开始掰弄,直到她成功地从里面挑出了一丁点儿差不多白色的什么东西。

"啊!"他们都说。

米莉继续挑弄,缓慢地、平稳地、温柔地,那白色薄膜般的东西被弄出来得越来越多,直到最后带着一声哨声,完全被拔了出来。它一旦从蛋壳中摆脱出来就消失了。米莉说:"该死!我原本想知道那是谁的咒语。不过算了!"她朝着蛋凑过去,"现在你可以开始工作了,亲爱的。"

里面的小生物做出了自己最大的努力。它又敲又打,可是那时声音已经微弱无力了,卡特几乎不忍去听。

艾琳耳语道:"它非常虚弱了。我们就不能替它把蛋壳打碎吗?"

米莉摇摇头,四散的头发和艾琳的头发以及猫咪的毛发纠结到一起。"不,给它传送力量是好得多的办法。把你们的手放在我的手上,你们两个都是。"她拾起蛋,手指上的指甲已经变回了原状。卡特把他的手放在米莉手上,然后艾琳带着疑虑也照做了。卡特看得出艾琳完全不知道怎样把力量传给别人，于是他协助她，把她的力量和自己以及米莉的能量一起推入到了蛋之中。

里面的生物打起精神敲了起来。啪、啪、啪啪啪、啪啪啪，砰。喀拉。然后一个看起来像是喙的东西——反正是带点儿黄色的钝钝的东西——从淡紫色的蛋壳里伸了出来。接着它停住了，像是在拼命吸气。它看起来是那么的柔软和娇嫩，卡特的鼻子和嘴巴因为同情而发酸。它居然得用这个来打破那坚硬的外壳！他想。下一秒，喙的旁边伸出了一只瘦小的爪子，长着长长的粉红色指甲。接着是第二只爪子挣扎着伸了出来，和第一只一样的细小和瘦弱。

现在所有的猫咪们都全神贯注地看着。茉贝萨的鼻子几乎都要贴在那正在扩大的裂缝上了。

"是一条龙吗？"艾琳问。

"我不——我不能确定。"米莉说。

就在她说那句话时，那瘦小的爪子找到了裂缝的边缘，开始又抓又推。蛋壳被推成两半儿，里面的生物滚了出来。它比卡特料想的要大许多，起码是茉贝萨的两倍那么大，但它是那样的瘦骨嶙峋，身上些微的湿润，还覆盖着浅色的、邋遢的绒毛。它张开了尖喙上方两只圆圆的黄色眼睛，恳求地看着卡特。"呜咿、呜咿、呜咿!"它叫着。

卡特觉得它看起来需要拥抱,于是把它捧到了怀里。它舒适地依偎到他的怀里,发出了一声精疲力竭的叹气。小东西的喙和前爪盖在了他的右手臂上,后面的爪子则相当难受地挂在了他睡衣的左边衣袖上。它有着一条像绳子一般的尾巴,从卡特的膝盖上挂了下来。"呜咿。"它说。

相对于它的体型来说,它比卡特想象的要轻得多。他正要问米莉,这到底是一种什么生物,米莉起居室的大门突然一下打开了,克里斯托曼奇急匆匆地走了进来,看起来十分紧张,而杰森紧随其后。"是不是有什么紧急事件?"克里斯托曼奇问道。

"严格来说不算。"米莉说,一边指着卡特怀里的生物。

克里斯托曼奇从炉边地毯上破裂的两半蛋壳看到卡特手中的生物。他惊叹道:"赞美主!"然后走过来细看。他的手指从生物柔软的尖喙滑过它的背脊,一直到那绳子一般的尾巴,然后握起它的尾巴,看着末端那一丛毛发。接着他转到另一边仔细观察它长长的粉红色尖爪。最后,他展开生物两边肩膀上长着的,看起来很滑稽的三角形部位。"赞美主!"他再一次赞叹,"它真的是一只格里芬。这是它的翅膀。看啊。"

在卡特看来，它们可不像是对翅膀。它们都没有长羽毛，而且上面覆盖着和其他部位一样的那种浅色的绒毛。不过也许克里斯托曼奇知道他在说什么。"它们吃什么？"他问。

"我一点概念都没有。"克里斯托曼奇说，然后看着杰森，他也回答："我也不知道。"

仿佛它能够听懂他们的对话，小小的格里芬宝宝很快就意识到自己饿坏了。它像刚出生的小鸟一样张大了嘴，露出里面的粉红和橘色。"呜咿！"它说，"呜咿、呜咿、呜咿、呜咿！呜咿。**呜咿、呜咿、呜咿！**"它在卡特的怀里挣扎得如此痛苦，卡特不得不把它放到地毯上，它展开双翅瘫在地毯上，悲惨地发出呜咿的声音。茉贝萨快速地靠近，然后用舌头开始清洁它。格里芬宝宝看起来很享受。它朝着茉贝萨拱了过去，但那并没有阻止它那可怜而尖厉的叫声："呜咿，呜咿，呜咿！"

米莉站起来，然后施展了些快速的召唤咒。当她再一次跪下来时，她手里握着一罐温牛奶和一支大号的药用滴管。"来，"她说，"根据我的经验，大多数的宝宝都喜欢牛奶。"她用滴管吸入牛奶，然后温柔地喷在了张开的尖喙一角。

格里芬宝宝呛到了，大多数的牛奶都被它弄到了地毯上。卡特觉得它并不喜欢牛奶。可是当他这么说时，米莉回答道："是啊，但是它必须得吃点什么，不然它会死的。目前让我们先喂它喝些牛奶——那不会造成任何伤害的——然后等一到早上我们就去找兽医——瓦斯蒂安先生——看看他有什么建议。"

"呜咿，呜咿，呜咿。"格里芬继续呜咽着，当米莉再次把一些牛奶挤到它嘴里时又一次呛到了。

接下来是三个小时的辛勤工作，在那期间他们五个人都试着喂格里芬宝宝，但只获得了部分的成功。艾琳做得最好。像杰森所说，艾琳应付动物很有一套。卡特算是第二名，不过他觉得等到应该他来尝试时，格里芬宝宝已经对于用滴管吸食相当适应了。卡特把罐子里的多数牛奶都喂给了它，可是那看起来并没有起到多大作用。他才刚刚把看起来满足了的小格里芬放下，它又抬起尖喙来发出"呜咿、呜咿、呜咿！"的声音。其他四个人也是一样的情形。最终，卡特实在是累坏了，他唯一还醒着的原因，是因为他是那么的为格里芬宝宝难过。它需要一名家长。

克里斯托曼奇打了一个长长的哈欠,直到他的下巴发出一声咔嗒的声音。"卡特,如果你不介意我问问,你从哪里得到这永远也吃不饱的小野兽的?"

"它是从杰森的阁楼里的一颗蛋里孵出来的,"卡特解释道,"一个叫做玛丽安·平荷伊的女孩给我的。那幢房子原本属于她的父亲。"

"啊,"克里斯托曼奇说,"平荷伊。嗯。"

"它身上原本有一个停滞咒,"米莉说,"一定在那间房里放了很多年了。"

"可是卡特不知怎的把它孵化了。我明白了。"克里斯托曼奇说,叹口气。现在轮到他喂格里芬宝宝了。克里斯托曼奇在自己深红色丝绒晚礼服的外面套着米莉替他召唤来的、带着褶边的围裙实在是非常奇怪的一幕。他坐在炉前的地毯上,把滴管的一头对准格里芬张开的尖嘴。格里芬又呛到了,多数的牛奶滴了出来。克里斯托曼奇看起来要放弃了。"我想,"他说,"唯一应付这可怜生物的办法是朝它施展一个四小时的睡眠咒,然后等它一醒来就带它去看兽医。"

每一个人都疲倦地同意了。"我会替它召唤一个狗篮。"

米莉说。

"不，"卡特说，"我带它一起睡。它需要一名家长。"

被睡眠咒催眠的格里芬趴在他手上睡着了，他准备起身回房间。米莉和他一起出发，以确保他们的安全，茉贝萨一直跟着他们。茉贝萨仿佛是下定决心要扮演格里芬的母亲。就像米莉说的，不是件坏事情。卡特睡着了，轻轻地打着鼾，身边蜷着格里芬宝宝，而茉贝萨则挤在了格里芬的一旁。到早晨时，它俩几乎把卡特挤出床去了。

他醒来的时候发现格里芬宝宝把床给尿湿了。考虑到它喝下去的那么多牛奶，这一点也不让人吃惊。那可怜的小东西又开始发出"呜咿，呜咿"的声音。

米莉在它发出第三声"呜咿"的时候出现在门口，和卡特一样紧张。"起码它还活着，可怜的小东西，"她说，"我已经给瓦斯蒂安先生打过电话了，他说他只能今天早上看看它，如果我们现在就带它去他的诊疗室的话。因为一会儿之后他必须去照看一头病得非常厉害的母牛。你赶紧穿衣服，卡特，我来看看它还愿不愿意再喝点儿牛奶。"

在米莉再一次把滴管对着格里芬那绝望的小嘴时，卡特越过格里芬和茉贝萨爬下床，换下他那有些发臭的睡衣。它又把牛奶吐了出来。"哎呀，这样，"米莉说，"他们反正得替你换床单的。我已经和贝瑟默小姐说过了。我替它拿了一床干净毯子，真幸运。你准备好了吗？"

卡特还在系鞋带。不过他已经套上衣服了，穿的是他旧的西装裤和他骑马时候用的红色运动衫。米莉的穿着也差不多。她穿着磨破了的旧花呢裙子和一件昂贵的蕾丝上衣，因为太过于担心格里芬而没有注意到。她摊开自己带来的毛茸茸的白色毯子，卡特温柔地把格里芬抱到上面。它正在颤抖着。当它被毯子包裹起来之后，仍然在发抖。

他们留下茉贝萨喝完米莉带来的牛奶，然后着急地冲下楼，来到城堡的大门之前。米莉没有麻烦去叫醒城堡的司机。在她来叫醒卡特之前，已经把那辆黑色的长车开到了城堡前面。当卡特抱着格里芬坐到前排乘客座位时，它还在发抖，一直等米莉开着车经过赫尔姆·圣·玛丽，然后到并不是很远的村子外围的兽医诊所时，它的颤抖也一直没有停歇。

卡特马上就喜欢上了瓦斯蒂安先生。他越过鼻子上架着的半月形眼镜，看着卡特和米莉。"现在我们遇上了什么问题？"他的声音像是某种沉郁的低吟，还带着点呼噜声，

"带它进来,带它进来,"他一面对他们说,一面朝他的诊疗室里挥着手,"把它放在这里。"他伸出一根粗壮的手指,指着闪闪发亮的检查台。卡特小心地把那一大包毯子放在诊疗台上,瓦斯蒂安先生仿佛不情愿地展开毯子,一边抱怨着:"这么大个包裹。这有必要吗?我们这里有个什么?"

让卡特吃惊的是,格里芬也看起来很喜欢瓦斯蒂安先生。它停止了颤抖,抬起头来用它那大大的金色眼睛看着他。"呜咿?"

"你也呜咿,"瓦斯蒂安先生朝着它咕噜地答复道,一边继续展开毯子,"你不应该太过宠溺它们,你知道。对任何动物都不好。现在——哦,是的。你有一只漂亮的格里芬男宝宝。仍然相当小。不过它们长得很快,你知道。它已经有名字了吗?"

"我不这么想。"卡特说。

"很好,"瓦斯蒂安先生咕噜道,"它们总是给自己起名字。实际上,在你们来之前我已经找了些资料,以防你们没有骗我。在这个世界格里芬可是非常稀有的。说实话,这是我见过的第一只。等一下。"

他停住,然后熟练地单手把格里芬按在诊疗台上,用另一只手抓起不知道怎么跑到诊疗台上来的一只青蛙，然后把它扔出了窗户。

"讨厌的东西，这些青蛙。"他抱怨着，然后把小格里芬这样或者那样地转着，摸摸它的肚子和肋骨，还有它的脚，检查它的两对爪子。"现在这里青蛙泛滥，"他解释道，"他们来找我解决这场青蛙瘟疫。我问他们我应该怎么做——往鸭池里下毒？我告诉他们自己解决这个问题。他们是法雷家的人，应该知道怎么做。不过毋须争辩的是，太多的青蛙确实让它们变成害虫。到处都是。而且我觉得它们有一半不是真的。我猜是某个魔术师开的玩笑。"他撑开格里芬的尖喙往它的喉咙里看。"从这里看，它有一把好嗓子。现在让你到这边来，小家伙。"

瓦斯蒂安先生让格里芬站起来，然后展开它那小小的三角形翅膀。他在翅膀的根部摸索了一圈。"这里长了不少用于飞行的强壮肌肉，"他说，"只需要些成长并等待羽翼丰满。羽毛会长出来的，还有后面的尾翼。你会注意到等它长大之后这些绒毛都会退去。你到底在担心什么？"

"我们不知道给它喂什么吃的，"卡特解释道，"它不喜欢牛奶。"

"哦,它不会喜欢的,不是吗?"瓦斯蒂安先生咕哝着,"它的前半部分是只鸟,看。"

他敏捷地把格里芬转到它的侧面,它安静地侧躺着。卡特看得出来它喜欢被这样稳定有力地触摸。瓦斯蒂安先生用手滑过小东西的尖嘴,然后往上抚摸,它那簇成一团的小小耳朵被压平开来。

"现在你看得到它的轮廓了,"他说,"让我想起鱼鹰。或者更像是海鹰。了不起的鸟儿。巨大的翼幅。用那做参考,然后把食物都切小,不然它会被噎着。海鹰喜欢吃鱼,但是它们更爱兔子,也很容易抓到。我猜这个小家伙也会很喜欢切碎的牛肉。但是也应该在它的饮食里加入切碎的生蔬菜,让它保持健康。我最好展示一下。钱特夫人,麻烦您替我按住它一下。"

米莉把两只手放在那安静地躺着的格里芬身上。"它是这样的瘦弱!"

瓦斯蒂安先生发出声长长的呻吟。"它当然是的。刚刚才孵出来。所有的新生命都是这样的,又瘦小又羸弱,眼睛下面带着眼袋。等我一下,我去给它拿点小狗的食物。"他拖着脚挪出了房间,那似乎是他通常的走路方式。

当他们等待时，又一只青蛙跳到了桌子上。卡特把它拾起来，像瓦斯蒂安先生做的一样，把它又扔出了窗户。随着脚上传来的一阵拍打，他发现又有两只青蛙不知怎的跳到了他的靴子上。在那昏暗的灯光下，它们的部分身体看起来像是透明的绿色，其中点缀着一点儿红颜色。卡特意识到瓦斯蒂安先生是对的。这些青蛙只有部分是真实的。他弯下腰去，刚好在瓦斯蒂安先生挪回来时用左手拾起了那两只青蛙。被米莉压在手下的格里芬宝宝抬起头，把小嘴张得大大的，兴奋地发出"呜咿，呜咿，呜咿！"的声音，好像它都要从桌子上跳出去了。卡特赶紧把青蛙们送回它们来的地方，然后冲过去帮忙压住格里芬。

"这就对了。"瓦斯蒂安先生说。他手里握着一大把绞碎的生牛肉，里面拌着胡萝卜丁。他们看着他把手指撮起来捻起一些肉，这样他的手指形成一个大概的鸟嘴的形状。"就像这样，看，"他嘀咕着，然后把那一把肉熟练地塞到格里芬的喉咙里，"你觉得做得到吗？"

格里芬大口吞咽，吧咂一下鸟嘴，然后全身心地抬头看着瓦斯蒂安先生。"呜咿？"

"再等一小会儿，小家伙。钱特夫人会带你回家，然后给你一份大餐，"瓦斯蒂安先生说，"如果你有什么担心的话再把它带回来。费用是十六便士，钱特夫人。"

他们又回到了车里，卡特抱着格里芬，这一次没有用毯子。米莉把毯子丢到后座上，说道："我想我们大概担心得太多了，卡特。生肉！幸亏他告诉我们！"她开着车经过了村子的广场，一直开到城堡的车道上。她没有停在大门前，而是绕着城堡开到了后面的厨房门前，停在了那里。

卡特吃惊地发现有那么多人在厨房里等着见他们。弗雷泽先生——城堡的管家——为他们打开了厨房的门。而主厨斯塔布斯先生，后面跟着他的学徒们，把他们迎了进去，一边紧张地询问着格里芬吃什么。

"生肉，"米莉说，"加上磨碎的胡萝卜——还有切碎的荷兰芹，我想，以保持它的清新口气。"

"我猜也是，"斯塔布斯先生说，"艾迪，去取那些绞碎的兔子肉。琼和洛丽，替我们切一些胡萝卜，还有吉米，你负责荷兰芹。还有，我猜你喂它的时候会想吃点早餐。伯特，咖啡、烤面包。"

女管家贝瑟默小姐也在那里，忙着在桌上摊开报纸，好让卡特把小格里芬放在上面。"在你的房间放一个篮子？"她问卡特,"我替你找了一个宽敞的。直到它被驯养好之前我们会用魔法铺设里面的衬里,如果你不介意的话。"

当碎肉被送来时,格里芬宝宝用它摇摇晃晃的腿站了起来,摇着自己细绳子一般的尾巴,然后又叫着:"呜咿!"一大堆的人围着桌子看着。卡特看到了鞋童乔伊、玛丽、尤菲米娅和另外两名女仆、好几名男仆、所有的厨房雇员、弗雷泽先生、贝瑟默小姐、几乎所有的城堡巫师们、罗杰、珍妮特、朱莉娅、艾琳、杰森和茉贝萨,看起来都像着了魔一样。他甚至瞄到了克里斯托曼奇,穿着一件紫色的睡袍,站在人群之后,越过大家的头顶看着。

"我们可不会每天都有机会看到一只格里芬,"米莉说,"你来喂它,亲爱的。毕竟是你找到了它。"

卡特握起一把肉,把手指做成鸟嘴的形状,然后把食物送到了格里芬期待的嘴里。"哦,小可怜!"当格里芬吞咽时有人低声说,小家伙看起来开心极了,抬起头想要更多。"呜咿?"那一整盘食物很快就被吃掉了。在更多更响亮的"呜咿,呜咿!"之前,卡特只来得及吞下一片烤面包。格里芬宝宝吃掉了所有的兔子肉,外加一磅碎牛排,接着"呜咿!"叫着还想要更多。斯塔布斯先生弄来了些熏过的三文鱼。它把鱼也吃了。到这个时候,它原本骨瘦如柴的小肚子已经圆滚滚的了,像一面鼓一样紧邦邦的。

"我想这样应该够了,"米莉说,"我们不想它被撑病了。不过很明显它需要吃很多。"

"我已经给肉贩发过订单了,夫人,"斯塔布斯先生说,"看得出来它需要大量的食物。如果我说的话,每四个小时喂一次,要是它和一个人类宝宝类似的话。"

"哦,天哪!"卡特说,"真的吗?"

"相当肯定,"弗雷泽先生突然之间变成了一名鸟类发烧友,"雏鸟每天都能吃掉和自己体重一样多的食物,经常可能更多。最好称一下它,斯塔布斯先生。你也许需要增加你的订单量。"

于是厨房的秤被拿了出来,格里芬宝宝的体重已经超过一英石,准确的说是十六磅[①]。它一点也不喜欢称重量。它想要睡觉,最好是睡在卡特的怀里。当卡特抱着它上楼时,它的尖喙满意地靠在卡特的肩膀上,茉贝萨则警惕地跟在身后。斯塔布斯先生在一张旧账单的背后重新计算。最后的总

---

① 一英石相当于十四磅,约六点三五千克。

额让他决定派乔伊到肉贩那里去把他原本的订单翻倍。

乔伊在他离开之前顿了一步,和罗杰交换了一个急迫的目光。"我会等的,"罗杰说,"保证。"

"快点出发,乔伊·平荷伊!"斯塔布斯先生说,"你个懒骨头!"

第十二章

埃尔夫斯哥特正面临一场突如其来的青蛙瘟疫。

从来没有人见过这样的场面。它们的数量成千上万,而且在阴影中,它们看起来像是某种绿红色。它们到处都是。人们早上起床时会踩到它们,准备冲茶时会在茶壶里找到它们。整个村子里唯一一个能够享受这场灾难的居民,大概就是疯豆了。它在伏尔泽小屋里四处追逐着青蛙。它最爱的猎取目的地是玛丽安的卧室。然后它会在玛丽安床边的小地毯上猎杀它的猎物。

玛丽安拾起地上那奇怪的小团黑色残骸。青蛙们死掉的时候好像会缩水,然后变成某种深色、干枯的东西,上面还留着洞眼。不是真的,她想。它们身上散发出一种她认得的味道。她以前在哪里闻到过这个特别的味道呢?她知道当她闻到那种味道的时候,乔伊是在场的。是不是他们偷了那只白鼬标本的时候?不是。是在那之前。是在婆婆朝着法雷家的人施展魔法大冲击的时候。

对了,玛丽安想,这些是婆婆的杰作。

她下楼把干瘪的残骸丢到垃圾桶里。"我要去看看婆婆。"她告诉妈妈。

"她又想见你了吗?"妈妈说,"不要去太久。我还在和罐子里的霉菌作战。我们必须得把这些都洗烫过。"

尽管那一阵坏运气和它来袭的时候一样突然地消失了,但它的影响仍然随处可见,霉菌、还在恢复中的伤口、扭了的脚踝、还有——应该是厄运咒最后干的一件坏事——许多突然之间被染上百日咳的孩子们。在玛丽安走向戴尔的路上,她经过的多数房子里都传来了沉闷的咳嗽声。不过,在她路过邮局时,发现这一次正确的红砖被送了过来。

巧依婶婶正站在破损的墙壁后方的草地上,看着货物抵达。"我也许收到了我的砖,"她朝玛丽安抱怨着,"可是离完工还早着呢。你的赛门叔叔忙着在森之屋做装修,挂着拐杖跳来跳去,如果你愿意这么说的话!全都是为了那个自称是平荷伊的女人。如果他可以用一只脚替她干活,为什么不可以为我工作?好像我的钱没有她的好似的!"

她继续叨叨着相同的内容,不过玛丽安只是朝着巧依婶婶微微笑了笑然后继续前进。就像爸爸常说的，如果你留下来听巧侬婶婶念叨，你会一个礼拜之后仍然还在那儿，而她还是没有唠叨完。

前往戴尔的小巷子里全都是青蛙，小屋前的池子里更是挤满了翻腾跳跃的青蛙。鸭子们已经放弃了游泳的尝试，正忿忿地蹲在草地上。

"我不知道我做了什么要遭受这个，"戴南婶婶说，一边为玛丽安打开门，"人们会以为我们冒犯了摩西还是什么的！快进来。她正找你呢。"

玛丽安大步走到婆婆拥挤的客厅里。"婆婆。"她说。

婆婆褶皱的脸朝她抬了起来。"我的脑子不太对。"婆婆飞快地说。

"所以你不应该使用魔法，"玛丽安回击道，"整个村子里都是青蛙。"

婆婆摇着头，仿佛她因为人们的行为而忧伤。"这个世界怎么了？那些不应该在那儿。"

"那么它们应该在哪里呢？"玛丽安挑衅地说。

婆婆又摇摇头。"没有必要挑起这个担子。小姑娘不应该为这种事情烦恼。"

"哪里?"玛丽安说。

婆婆低下头,开始褶起她刚浆洗过的裙子。

"哪里?"玛丽安坚持道,"您把那些青蛙送到哪里去了,对吧?"

非常不情愿地,婆婆喃喃道:"杰德·法雷不应该来招惹我的。"

"赫尔姆·圣·玛丽?"玛丽安说。

婆婆点点头。"还有其他的地方。那边的许多村子里都有法雷家的人居住。我忘了那些地方的名字。如今我的记忆力不行了,玛丽安,你必须得明白。"

"我明白,"玛丽安说,"您把青蛙送去了赫尔姆·圣·玛丽,刚好就在克里斯托曼奇城堡的外面,这样他们不可避免地会注意到。而你让法雷家那样愤怒,结果他们朝着咱们施展了厄运咒,还把青蛙直接给送了回来。您难道不羞愧吗,婆婆?"

"那是典型的杰德·法雷,"婆婆说,"在那边躲着我,以为他这样就安全了。然后他们总是在监视着我,一边监视着一边潜伏着。那不是我,玛丽安。是艾迪格和莱斯特。我可没有告诉他们这么做。"

"你明明知道艾迪格和莱斯特绝对不会向任何人送青蛙的!"玛丽安说,"这真是让我反感,婆婆!"

"我必须捍卫自己!"婆婆抗议道。

"不,你不是的,不是用这样的方式!"玛丽安说,然后暴风雨般冲了出去,穿过成群的青蛙,经过小巷子和新送来的砖头。她觉得自己比以往任何时候都更加生气。她沿着伏尔泽巷冲了下去,一直到伏尔泽小屋后面的棚屋里。爸爸和理查德叔叔正在那里锯木头,还一边尝试着不要同时把青蛙也给锯成两半。"是婆婆制造了这些青蛙。"她告诉他们。

"哦,算了吧,玛丽安,"爸爸说,"婆婆不会做这样的事情的!"

"是的,她会的,而且她也做了!"玛丽安说,"她把它们送到了赫尔姆·圣·玛丽,可是法雷家的人把它们又送了回来,还给我们施了厄运咒,因为婆婆让他们太生气了。爸爸,我想我们正处于和法雷家的战争之中,可我们甚至还不知道。"

爸爸笑了。"法雷家也不是那么不文明的,玛丽安。这些青蛙只是某种玩笑——从它们发光的方式来看你就知道它们是魔法的产物。去吧,不要为了它们而伤脑筋了。"

那之后无论玛丽安说什么,爸爸都只是笑笑然后拒绝相信她。她回到家里,试着告诉妈妈。

"哦,说真的,玛丽安!"妈妈说,手上还隔着一块布巾握着烧水壶,被一阵开水的雾气包围着,"我同意,这些日子婆婆简直和傻瓜一样疯狂,可是法雷家都是些理智的人。我们和他们在乡下一起合作。把你的头发扎起来然后给我帮帮忙,忘了这些可恶的青蛙吧!"

当天剩下的时间里,玛丽安都在既愤怒又孤单地烧开水。她不相信婆婆会简单地止步于青蛙。她知道在法雷家人变得更加愤怒从而做出什么可怕的报复行为之前,她必须找到相信她的人,可是爸爸和妈妈看起来都不再多想些什么。有些时候,她几乎想放任婆婆的所作所为,然后等着坏消息的到来。可是她现在开始变得勇敢了,而且她觉得她必须继续前进。她思考着,还有谁会相信她。某一个能够阻止婆婆而且能向法雷家解释的人。除了查尔斯叔叔,她想不到其他人。而查尔斯叔叔正和赛门叔叔在森之屋工作。等他结束工作我就和他说,她决定着。因为我觉得这事非常紧急。

等到那天下午,青蛙灾难严重到理查德叔叔不得不采取措施。他替驴子多莉套好车套,然后在驴车上装满了桶和麻布袋。然后他叫来了玛丽安所有的表亲,有十人之多,一队人马在房子里搜索捕捉青蛙。他们到处随手都能抓到一把蠕动着的青蛙。男孩子们在那些太过年长,或者因为太过忙于应付咳嗽而没有时间来自己抓青蛙的村民家里,从茶罐里倒出来,橱柜里扫出来,还从鞋子里、厕所里捉住青蛙。其他人则在花园里捕猎它们。他们开心地从一间屋子里出来,手里提着麻布袋,里面装满了扭动着呱呱直叫的青蛙。孩子们把布袋扔到驴车里,然后一起去下一间屋子。他们在牧师的家里抓了两百只青蛙,在教堂里抓了有两倍那么多。唯一有更多青蛙的地方,是戴尔。

"合乎情理,"理查德叔叔不愿意相信任何对婆婆不利的话,"戴尔有一个池塘。"

最终,当驴车上堆满了鼓胀的麻布袋和呱呱响的桶子之后,周围几乎找不到青蛙了,他们领着多莉,沿着伏尔泽巷去了河边,然后把所有的青蛙都倒在了河里。理查德叔叔对接下来的情景只能搔搔头。青蛙一碰触到流动的河水,就随之消融了。表亲们也没有办法理解。

"嗯,他们说流动的水破除魔法,"当他完成一天的工作,到伏尔泽小屋喝杯茶时,理查德叔叔告诉妈妈和玛丽安,"可是直到现在我都难以置信。真像是泡沫一样化在了黑色的水里。真令人吃惊。"

玛丽安四处查看,然后发现疯豆又不见了。"哦,该死的!"她悲叹道,然后着急地跑到桌前去转餐刀。当门口响起敲门声时,餐刀仍然在桌上旋转着。

"看看谁来了,玛丽安!"妈妈喊道,一面往茶壶里倒着开水。

玛丽安前去打开大门,然后盯着门外来客看着。那是一名非常高,而且瘦的女人,提着一个篮子。她有着一头直发和平板的胸部,还穿着一件玛丽安所见过的最沉闷的土褐色的裙子。她的脸又长又严肃。她看着玛丽安,那表情让玛丽安想起就要找学生岔子的老师。

在玛丽安能问这名陌生人的来意之前,女人说:"简·詹姆斯,从森之屋来。并不是最好的见面方式,我知道,可是你知道你的猫可以穿墙而过吗?它在我的厨房里,吃我准备给亚当斯先生做晚餐的鱼。所有的门窗都关着。那是唯一的解释。真不知道你可以怎样把它关起来。"

"我也不知道。"玛丽安说。她抬起头来看向那严酷的脸,却发现里面满是藏起来的幽默感。简·詹姆斯显然觉得这一情形相当的好笑。"我很抱歉,"她说,"我这就去把它带回来。"

"没必要。"简·詹姆斯说。她打开带来的篮子,把疯豆像块布丁一样扣在了门前的地垫上。"很高兴认识你。"她说,然后转身离开。

"哎,我会——!"就在玛丽安关上门时,理查德叔叔说,"如果你问我的话,那个女人有着相当强的魔法!"

"难怪我们没有办法把那只猫关起来!"妈妈说,一面将茶壶放在桌上。

疯豆坐在地垫上,怒视着玛丽安。玛丽安也朝它回瞪过去。他们能相信简·詹姆斯说疯豆可以穿墙而过,却不能相信我对婆婆的说法,她想。"你,"她对疯豆说,"你和婆婆一样坏!而我没有办法想出比那更糟的了!"

与此同时在城堡里,卡特正试着适应每四个小时——起码的——就要喂养一次格里芬宝宝的节奏,它通常三个半小时就会醒来,肚子再一次变得又瘪又瘦,然后"呜咿,呜咿,呜咿!"地叫唤,想要吃更多的食物。当朱莉娅在楼梯上喊住他的时候,他正抱着格里芬再一次回厨房——现在它比刚孵化出来时已经重了很多。

"我能帮你喂它吗？"她问，"它那么可爱！珍妮特也想帮忙。"

卡特意识到这正是他需要的。他很快地回答："那么，我们可以轮流来喂它。你们可以在白天喂，晚上由我负责。"

事实上，他很快发现，数量让人吃惊的一大群人都想帮忙喂格里芬。贝瑟默小姐想帮忙，还有斯塔布斯先生和尤菲米娅。米莉也想帮忙，就像她说的，她对格里芬有着个人情感在其中。另外还有艾琳，当她不在埃尔夫斯哥特照看她新房子的装修时，也请求着希望能轮流帮忙照看。

一开始的时候，卡特发现自己和茉贝萨一样，带着占有欲坐在一旁看着别人为格里芬喂食。他知道如果自己在场的话，它会比较高兴。然而等它看起来已经习惯其他人把大团的肉塞到喉咙里之后，卡特——带着内疚——放松地叹了口气，然后去找锡拉库扎了。没过多久，他已经只需要在晚间喂养格里芬。

他每晚都带着两大碗盖着盖子的肉回房间，每一碗肉都被施了停滞咒以保持新鲜。等第三晚时，他已经——嗯，几乎已经——习惯了在半夜和凌晨四点被格里芬的"呜咿，呜咿，呜咿！"声吵醒。如果那没有唤醒卡特，茉贝萨也会用它冰冷的鼻子急迫地蹭着卡特的脸，或者在他的肚子上重重地踩踏。

第三天晚上，茉贝萨与往常一样在半夜把他唤醒。"好的，我知道了。我知道了！"卡特说，从茉贝萨的鼻子和踩踏之下翻过身，"我这就来了。"他坐起身然后打开灯。

让他吃惊的是，格里芬仍然沉沉地睡着，在它的篮子里蜷成一团，只有黄色的尖喙从边缘伸出来，发出阵阵像响哨一般的鼾声。但有什么东西正在敲打他的大窗户。和他做过的那个奇怪的梦一模一样。我想我知道这是什么！卡特想。他从床上下来打开了窗户。

一张自上而下的脸从窗外看向他，但这一次却是一张人脸。

卡特朝那张脸瞪回去，觉得难以置信。

"你能给我们一点帮助吗？"那张脸说，带着绝望的语气，"外面在下雨。"

因为是倒着一张脸，卡特花了些时间才认出来，那是乔伊——鞋童的脸。"你怎么跑到那里去的？"他说。

"我们做了这个飞行器，"乔伊解释道，"可是我们没搞对。它坠毁在你的屋顶上了。罗杰也在上面,像楔子一样插在这儿啦。"

哦,我的天!卡特想。原来他们在那座棚屋里干这个!"好吧,"他说,"我最好让你们进来。把自己松开来吧。"

以一个混合着召唤咒和漂浮咒的临时混合咒语,卡特成功地把乔伊从屋顶拖下来,穿过窗户拉进了房间。不幸的是,那似乎把坠毁的飞行器也弄松了。就当乔伊重重地摔到卡特的地毯上时,上面传来一阵滑行的声音,接着是罗杰恐惧的哭声。卡特勉强在罗杰从窗外掉落时的最后一刻接住了他,把他也悬浮着送进了房间。

"多谢!"罗杰抽着气说。

他们俩都站在窗户旁,喘着粗气,脸色苍白,身上沾着闪亮的雨滴。并不像卡特所预料的,他们没有就这样爬到床上去,而是展开了焦灼的讨论。乔伊说:"你觉得我们哪里出错了?会是下雨的缘故吗?"

罗杰回答:"不。我觉得我们在鹰标本的连接线路上出了错。"

乔伊说:"那么我们也许应该从头再来。"

"不,不,"罗杰说,"我很肯定我们的基本设计是正确的。我们只需要再做一些微调。"

他们都疯了！卡特想。他越过他俩看向那堆残骸。它现在正挂在窗外，被雨淋得越来越湿。卡特眼之所见，它更像是一堆用桌子和椅子拼凑起来的东西，里面某处还夹杂着一张三条腿的凳子，正中间孤零零地拖着一只上下颠倒的金雕标本。金雕身上还有电线伸出来，以及几丛湿漉漉的药草。

"我属于克里斯托曼奇城堡。"金雕悲伤地说。城堡里的所有东西都被施过咒，如果它们被带离城堡外墙超过几英尺远时，就会这么说。

"你们从哪儿弄来的金雕？"卡特问。

"从某个阁楼里，"罗杰说，"一开始我们不得不隔离蒲公英种子。"

"下一次我们也许可以试试柳树。"乔伊回答。

格里芬醒来了。它没有吵着要食物，而是好奇地看着两个湿漉漉的男孩子和窗外悬着的机械残骸。茉贝萨也坐在卡特的床上，不满意地瞪着眼。

"你不能把那个留在那儿悬着。"卡特说。

"我们知道，"罗杰回答，"不然我们就两类种子都用。"

"然后把自行车升升级。"乔伊回答。

"真是讨厌,"罗杰说,"为了不被人发现而不得不晚上做事情。卡特,我们会去花园里。等我们吹口哨的时候,你能不能让飞行器飘浮到下面来?别忘了,轻轻地,免得它毁坏得更严重。"

"我猜可以吧。"卡特说。

乔伊跪下一条腿,用手拍了拍格里芬,好像那是一只小狗。"你可真柔软啊!"他对它说,"那么多的绒毛。我以前在哪里见过你的同类呢?它会散架的,你知道。它的一部分被挂在你的塔楼上了。"

卡特笑了。如果他是克里斯托曼奇的话,他知道自己会说,格里芬被挂在塔楼上了?"好吧,"他回答,"我会确保它先往上走,这样就不会挂住任何东西了,然后再把它送下去。你们最好在别人注意到之前去花园吧。"

两名飞行员赶紧出去了,他们走路都还有点一瘸一拐。格里芬张开了它的尖喙。

"好了,"卡特说,"可别喊出声来!"

在楼下花园里传来轻柔的口哨声之前,他已经有足够的时间喂格里芬饱饱的一餐了。卡特把碗放下,然后靠到窗户边来浮起残骸。

"我属于克里斯托曼奇城堡。"金雕标本可怜巴巴地说。

"我知道,"卡特说,"不过这可真难。"

飞行器剩下的部分都弃在塔楼顶上了。卡特不得不把它的各个部件都分离开来,然后一点一点地把机器送到下方。其中的多数零件他完全都不知道是什么。他只是让这些部件从自己的屋顶浮起来,然后送到地面上去。另外一声轻柔的口哨声和模糊的重声合唱"我属于克里斯托曼奇城堡",让他知道所有的部件都已经安全地抵达了雪松的下面。木头的敲击声和偶尔可闻的喀拉的声音表明那两名飞行员正带着一大堆东西离开,各个部件都抗议着说自己属于城堡。

"他们真是疯狂!"卡特告诉茉贝萨和格里芬,"相当疯狂。"他回到了床上。

格里芬那天晚上没有再吵醒他。早上的时候,它从自己的篮子里爬出来,然后用尖喙推挤着卡特,把他吵醒了。卡特张开眼,看到格里芬两颗黄色的眼珠正盯着自己看,充满了好奇和友好。"哦,我真喜欢你!"在有时间思考之前,卡特已经脱口而出。他立刻因此觉得内疚,因为锡拉库扎一定会嫉妒。

然而,那个时候没有什么可以为锡拉库扎做的了。在格里芬蹒跚地逛遍房间，查看卡特所拥有的东西时，他穿好了衣服。毫无疑问，它昨晚又长大了。羽毛的黑色尖头已经开始在它的脖子和那可笑、短小的翅膀上冒出来。

"它是不是长得太快了？"在把格里芬带到厨房里之后，卡特紧张地问米莉。现在格里芬已经重得卡特抱不动了。他们俩通过混合着蹒跚步行、飘浮——以及一些拍打——的运动来到了楼下，格里芬看起来对于自己能够抵达这里相当满意。

米莉缩起嘴唇然后研究着格里芬。"你必须记得，"她说，"格里芬都是强大的魔法生物，而这一只在很多年的时间都被困在那颗施过停滞咒的蛋里。我想它正在补回损失的时间。我在想它到底能长多大。"

只有锡拉库扎那么大，卡特如此希望。比那更大的话会相当奇怪。他正准备这么说的时候，米莉补充道："卡特，我有点担心罗杰。他今天看起来很累。"

"嗯，"卡特说，"也许他整晚都醒着在阅读呢。"

"一定是的，"米莉同意道，"我走进他的房间时，床边放着六本书，都是从另一个世界来的。全都是关于飞行的书。我希望他不至于去做什么傻事情。"

"他不会的。"卡特说,因为他知道罗杰已经做过了。

他留下米莉替格里芬喂食碎牛肉,然后去替锡拉库扎打扫马厩,很快地用魔法师的方式完成了工作。当卡特梳理锡拉库扎时,他衷心地希望也能够用魔法干这个活儿。正想着,乔斯·卡勒走了进来。

"今天我休息,"乔斯说,"如果你想骑马,最好趁现在,在早餐之前。"

"好的,拜托。"卡特说。

他把锡拉库扎带到外面院子里,装上马鞍。锡拉库扎又蹦又拽,还和往常一样跳起舞来,对于外出这件事情兴奋得不得了,都顾不上让卡特上马了。突然之间,锡拉库扎停住所有动作,甩起头来。卡特环顾四周,发现格里芬正积极地朝着他们的方向蹒跚而来。卡特只能盯着它,不知该怎么做。

锡拉库扎也在从自己的鼻尖往下盯着看。实在是很难因此责怪它。格里芬确实是一个既丰满又瘦小,看起来像是没有完成的奇怪生物。它仍然在学习应该怎样走路。它从一边晃到另外一边,粉红色的长指甲在院子里的石头上刮擦着,身后的尾巴还在不停地摇晃。卡特可以看到它对于自己能够找到他是多么自豪。

"它不过是个小宝宝。"他恳求地对锡拉库扎说。

当格里芬摇晃到眼前时,锡拉库扎四只蹄子都往后退了一步,一边喷着响鼻。格里芬停了下来。它抬起头看着锡拉库扎,尖喙仿佛因为赞慕而张开。它发出了某种呼呼的声音,然后把头抬得更高。让卡特松了口气同时也十分惊讶的是,锡拉库扎也低下了它漂亮的头颅,用鼻子碰了碰格里芬的尖喙。格里芬的小小翅膀因此激动地扑打着。它发出了咕咕的满意声音。卡特发誓他可以看到它喙边的一点笑容。但他不得不阻止格里芬伸出它笨拙的前爪,尽管它完全是出于友好,但那锋利的爪子很有可能抓伤锡拉库扎的鼻子。

"那就行了。所以你们俩喜欢对方。那很好。"卡特说,"不过,你是怎么跑到这里来的?"

米莉穿过院子正朝他们跑来。"哦,我不过去贝瑟默小姐那儿问毛巾的事,才转过身一分钟它就跑了。来吧,和米莉一起回去吧,小格里芬。哦,我希望它有个名字,卡特!"

"卡拉驰。"格里芬说。

"这个以前没有听到过啊。"米莉说,"不管那是什么意思,你必须得回去了,格里芬。"

"不——等等,"卡特说,"我想这是它的名字。格里芬,你的名字是卡拉驰吗?"

格里芬把脸转向他。它绝对在微笑。"卡拉驰。"它开心地说。

"瓦斯蒂安先生说过它们会给自己起名字,"米莉说,"可是我并没有意识到,那意味着它们会说话。啊,卡拉驰,这可是双向的。如果你能说话,那么你就能听懂我们说的。现在立刻和我回屋里去吃完你的早餐。马上。"

格里芬发出了一个小小的声音,像是在说"好的",然后顺从地跟着米莉回到了厨房里。

干得不错!卡特想着。

乔斯一直目瞪口呆地站在一旁看着,他说道:"那个生物——从哪里来的?"

"一个叫做玛丽安的姑娘给了我一颗蛋。"卡特说。

"玛丽安?"乔斯说,"玛丽安·平荷伊?"卡特点点头,"那么,我猜从某种程度上说,她的确有权这么做。不过你最好不要让法雷先生看到那生物。他会抓狂的。"

卡特不能真的理解为什么一个格里芬宝宝会让法雷先生恼火,但是他肯定乔斯知道原因。好像全世界所有的东西都能惹恼法雷先生。

第十三章

玛丽安在查尔斯叔叔结束工作从森之屋返回家中的路上等到了他，可是他拒绝相信婆婆可能犯了错。他笑着说道："你必须要长大一些才能明白，我的孩子。我们平荷伊家的人不会做那种事情，我们和法雷家友好合作。"

尽管这看起来表示没有人会相信她，玛丽安仍然继续尝试着找一个能真正了解婆婆的人。接下来几天里，几乎每一个和她谈过话的人都会说："婆婆不会做那样的事情！"然后拒绝再继续这个话题。亚瑟叔叔拍了拍玛丽安的头，给她一袋子替疯豆准备的煎鱼排剩下的炸面团。"对我来说她是一个好妈妈，也是我们的好婆婆，"他说，"在她风华正茂时你并不认识她。"

玛丽安思考着。她猜想，作为七个儿子的母亲，婆婆一定是个好妈妈，可是她还是决定去问问妈妈。

"好母亲！"妈妈说，"是什么让你那么想？当我还是你的年纪时,我的母亲和她的朋友们总是在替你的爸爸和他的兄弟们搜集被丢弃的衣服,不然的话,他们会穿着破布到处乱跑。她说那些男孩子们太害怕婆婆,以至于不敢告诉她,他们身上的衣服已经太小了。"

"可是婆婆完全没有注意到他们的衣服吗?"玛丽安说。

"我从来没有看到她花过心思,"妈妈说,"她让你的爸爸照顾所有的弟弟们。"

可是说实话,妈妈从来都不喜欢婆婆,玛丽安想道。亚瑟叔叔说那些话时,是真心实意的。不过,很大程度上,亚瑟叔叔和爸爸非常像,总是相信人性的善良。对于爸爸所有形容婆婆的善良和对她表示尊重的话,妈妈都是嗤之以鼻的,而且会评价那是"重写历史"。所以事情的真相到底是什么呢?也许不是那么好也不是那么坏?玛丽安叹口气。事实是,没有人——甚至是妈妈——会相信婆婆向法雷家发起了青蛙瘟疫的攻击,或者——玛丽安在打算上楼继续撰写自己艾琳公主的故事时,突然停下脚步。

哦,天哪!她想。如果不只是青蛙呢!

她转过身再一次跑下楼。"我要去戴尔一趟!"她朝妈妈喊着,急着去和戴南婶婶谈话。

当经过邮局时，她很高兴地看到赛门叔叔的一些员工现在开始修复破损的墙壁了。他们用一种看似很慢的方式工作，像是所有的巫师会做的那样，可实际上外墙已经被修复到差不多腰那么高了。那意味着森之屋里的改造也几乎要完成了，同样以带有欺骗性的、运用了魔法的方式。

这里又是一个例子，人们都不相信婆婆会干坏事，玛丽安想。婆婆弄坏了邮局的外墙，可是大家都把这当作是一场意外，或者是不可抗拒的天灾。

她有那么一点想进邮局里，因为巧依婶婶会相信她。可是巧依婶婶总是看到人性最不好的一面。而且更重要的是，没有人相信巧依婶婶。玛丽安沿着小巷走到了戴尔。那里仍然可以看到几只魔法青蛙在树篱之间跳动。抓住所有的青蛙大概是不可能的。

当玛丽安说只想和她谈谈，而不是婆婆时，戴南婶婶方正的脸上写满了惊讶。可她还是领着玛丽安进入了她那狭小、黑暗的厨房。厨房的桌上满当当地摆着三个放在网状托盘上的新鲜葡萄干蛋糕。戴南婶婶把蛋糕推向一旁，告诉玛丽安尽管放开来吃，然后为自己和玛丽安各自冲了一杯咖啡。"现在，亲爱的。怎么了？"

玛丽安决定小心地接触这个话题。一边闻着新鲜蛋糕的香味,她一边说:"婆婆这些日子还在施展魔法吗?"

戴南婶婶看起来困惑不解,而且有些担心。"你为什么这么问,亲爱的?"

"嗯,"玛丽安说,"因为我好像会成为下一任婆婆,不是吗?而且我真的知道得不多。"这绝对是实话,但是接下来却是假的。她接着语速飞快地说:"我在想她是不是在考虑给我上一些课,考虑到她现在的脑子不是很好。她有没有做任何工作?她会不会做错些什么?"

"你的话有些道理,"戴南婶婶同意道,"可是我不认为她做得到,亲爱的。你最好去找你的爸爸来教你。婆婆现在只是坐在那儿。当然她有时会喃喃自语。"

"不要告诉我,"玛丽安机械地说,"她还是在抱怨法雷家!"

"哎,你听到她说的话了,"戴南婶婶说,"我承认她有时听起来很残忍,可是她并不是那个意思。可怜的人!"

"她还做些其他的什么吗?"玛丽安问,试着让语气听起来很失望。

戴南婶婶微笑起来,然后摇着头。"没有了。她就是坐在那里，像孩子一样玩儿。有一天她弄到了一颗蔷薇果和一些喷嚏草，接下来她花了几个小时把它们拆开来然后又捻起来。"（哦天哪！那是头部的瘙痒、皮疹和感冒！玛丽安想道。）"最近，"戴南婶婶说，"她总是想要水。我看到她笑着把水从一只玻璃杯倒入另一只里——"（那是干什么？玛丽安怀疑着。如果她笑了，那一定就是一个什么咒语！）"她还用些水来和烟灰，"戴南婶婶继续说，"她弄得那么脏，我不得不端开来。"（所以她还设置了肮脏咒，玛丽安想。）"哦，还有那一天，"戴南婶婶承认，因为事情实在是不太光彩，她把声音压得低低的，"她抓住了一只跳蚤。我可惭愧了。我不介意她抓住蚂蚁，可是一只跳蚤！我试了又试，让她保持清洁，可是她在那里，举着虫子说，'看看，戴南，一只跳蚤！'我提出来帮她处理掉，可她自己弄好了。"

所以她还放出了蚂蚁和跳蚤瘟疫！玛丽安想。还就在戴南婶婶的眼皮子底下！那些可怜的法雷家人！难怪他们会向我们施展厄运咒！玛丽安鼓起勇气向婶婶说："可那些动作不会看起来都像是在施展咒语吗，戴南婶婶？"特别是用水的那个部分。玛丽安想。如果她给他们的饮用水下毒，那可就糟糕啦！

"哦，不，亲爱的，"戴南婶婶友善地说，"她不过是在让自己开心，保佑她。她现在已经把魔法丢在脑后了。"

玛丽安深深地吸了口气，让蛋糕香味充斥自己的感官，然后勇敢地说："我不这么想。"

戴南婶婶笑了。"我知道她是的。不要为这个担心，玛丽安，去找你爸爸来教你。你可以放心让艾萨克和我来替你照顾婆婆。"

所以这里又有一个不相信婆婆会干坏事的人，玛丽安在准备离开的时候忧伤地想。好像他们都被某种魔咒控制了。"我自己出去好了。谢谢你的咖啡。"她同戴南婶婶说。

她快步地笔直穿过前厅，忽略背后传来了婆婆的声音。"是你吗，玛丽安？"婆婆似乎总是知道她什么时候在戴尔。

"不，不是的！"她咬着牙喃喃自语。

她在簌簌出声的树篱间沿着小道离开戴尔，两旁还不时传来呱呱的蛙鸣。玛丽安一边走一边想着婆婆的咒语，心里希望自己知道如何取消它们。它们一定很强大。如果她有一点儿怀疑到底那些咒语有多强大，她只需要记得当时婆婆向法雷家的人施展的那股冲击波一般的魔法。而且那也不是一般的冲击波。它的目的当然是把法雷家人赶出去，可是也同时意在让他们相信婆婆是正直无辜的，而且神志清醒。婆婆极其擅长将各种咒语交织使用。

"哦！"玛丽安喊出声来，几乎停下了脚步。

当然，婆婆给每一个人都下了咒。她不希望任何人阻止她对法雷的复仇计划，而且也不想在法雷回击时被责怪。所以她下咒让村子里每一个平荷伊家的人都只看到她好的一面。让玛丽安疑惑的是，为什么她自己对这个咒语似乎免疫。

也许不是真的免疫。玛丽安慢慢地继续前进，想起他们几天前才刚刚把婆婆从森之屋里挪出来。当时婆婆把自己扎根在床里——对她来说十分合理，只是有点恼火——而且婆婆用厨房长桌追赶多莉，并撞毁了邮局外墙，那也没有让她觉得完全地不合情理。现在回想起来，她意识到那真是糟透了的行为。那天婆婆一定是大肆地在施展迷惑咒。

也许在那之前，她就已经在咒语的影响之下了，大概从婆婆折腾那些护士的时候就已经开始了。所有的亲戚都没有因此责怪婆婆——他们几乎从来没有责怪过婆婆任何事情……

玛丽安的眼睛睁得老大，她意识到也许从自己一出生开始，婆婆就已经在这样利用咒语了。从来没有人责备婆婆。她只要看一眼法雷家的人就知道那是多么的不现实。法雷家的人当然听从老法雷先生，因为他是他们的老爹，但是他们对于他的固执有诸多微词，而且几乎没有人喜欢他。然而平荷伊家的人对待婆婆的态度，好像她是某种自然而又珍贵的东西，仿佛四月的雨水，对庄稼来说十分重要——下雨时人们还会抱怨，可是从来没有人抱怨婆婆。

玛丽安疑惑着，为什么自己似乎对婆婆的咒语最为免疫。她想，一定是因为妈妈总是说一些关于婆婆的酸溜溜的话——甚至是妈妈也不能逃脱咒语的影响。妈妈不会帮助玛丽安处理婆婆的问题，玛丽安思考着，那有没有人能够帮助她呢？然后她意识到，几乎可以肯定的是，那些咒语只对住在埃尔夫斯哥特的人有效。在村子之外的其他地方也有平荷伊的家人居住。她可以去问谁？

最近的、最明显的选择，是艾迪格舅公。他和他的妻子苏伊舅婆住在几英里之外，靠近赫尔姆·圣·玛丽路。不过期待艾迪格舅公相信婆婆的坏处大概没有什么用处，他毕竟是她的兄弟。可是，当她仔细想想，玛丽安觉得苏伊舅婆也许是个不错的选择。根据妈妈的说法，苏伊舅婆来自于何普顿另一边的一个富有家庭,她也许能对事情有些不一样的观点——而且在她有了被夹在婆婆的床铺和门框之间几乎被压扁的经历之后,她肯定不会认为婆婆是无可指责的。妈妈从那时起就一直在为苏伊舅婆准备消除淤青的特别油膏。

"我应该替你再送一瓶油膏给苏伊舅婆吗?"玛丽安一回到伏尔泽小屋就问妈妈。

"哦,你会吗?"妈妈说,"我忙着调制百日咳的药酒,你不会相信的!他们说小妮可拉现在病得可严重了。她昨晚几乎喘不过气来,可怜的小家伙!"

玛丽安脱下她的围裙,然后去棚屋里取出自己的自行车。她在那儿看见的第一件东西是妈妈的新扫帚。玛丽安瞄着它,考虑着是否可以借用扫帚而不是骑车出门。扫帚的把手是新鲜的白色,使用的猪鬃毛又厚又硬,是微微的粉色。她看得出它会飞行得很棒。可是妈妈也许会抗议,而且玛丽安若是骑自行车前去,苏伊舅婆更有可能友好地对待她。她叹口气,然后推着自行车出门了。

做这件事情感觉很奇怪。上一次玛丽安必须骑自行车,还是她在去学校的路上,乔伊也在她一旁踩着车。乔伊总是确保玛丽安安全地抵达她就读的女子学校,尽管她并不确定

243

乔伊之后会不会按时地去男子学校上课。乔伊可不太喜欢学校。

玛丽安想，乔伊一定会相信我对婆婆的看法。他对婆婆的评价有时比妈妈还要过分。而且他现在肯定不在咒语的影响范围之内，城堡离这儿有十英里那么远。这是个好主意！当然还是先试试苏伊舅婆。

当妈妈拿着装油膏的罐子来到前门时，看到玛丽安的自行车明显也让她想起了学校。"记得提醒我拜托莱斯特舅公送咱们一程，去何普顿，"她一边说一边把油膏罐子放到玛丽安的自行车篮子里，"我们必须得在这个礼拜之内到那儿去替你准备校服。下个礼拜学校就开学了，不是吗？天知道我怎么替乔伊准备校服，他人都不在。他一定又长高了一英尺，我知道。"

当玛丽安骑车开始沿着上坡路前进时，她感到一阵时间所剩不多而带来的忧伤。等到一开学，她就不会有时间去做任何事情了。关于婆婆的事情，她不得不尽快找到相信她的人，她想着，同时因为靠近教堂的上坡路而不得不站起来用力往下踩自行车。

当努力前进时，玛丽安的眼角瞄到了平荷伊牧师。他正在教堂墓地里,站在一块墓碑旁和一名高个子的绅士谈话。一个陌生人,这可真奇怪。村子里的平荷伊家人并不欢迎陌生人。可是玛丽安被其他的东西吸引了注意力,在她前方停着两辆家具货运马车,车身上都涂写着"皮克福德&波里布拉斯"的标志。每一辆车都配备了两匹拉货马。两名驾车人驾驭马车穿过森之屋的大门时,都在一边挥舞马鞭一边大声吆喝,好通过那别扭的转弯处。看起来也德汉姆夫妇已经搬进来了。

玛丽安爬到和大门平级的地方时停下车,把一只脚放在了地面上——告诉自己这不是因为好奇,她得停下来喘口气——看着一个穿着绿色粗呢围裙的男人冲下来拉开货运马车后面的插栓。货运马车里她能看到的部分放着一些非常棒的伦敦风格的家具。她看到了有着圆润靠背和纽扣装饰的靠椅,上面包裹着苔绿色的丝绒,还有一个餐具柜,爸爸会很乐意把头放到一侧认真地欣赏一下的。老式的优秀做工——她可以想象到爸爸会这么说——漂亮的镶嵌细工。

她从卢克·平荷伊那里继承了这些,玛丽安想。不知为什么这个念头让玛丽安真正地觉得艾琳的确是平荷伊家人。而且她回来生活了!玛丽安一边再骑到自行车上一边想。这很好。

她踩着车经过了最后几幢屋子,来到道路转弯的地方,两排树篱之间。六辆自行车正从对面朝她行驶过来,骑车的都是女孩子。她们一看到玛丽安就都停下来,把脚踏车横着摆出来,呈鱼骨状堵住道路。玛丽安认出挡在前面的一个女孩子正是玛戈·法雷,她身旁的是她的堂妹诺玛。她不知道其他女孩的名字,可是她知道她们都姓法雷,而且从她们一致的发型来看,很有可能与彼此都是好朋友。女孩子们的头发都在脑后梳得顺溜干净,在一边脸颊旁垂下一条辫子。哦,天哪!她想。她可以闻到,或者感受到——或者无论以什么感官意识到——每一个女孩子自行车前篮里都有什么咒语。

"啊哈,看看谁在这里!"玛戈·法雷嘲弄地说,"是平荷伊婆婆的小仆人!"

"去赫尔姆再向我们设置一个厄运咒,是吗?"诺玛问。

"不,不是的,"玛丽安说,"我从来没有向任何人施过厄运咒。"

她的回答引起了六个女孩子的一阵嘲笑。"哦,是吗?"玛戈故意装作吃惊的样子,"我错了。那么,你没有给我们带来青蛙啰,或者是跳蚤、或者是虱子的幼虫?"

平荷伊之蛋

"也没有疹子、或者感冒还有百日咳,我猜?"诺玛补充道。

到了这个时候,剩下的女孩子们大声喊出来:"你也没有把蚂蚁放到我们的橱柜里,不是吗?"还有"那我们清洗衣物时往里加的泥土呢?"、"让诺亚婆婆肿起来?"、"你没有让桃乐诗雅掉到池子里——见了鬼的你才没有!"

玛丽安萎靡地靠在她的脚踏车上,想道:哦,天哪!婆婆真是很忙啊!"不,说实话,"她说,"你瞧,婆婆的脑子不太对,而且——"

"哦?真的吗?"玛戈拉长调子说。

"借口、借口。"诺玛说。

"她脑子可足够明白到让所有法雷家的房子都泡在齐膝高的水里!"玛戈说,"我们所有的房子,从上赫尔姆到波布里奇。其他人的都没有受影响,注意了。我们的诺亚婆婆已经大发脾气,下定决心要报复了,我告诉你。"

"她还没有给我们带来过胃疼,"诺玛说,"那是你今天的目的吗?"

玛丽安知道她们都有权利觉得愤怒。她开始说:"听着,我很抱歉——"

那是个错误。不过在那个时节,恐怕她说什么都不会有区别,玛丽安知道。玛戈说:"大家抓住她!"所有的女孩子们都扔下她们的脚踏车冲向了玛丽安。

她被她们拳打脚踢,头发还被人扯,痛得不得了。她试着保护自己,朝着玛戈低头冲了过去,结果挣扎着冲到了自行车阵里,被绊倒、挤压,还被女孩子们抓住所有可能的机会又打又拧又抓。装了咒语的袋子从脚踏车前篮里掉落出来,在混乱中被人踩在脚下。树篱之间的空气里充斥着味道强烈的白色粉末。每一个人都在里面打起喷嚏来,但都太过于生气而没有注意到。玛丽安朝着各个方向挥舞着手臂,有些带着魔法,有些只是她的拳头,可那只是让法雷姑娘们更加愤怒。她最后几乎半蜷在自己的脚踏车下,而玛戈则在上面蹦跳着。

"这就对了!"其他的女孩子叫喊着,"压扁她!杀了她!"

"嘿,嘿,嘿!"乔斯·卡勒大声喊着,从众人背后骑着车出现,"立刻停止,你们这些女孩子!你们听到了吗?"

每一个人都内疚地转过身,看着乔斯·卡勒故意把他的脚踏车靠着树篱停下来。玛丽安从她被压弯了的脚踏车下面站起身。她的头发被弄得满脸都是,而且她可以感觉到自己的嘴唇肿了起来。

"这到底是怎么了?"乔斯说,"呃?"

"她先开始的!"玛戈指着玛丽安,"那可恶的烂泥!"

"是的,看看她都对我做了什么!"诺玛说,一边伸出自己被扯坏了的衣袖。

"而且她毁了我的自行车!"另外一个女孩说,"她太恶心了!"

她们都认识乔斯,因为他的妈妈住在赫尔姆·圣·玛丽,他也认识她们。他一点儿都没有被打动。"有趣的是,"他说,"我见到你们的时候你们总是在制造麻烦。六对一在我看来是胆小鬼的作风。现在赶紧骑车回去吧。"

"可是我们得跑腿去——"诺玛的话语在看到她脚下的咒语包时阴郁地停在了一半,"看看她都做了什么!"

"我不管你们以为你们在这里干什么,"乔斯说,"回家去。"

"你凭什么告诉我们怎么做?"玛戈粗鲁地问道。

"我是认真的。"乔斯说。他冲着女孩子们一个一个地点点头,每一个女孩子的头发都在头上翻滚扭曲着,然后在空中站立了起来,发卡和发圈弹落到地面上。一瞬间,她们的发型变成了头顶冲天炮似的一把,在发尾还有一丛像触须似的小辫子挂在一边。

所有的姑娘们都抱住头。其中好几个哭喊出声。"我不能这样子回家!"诺玛恸哭道。

"别人会笑话的!"玛戈惊叫着。她用两手握住自己浓密的法雷家式的头发,试着把冲天炮压下来。可它又直接弹回了原位。

"是的,"乔斯说,"看到你们的人都会笑掉大牙。这样能给你们一个教训。等你们回到自己的家里就会消失了,在那之前会一直这样的。现在走吧。"

姑娘们不情愿地扶起她们的脚踏车然后骑了上去,当她们发现多数的挡泥板都已经松动了时,相互之间开始纠缠、抱怨。在一片丁零哐啷声中,诺玛说:"为什么她的发型没有事?"

姑娘们顶着高耸的发型,看起来奇怪极了。当她们骑车离开时,玛戈大声回答:"他是半个平荷伊杂种,那就是为什么。"

她故意想让乔斯听到,他也的确听到了。他一点也不高兴。玛丽安告诉他:"乔斯,她们会生气是因为婆婆在法雷家人身上施展了咒语。"可他只是沉下脸看着她。

"我不会站在这里听任何指控,玛丽安,"他说,"我不在乎你们为什么打架。我会替你整好你的自行车,这就算完了。"

他抬起玛丽安的脚踏车,然后以几下手法熟练的扭动、敲打和几次目标精确的魔法拉直了被压弯的车架和扭曲了的踏板,也让车轮恢复了原状。当他把车链装回原位时,玛丽安的眼泪已经不受控制地在眼眶中打转了。婆婆干得这么彻底!她想,没有人会相信我说的!

"给你,"乔斯将修好的脚踏车还给她,"现在去做你打算做的事情吧,留心一下你的脸,也不要再试着冒犯任何法雷家的人了。"他抬起自己的自行车,流畅地把腿越过车座,然后在玛丽安能够想到任何答复之前朝着村子骑行远去。

她站在路中央,自我鄙视地轻轻哭泣着。然后她重新振作,瞧了一眼地上那些破损的袋子,里面的白色粉末被挤出来,在路上留下轨迹,也散落在了两边的树篱上。那些女孩子们带了些相当强大的东西来诅咒平荷伊。从她背后的溃疡来看,玛丽安很肯定那是某种疾病。幸运的是,这些咒语如此强大，制作的人设置了一个专门的词来启动它们，在那之前咒语不会产生作用。可是，就算是这样，玛丽安也知道自己不应该把它们留在这里。任何时候都有可能有人意外地说出正确的词。

她叹了口气，放下自己的自行车，想着应该怎样处理它们。妈妈处理这样的问题会比她擅长得多。

有一件她能做的事情也许会有用。玛丽安没有经常尝试这个办法，因为当妈妈发现她能这么做的时候相当紧张。

玛丽安深深地吸了口气，然后小心而又温柔地召唤了火焰。她仅仅把火焰召唤到了道路的表面，还有树篱最靠上一层的树叶上。为避免不够力道，她指示火焰把所有能够找到的粉末都充分燃烧掉。

细小的蓝色火焰回应了她。在路面上、长着杂草的路肩上和树篱上大约一英寸的地方摇曳摆动着。几乎是立刻，火焰中充斥着白色的小火花，发出嗞嗞的声音。接着，下方的粉末也被点着了，伴随着一种像是极其满足的咆哮声燃烧着，仿佛是一只坏脾气的狗。六只袋子随着六声轻柔粉状的噗哧声升到了空中，形成了一簇簇更像是绿色的火焰，朝四处喷发出白色的火花。像是一场烟火秀，玛丽安想道，除了空气中那股龙血的强烈味道。当她唤回火焰时,哪怕一丁点儿粉末都已经消失了,也不再有袋子的踪影。

"很好。"玛丽安说着,骑车出发了。

当她抵达艾迪格舅公的家门前时,她的外表一定相当让人紧张,嘴唇肿着、脸上带着抓伤、还顶着一头乱七八糟被拉扯过的头发。她的膝盖和手臂也被擦伤了。苏伊舅婆打开大门时惊呼起来。

"我的天,亲爱的!你从脚踏车上掉下来了吗?"

苏伊舅婆是那么的整洁、拘谨和有序,看起来又是那样的充满了同情,玛丽安忍不住又流起眼泪来。她递出装了油膏的罐子,一边哽咽道:"我想它恐怕是摔裂了。"

"不要紧,不要紧。上一罐我还没有用完呢,"苏伊舅婆说,"进来让我看看你的擦伤。"她领着玛丽安进到她那干净整洁的厨房里,被艾迪格舅公养的五只杂七杂八的小狗围住了,它们看到玛丽安都很开心,又吵又闹。在厨房里,苏伊舅婆让她坐在一张凳子上,替她把脸和膝盖都用妈妈的某种抗菌药草清洗干净。"真是一塌糊涂!"她说,"按理说,你这么大的姑娘应该已经知道足够多的咒语,防止自己从脚踏车上掉下来了!"

"我没有从车上掉下来,"玛丽安哽住,"有些法雷家的女孩子——"

"哦,拜托,亲爱的。你自己刚刚告诉我你掉下来了。"苏伊舅婆说。在玛丽安能解释之前,苏伊舅婆急急忙忙地替她取来了一杯牛奶和一碟子马卡龙甜点。

苏伊舅婆的马卡龙总是非常棒,棕色的外壳酥脆,白色的内芯甜美柔软。玛丽安一口咬到第一块马卡龙里,发现自己的牙齿都松了。她接下来几乎用了一分钟时间来努力地集中注意力把它重新安装回去。可是到那个时候,她已经错过机会告诉苏伊舅婆,她没有说过自己从脚踏车上摔下来,是苏伊舅婆自己假设她摔下来了。

事情不能更明白地表明苏伊舅婆根本不会好好地听她说话。可是玛丽安还是尝试了。"我遇到了六个法雷家的女孩子,"等牙齿再长稳之后,她小心翼翼地说,"她们告诉我婆婆一直在往她们那儿施展厄运咒。她们的橱柜里冒出了青蛙、虱子和蚂蚁,现在她们那儿也传染了百日咳。"

苏伊舅婆看起来十分厌恶听到这些。她把双手沿着她熨烫得整整齐齐的裙子抚下,说:"简直不能相信这些乡下女孩是多么的多疑!自从我搬到埃尔夫斯哥特来住,就一直为此吃惊。所有因为他们自己肮脏的习惯而引起的问题——法雷家可不是什么爱干净的家族,亲爱的——他们都试着责怪别的人使用魔法。好像任何人会屈尊去做这种事情——你可怜的婆婆绝对不会!她现在几乎不能走路了,戴南告诉我的。"

玛丽安那时已经知道情况不妙,但她仍然说:"婆婆坐在那里使用咒语,苏伊舅婆。一些戴南婶婶不会注意到的聪明的小动作。最后一个是借用水施展的。"

"用水可以干吗?制造洪水吗?"苏伊舅婆欢快而不自信地问道。

"是的,"玛丽安说,"在他们所有人的房子里。而且还在他们的干净衣物里添上泥土。"

苏伊舅婆笑了。"真的,亲爱的,你和法雷家的人一样轻信。反正,这一次的百日咳只不过是大自然带来的传染病。现在整个乡下都被感染了。艾迪格告诉我从波布里奇到何普顿都有病例。"

因为在有人阻止之前,病情被一个持续拓展的厄运咒扩散了,玛丽安想道。可是她没有这么说,实在没有意义,而且她觉得又累又疼,还在止不住地发抖。她安静而礼貌地坐在凳子上,听着苏伊舅婆谈论着她总是谈论的那些事情。

先是苏伊舅婆的两个儿子，达米恩和拉斐尔。苏伊舅婆总是非常为他们骄傲。他们都出生在波布里奇，都生活得不错。达米恩是一名会计，而拉斐尔是一名拍卖师。虽然很遗憾他俩年纪轻轻就都已经开始秃顶，但秃顶在苏伊舅婆家里属于家族传统，而且这个问题总是从母亲这一族遗传下来，不是吗？

接着是小狗们。瓦斯蒂安先生说过它们都太胖了，需要更多的锻炼。可是，苏伊舅婆说，艾迪格舅公那么忙，而男孩子们也都不再住在家里了，它们怎么可能有机会好好出去散步呢？苏伊舅婆已经有足够多的家务活要忙了。

再接下来是这幢房子。苏伊舅婆想要新的墙纸。这是一幢可爱的房子，而且是婆婆在爷爷去世时送给他们的，苏伊舅婆因此从来没有停止过对婆婆的感谢。婆婆真是大方，她给了亚瑟叔叔平荷伊湾，史崔克叔叔得到了畜牧场，艾塞克则得到了小农场。不过说真的，玛丽安，这个地方几乎和森之屋一样破旧。

玛丽安环顾四周那明亮、空旷、使用起来很高效的厨房，心想苏伊舅婆怎么会那样想。第一次，她开始考虑婆婆是不是有权利把这些房产分给大家。如果爸爸是真正的继承人，那么不应该是由爸爸把房产分给大家吗？她想着自己一定要去问问妈妈。

苏伊舅婆说她已经一次又一次地联系查尔斯叔叔，想要他来重新装饰这幢房子，但是查尔斯叔叔看起来总是有其他更紧急的事情要做。苏伊舅婆不会雇用任何其他人，因为查尔斯叔叔在他的工作中会使用魔法，这样他的工作成效比乡下任何其他人都更快更好。可是现在他去森之屋装修了。为什么一个新来的人，就算她原本是平荷伊家的，能有权占用查尔斯叔叔的时间呢？

到这个时候，玛丽安实在是听够了。她不想再听到查尔斯叔叔或者可爱的艾琳公主被苏伊舅婆批评。她站起来，礼貌地感谢了苏伊舅婆，然后说她必须得走了。

与此同时，乔斯·卡勒抵达了平荷伊湾，准备好向玛丽安的父亲报告。当他在院子里停下自行车时，细小的蓝色火焰在他前方冒出来，一面发出嗞嗞的声音一面爆出细小的白色火花。它们从他的靴子下喷射出来，有一段时间甚至从他的自行车前轮里冒出来。乔斯拍打着它们，但它们已经消失了。

"你们得比这做得更好些,姑娘们。"他自然而然地认为这是玛戈和她的朋友们的报复。

随后他把这插曲抛到了脑后,走进了普拉斯纳酒吧。哈里·平荷伊已经在了,亚瑟·平荷伊也靠在吧台入口等着他。"我可不知道大人物现在在干些什么,"当他舒适地拿着啤酒和腌制的鸡蛋在酒吧里坐下来后,乔斯说,"他在忙些什么,但我不知道是什么。他们在图书室里把旧地图和文件找了出来,而且你能感觉到他们在那些资料上使用魔法,不过这就是我能告诉你的全部消息。"

"乔伊不能告诉你吗?"乔伊的父亲问道,一面抽着他此刻允许自己享受一下的烟斗。

"那个乔伊,"乔斯说,"没有狗屁用处,原谅我的用词。他从来都不在那里。我不知道他在自己的时间里干什么,可是我不是唯一在抱怨的人。乔伊昨天又失踪之后,弗雷泽先生几乎都气疯了。还有斯塔布斯先生,都被他逼出谋杀冲动了,因为他需要有人到肉贩那里去下订单,但哪里都找不到乔伊。"

哈里·平荷伊和乔伊的叔叔亚瑟朝对方伤心地耸了耸

肩。乔伊一直都是令人失望的。

"哦,那提醒了我,"乔斯说,"年轻的卡特·钱特——埃里克,那名九命巫师,你知道——不知怎的孵出了一个让人厌恶的东西。我想是格里芬。今天早上我看到它了,一开始我几乎没法认出那是什么。它浑身毛茸茸,有着一双大脚,还长着翅膀和尖喙,所以那一定是个格里芬。"

亚瑟叔叔摇着头。"糟糕,这真糟糕。我们可不想有那样的东西出来。"

"如果它在城堡里生活,我们没有太多选择,"哈里·平荷伊评论道,一边平静地喷着烟,"我们必须等它到了旷野之后再试着抓住它。"

"而且我问他的时候,年轻的埃里克说,你的玛丽安给了他这颗格里芬蛋。"乔斯补充道。

"什么?!"哈里·平荷伊如此震惊,连他的烟斗都掉到了地上。他一边涨红了脸弯下腰在地上摸索烟斗,一边说,"那颗蛋被安全地存放在阁楼里了。它应该被放置在那里直到末日来临。我亲自设的咒语。我不知道玛丽安最近到底怎么了。先是到处去和人说可怜的婆婆在给法雷家的人施咒,现在又是这个!"

"她也对我说了一样的关于婆婆的话,"乔斯说,"她和一些法雷家的姑娘因为这个打了起来,就在刚才,在赫尔姆路上。"

"让她等着!"哈里说。他的脸仍然是亮红色。"我得好好教育她一下。"

对此一无所知的玛丽安,差不多就在那个时候用不踩踏脚的方式,让自行车一路滑下了平荷伊湾。在下坡路的尽头,她刹了车,将一只脚踩在地面上,然后瞪着看。从上赫尔姆来的昂贵出租车正在妮可拉住着的房子外等着,没有熄火。就在玛丽安停下车来时,妮可拉原本应该在修补邮局外墙的爸爸从房子里出来,抱着被一堆毯子包住的妮可拉坐进了出租车里。从她站着的地方,玛丽安可以听到妮可拉那可怜的、呼呼作响、仿佛喘不过气来的呼吸声。

"带她去何普顿的医院,"老卡勒小姐说,站在那里看着,"医生说如果他们不去的话她会死掉。"

妮可拉的母亲看起来绝望紧张,戴着她最美的帽子着急地冲出了房子,一边回头向妮可拉最大的姐姐喊着她需要注意的事项。她也爬进了出租车,车子立刻开走了,比玛丽安所见过的任何时候都要快速。

玛丽安继续骑车到伏尔泽小屋,几乎再一次哭起来。也许是法雷家的人送来了百日咳,不过是婆婆先挑起的事端。当她把自行车推到棚屋里时,她决定必须和妈妈再谈一次。

可是当爸爸——红着脸、满脑子怒火——从前门冲进来朝着刚刚走入后门的玛丽安大喊大叫时,那一切都飞出了她的脑海。他先是说:"你送走那颗蛋,到底什么意思?"然后抱怨玛丽安比乔伊更令人失望。他把玛丽安的人格贬成了碎片,指责她四处诽谤婆婆,最后令她耻辱地回到自己的房间去。

玛丽安抱着疯豆坐下来,尝试着不要让眼泪从脸上滚滚而下,淌到疯豆的身上。"我只是想变得勇敢和真实,"她告诉疯豆,"这难道会发生在每一个尝试做正确的事情的人身上吗?为什么没有人相信我?"她知道自己必须和乔伊谈谈。他是这整个世界上唯一一个可能倾听她的人了。

第十四章

格里芬在那天变得非常活泼。它的头顶也开始长出一小丛形状奇怪的羽毛,像是一个不整齐的顶髻。

"我想那应该会是它的发冠,"当珍妮特问起时,克里斯托曼奇回答道,"我相信所有的格里芬都有这个。"克里斯托曼奇看起来和其他人一样对卡拉驰充满了兴趣。他走进游戏室——穿着一件比平时装饰得更加华丽的睡袍——珍妮特、朱莉娅和卡特都刚刚吃完早餐,正跪在地上全方位地审视着卡拉驰。"加快的成长速度,"他对卡拉驰说,"你有许多魔法,不是吗?你被滞留在你的蛋壳里许多年,现在你正在试着补偿丢失的时间,我想。不要做过头,老兄。顺带问一句,罗杰到哪里去了?"

卡特知道现在罗杰已经和乔伊躲到棚屋里去了。罗杰抓了一片烤面包边吃边跑出去,打算修复飞行器。可是他没有说过那是他的打算。卡特紧紧地闭着嘴,让朱莉娅和珍妮特告诉克里斯托曼奇她们也不知道罗杰到哪里去了。幸运的是，克里斯托曼奇看起来不打算再追问。

克里斯托曼奇一离开，卡拉驰就邀请每一个人都来加入一场戏耍喧闹。卡特并不清楚卡拉驰是怎么做到的，但是在他意识到之前，他们四个就已经在地上四处翻滚，从沙发上到椅子上一路蹦跳着相互追逐了。这个时候他们才发现，格里芬原来还会笑。当朱莉娅抓住它，把它翻过来搔痒时，它会发出短小的咯咯的傻笑。而当卡特和珍妮特在沙发周围追赶它时，它会发出长调的轰鸣大笑。当珍妮特往它身上跳过去时，卡拉驰躲开了。它长长的前爪抓在地毯上，撕扯出三条裂痕。

"哦——哦!"他们都说，卡拉驰也在内。

"看看那生物做了什么!"正前来收拾早餐盘子的女仆玛丽说，"这就是在房子里养一只野兽的代价。"

卡特内疚地把地毯拼回原状。他们从橱柜里搜出三只球和一个橡胶环，然后带着卡拉驰去了花园里。一等他们来到外面宽阔平坦的草地上，园丁们就从四面八方朝他们聚集过来。

"哦，他们不会让我们玩儿的!"珍妮特说。

然而并不是这样的。他们全都想来看看卡拉驰。"我们一直听到关于它的传言,"他们解释道,"长相奇怪的野兽,不是吗?它会玩耍吗?"

当朱莉娅解释说他们带它出来就是为了玩耍时,一个园丁男孩跑去取来了一个足球。

卡拉驰朝着球猛扑过去。它前爪的六根长爪全都陷进了足球里。足球哀伤地发出嘶的一声,扁了下去。卡拉驰和园丁男孩都可怜兮兮地看着那个球,卡特不得不捡起球来,在努力之后,把它修补好,重新充气,而且施展魔法让它可以应付格里芬的粗暴对待。

接着每一个人,甚至是首席园丁,都加入了这场被珍妮特称之为卡拉驰球的游戏。游戏的规则也不是很清楚,基本上就是当卡拉驰奔跑着、滚动着、然后绊倒其他人的时候,其他所有人都疯狂地四处乱跑。他们玩得如此开心,连罗杰和乔伊都从他们的棚屋里冒出来玩了一会儿。游戏在卡拉驰突然停下来时终止了,它忽然一动不动,然后蜷成一团,在草地中间滚倒侧躺。

"它死掉了!"朱莉娅惊恐地说,"爸爸和它说过不要做得太过!"

他们全都朝着卡拉驰跑过去，以为朱莉娅是对的。可是当他们靠近它时，发现卡拉驰紧闭双眼，但仍然在稳定地呼吸。"它睡着了！"卡特说，着实松了一口气。

"我们忘了它有多年轻。"珍妮特说。

园丁们把卡拉驰放在一辆独轮推车里，然后把它推到了厨房门外。整个过程中卡拉驰动也没有动。他们把它推到房子里，停在一间储藏室中，在那里它一直睡到斯塔布斯先生把它的午餐准备好。然后它急切地醒过来，不是张开嘴叫着"呜咿！"，而是说："我！"接着试着自己吃碎肉末。

"你长得很好，"米莉对它赞慕地说，"卡特，到了这个阶段，它不会再需要你在夜里喂养它太久了。"

卡特衷心这样期盼着。他多数时候都困得不行，相信等他的课程再次开始时，他不会有办法能在上课的时候保持清醒。

假期确实要结束了。孩子们的家庭教师迈克·桑德斯那天晚上抵达了城堡，和以前一样积极又善谈。他晚餐的时候说得那么多，甚至连杰森几乎都没能插上话，更别提其他人了。杰森原本想告诉大家他们在森之屋所做的变动，但是迈克·桑德斯刚刚去了"系列八"的世界里放生自己养着的幼龙,而关于这件事儿,他有着一个更长的故事可以说。

"我最后不得不把那狡猾的家伙带到'系列八'的'世界庚'去,"他说,"我们试了'世界乙',那是它的故乡,可是它只能做到一边发抖一边抱怨,说那里的寒冷会要了它的命。'世界甲'更冷,所以我们去了丙、丁、戊,'丙'对它来说太潮湿,'丁'则太空旷,当我们抵达'戊'的时候却发现那里在下雪。我根本就没有去'世界己',因为那里居住的人更多,我可以看得出来它正等着机会尝尝味道呢。所以我们去了'世界庚',它也不喜欢那里。我终于意识到这家伙被宠坏了,除了热带森林之外没有什么世界能让它满意。而'世界庚'里有赤道森林,我于是带它去了森林里。它终于对气候满意了,可是却拒绝自己捕食,只是对我说'你去准备'。我考虑了一下,最后给它诱捕了一种在那个世界被称为狼鹏的野兽。它一开始吃,我就丢下它溜回来了。如果它还想吃东西,总得学会自己捕猎的——"

迈克·桑德斯此时注意到了罗杰、珍妮特、朱莉娅和卡特都在看着他。他笑了。"不要担心,"他说,"我没有打算这么早给你们上课,下个星期一再开始吧。我需要先休息一下。养育一条年轻的龙让我累坏了。"

在卡特看来，养育一只格里芬宝宝也一样累人。那天晚上在睡觉前，他给卡拉驰准备了一顿丰盛的晚餐，在睡下时衷心地希望卡拉驰能够一觉睡到大天亮。那似乎是一个合理的期望。当卡特把灯熄灭时，卡拉驰已经敞着圆滚滚的肚皮躺在自己的篮子里了，发出像是一窝蜜蜂一样嗡嗡作响的鼾声。

遗憾的是，大约凌晨一点钟的时候，茉贝萨的鼻子和爪子仍然唤醒了卡特。当他呻吟着打开灯时，卡拉驰用后腿站着，又瘦得跟排骨似的，看着卡特的脸凄惨地说道："吃的。"

"好吧。"卡特叹口气爬下了床。

整个过程又脏又乱，卡拉驰坚持要自己进食。卡特的主要工作好像就是把掉出来的食物舀起来倒回卡拉驰的碗，好让它再弄到地上去。当他听到窗外清脆的敲打声时，卡特正第三十次睡眼蒙眬地从地毯上铲起掉落的肉糜。敲打声后接着是砰的一声响。

罗杰和乔伊这一次又把他们的飞行器怎么了？他想。疯狂。他们真是疯狂！他走过去打开窗户。

玛丽安侧坐在一把扫帚上呼地一声从窗外飞进来。卡特躲开并盯着她。看到卡特，玛丽安无助地哭喊一声，从扫帚上滑下来，然后重重地坐在了地毯上。"哦，我很抱歉！"她说，"我以为这里是阁楼！"

卡特在扫帚试着从窗户再飞出去的时候抓住它。"这里是塔楼房间，事实上。"他一边说一边把窗户关起来防止扫帚逃出去。

"可是灯亮着呢，我以为乔伊在这里！"玛丽安抗议道，"那么，哪一个是乔伊的阁楼呢？他是我的兄弟，我必须得和他谈谈。"

"乔伊在楼下厨房旁边有间小屋子。"卡特告诉她。

"什么——楼下？"玛丽安问。卡特点点头。"我以为他们总是把仆人安排在阁楼里，"玛丽安说，"都在楼下？"

卡特又点点头。这个时候他已经足够清醒，被玛丽安那苍白而悲惨的外表给吓到了。她脸颊的一边又青又紫，嘴唇上有着一大条看上去很疼的擦伤，好像最近被人揍了一顿。

"所以我必须下楼，经过你们所有的巫师和魔法师才能找到乔伊？"她阴沉地说。

"恐怕是这样的。"卡特说。

"我不是很肯定我敢这么做，"玛丽安说，"哦，老天，为什么最近我总是做错事情？"

卡特觉得她又要哭了。他看得出她很努力地想不哭，而他完全不知道应该说什么。幸运的是，卡拉驰刚好在那时吃完了自己的食物——所有它碗里的食物——摇摇摆摆地过来看这个新来的人为什么沮丧地坐在地上。玛丽安瞪大了眼睛，然后在卡拉驰被自己的一只前爪绊倒在地毯上时继续瞪着它，卡拉驰的尖喙刚好摔到了玛丽安膝盖一旁的地面上。

"哦，我以为你是一条狗！可你不是狗，对吧？"玛丽安把双手放在卡拉驰的脸下，然后帮助它挣扎着站起来。接着帮它把爪子从地毯上取下来。"你长着喙，"她说，"我想你还长着翅膀。"

"它是一只格里芬，"卡特告诉她，对转变话题非常欢迎，"它叫卡拉驰。它是从你给我的那颗蛋里孵出来的。"

"所以那真的是一颗蛋！"玛丽安因为卡拉驰而不再专注于自己的烦恼，她跪坐起来，然后用手抚过卡拉驰柔软的绒毛。"我想是不是因为我们在平荷伊湾上有一只格里芬，所以他们才会有这颗蛋。还有一只独角兽。我的查尔斯叔叔在他年幼的时候把它们画在了旅馆的标志上。话说，"她告诉卡拉驰，"你可一点儿也不像我们的格里芬。首先你得长些羽毛。"

"正在长。"卡拉驰说道,听起来被冒犯到了。

对此,玛丽安的反应和米莉一样:"我不知道它们会说话!"

"学习中。"卡拉驰又说。

"所以也许把那颗蛋送给你是正确的,"玛丽安忧伤地说,"我不认为你能在原本待着的地方被孵化出来。"她抬起头看向卡特,一颗眼泪从眼角滑下她的脸庞。"因为给你这颗蛋,我陷入了很大的麻烦,"她说,"也因为试着按照你建议的保持诚实,保持自信,你知道,就像你同我说的那样。现在埃尔夫斯哥特没有人愿意和我说话了。"

卡特开始感受到一股迟来的、内疚的责任感。"我也是在对自己那么说,"他承认道,"因为我,你都做了什么?"

玛丽安抬起脸庞,抿紧受伤的嘴唇,再一次试着不要哭。可是她还是忍不住痛哭出声。"哦,该死的!"她哭泣着,"我讨厌哭脸!这都不是我的错,是你的错。就是婆婆啦。可是当我说是她干的时候,没有人相信我。你瞧,婆婆已经疯了,而且她一直在向法雷家送青蛙、虱子和其他东西,还把他们的衣物弄脏,用洪水淹没他们的房子。所以法雷家的人气坏了。接着他们给我们送来了厄运和百日咳。我的远房表亲妮可拉已经因为这个被带到医院去了,他们认为她会死掉!可是婆婆在每一个人身上都设置了咒语,这样没有人会因为任何事情责怪她。"

玛丽安哭得那么伤心,卡特赶紧替她唤来了一沓他的手帕。

"哦,谢谢!"玛丽安流着眼泪说,同时用起码三块手帕拍着她湿润的脸庞。她继续描述着和法雷家姑娘们的打斗,还有她怎样解决那些白色的粉末。"那都是因为我傻乎乎的,"她抽泣着,"可是它真的很强大,而我必须得做点什么。但是乔斯·卡勒告诉了爸爸打架的事情,结果爸爸骂我挑衅法雷家的人,我根本就没有!我告诉爸爸她们带来的粉末,结果他那天晚上跑去看了,可是那里什么也没有,当然什么也没有,因为我都把它烧掉了,然后他回家之后又冲我大喊大叫,说我挑起是非——"

"是什么样的粉末?"卡特问。

"一种带着痘和溃疡的坏疾病,"玛丽安说,抽泣着,"我想可能是天花。"

哎哟!卡特想。他并不是很了解疾病,但是他知道这一个。如果它没有杀死你,也会让你的外形因此被一生损毁。

那些法雷姑娘们可不是在开玩笑。"可是他们不会也感染上吗？"

"他们一定是施了某种免疫的咒语，我猜，"玛丽安说，"可那不能阻止疾病在整个乡村大肆蔓延，包括没有对法雷家做过任何错事的人也会感染上。哦，我不知道该怎么做了！我想问问乔伊是不是能想到什么办法阻止婆婆，或者起码取消她在每个人身上设置咒语。我希望有人能够相信我！"

卡特考虑了一下乔伊，他一直以来都对乔伊印象深刻。乔伊有脑子，玛丽安也许是对的，乔伊也许知道应该怎么做，除了——除了整个疯狂的飞行器。不夸张地说，乔伊的头脑此刻正埋在云雾之中。"乔伊现在相当忙，"他说，"可我相信你。我的姐姐和你的婆婆一样是一个失去控制的女巫。如果你愿意的话，我可以去和克里斯托曼奇谈谈。"

玛丽安面带惊恐地抬头看着他，握紧了拳头。卡拉驰因为自己的羽毛被她紧握而叫唤出声。"抱歉，"玛丽安说着松开拳头，"不！不，你不能告诉大人物！求你了！他们都会气疯掉的！平荷伊、法雷、卡勒，每一个人！你不明白——我们都瞒着他，这样他就不会来对我们发号施令！"

"哦,"卡特说,"我不知道。"对他来说那看起来很奇怪。这正是克里斯托曼奇只要打个响指就能解决的问题。"除非人们误用魔法,否则他不会向人们发号施令的。"

"嗯,我们中有人会误用的,"玛丽安说,"起码婆婆有。想想别的办法。"

卡特想了想。可问题是他已经累坏了,而他想得越多,越是敲打自己瞌睡的头脑,他越是觉得自己有责任。毫无疑问,正是他所说的话让玛丽安开始作出让自己卷入目前混乱的行为。他必须帮助她,尽管他所说的话其实更多是对自己说的。可是他怎样才能在毫不知情的人们之间阻止一场女巫的战争呢?走到那个婆婆面前然后把她封入一个停滞咒里?如果他找错了婆婆呢?他想告诉玛丽安这简直没有希望,可是她是这样的绝望,甚至连夜乘着扫帚来到这里。她一定是背着她生气的爸爸出来的。不,他必须想个什么办法。

"好吧,"他说,"我会想想的。可不是现在,我太困了。你看,卡拉驰晚上总要吃东西。我明天早上会认真、努力地想的。有没有什么地方我可以和你见面,告诉你我的想法?"

"明天?"玛丽安说,"好吧,只要它还是个秘密。我不想爸爸知道我和你谈过——对他来说你和大人物一样糟糕。他说你也是个九命巫师,我之前不知道。我以为你是艾琳的儿子。你能让艾琳再带你去森之屋吗?从城堡出来的人必须和一个平荷伊一起才能到那儿,你明白。不然的话他们会阻止你然后把你送回原处。"

"我猜也是,"卡特说,"她多数时候都和杰森一起去。这样吧——我会试着让杰森也来,如果他有空的话。我们大概可以在中午的时候见面。我得先考虑一下,而且还得带锡拉库扎出去锻炼。"

玛丽安看上去被弄糊涂了。"我以为他的名字是卡拉驰。"

"锡拉库扎,"卡特解释道,"是一匹马。卡拉驰是这只格里芬。坐在我床上盯着你看的那只猫是茉贝萨。"

"哦。"玛丽安说。她几乎微笑起来。"你看起来真是被各种生物包围了呀。那应该算是灵术师的擅长领域,我想。我可以看得出来你也有着相当强大的灵术能力。那好,明天中午见吧。"她挣扎着站起来,四处环顾寻找她的扫帚,看起来高兴多了。

卡特从窗户那边扯回扫帚,礼貌地交给玛丽安。"你没有问题吗?"他试着不要打哈欠,"外面很黑。"

"只要猫头鹰不撞上我,"玛丽安说,"它们在飞的时候从来都不注意看。但如果你已经知道骑扫帚飞行有多么不舒服,你不会问的。我猜没有人会注意到更多淤青的。再见。"她侧坐在悬空的扫帚上,"噢,"她说,"这是我妈妈的扫帚。它不喜欢我骑它。"

卡特为她再打开窗户,然后玛丽安嗖地一下飞了出去,消失在夜空里。

卡特跌跌撞撞回到床上。他没有一点办法可以解决玛丽安的麻烦。在他把茉贝萨从床上推开时,他仅仅希望当自己睡觉时,会有好主意降临。他下一秒就睡着了,忘了关灯,也没有看到被得罪的茉贝萨跳下床,加入卡拉驰睡到它的篮子里去。

他醒过来时——感觉上,在太短暂的休息后——珍妮特正开心地冲进他的房间说:"早餐,卡拉驰。快到厨房里去。我今天开始训练它上厕所,"她告诉正在打哈欠的卡特,"如果我们尽快地赶到楼下去应该没有问题。"

当珍妮特和卡拉驰从房间里摇摆出去时,卡特坐了起来,搜刮起头脑里可能在睡眠中冒出来的主意。只有一个,可是他意识到那是一个很差劲而又愚蠢的想法，只有在他完全没有其他办法的时候才能用这个。他站起来去冲个澡，希望那样能让自己的头脑更活跃一点。城堡里的水都被施过咒，卡特对此很抱希望。

可是什么也没有发生。带着脑子里那唯一的坏主意，卡特换好衣服下了楼。他在下一段楼梯遇到了一股强大的消毒咒。接着是一阵桶子撞击发出的哐啷声和珍妮特提高了的声音："该死的，尤菲米娅！它只是个小宝宝！而且它已经很羞愧了。你看看它！"听起来卡拉驰最后还是没有能够及时地下完楼梯。

卡特微笑着，然后快步冲下另一段通向一扇双开门的楼梯。他们从乔伊应该刷靴子的小房间旁经过。让卡特惊讶的是，乔伊实际上真的在那里，忙着给一只大靴子上鞋油。

卡特把头伸进房间："你的姐妹昨晚来这儿找你，"他说，"她遇到了麻烦。她说你们的婆婆正偷偷地向法雷家那边施展魔法。"

"我们的婆婆？"乔伊平静地刷着靴子，"你当然知道她在干吗。你看到我去替她设置第一组的咒语，不是吗？"

"那些蝌蚪？"卡特说。

"青蛙。"乔伊说。

"哦,"卡特说,"嗯。那些青蛙。在赫尔姆·圣·玛丽?"

"对的,"乔伊说,"婆婆说如果我替她把那些咒语设置好,她就可以跟着再做很多魔法,如果那样的话,她就不再受爸爸设下的咒语限制了。她管这个叫副产品。她用她的拐杖指着我强迫我去做。我不想毫无目的地骑车到埃尔夫斯哥特那么远的地方,而且我知道法雷老爹在她身上下了混乱咒——玛丽安发誓他那么做了,而她总是知道——所以我带了那个罐子去赫尔姆·圣·玛丽,把里面的东西替她倾倒在了那里的鸭池里。"

卡特大大地放松了一口气。他不需要将自己不靠谱的坏主意付诸实行了。乔伊可以用一个词解决玛丽安的问题。"那你觉得今天早上你可以和我去埃尔夫斯哥特,告诉你的父亲吗?玛丽安说婆婆在每个人身上都下了咒,这样没有人会相信她,而法雷家正以传染病施以报复。"

乔伊的头在他仔细考虑的时候乖戾地低了下来,他耸耸肩:"如果婆婆那么做了,他们连玛丽安都不相信,那么他们也不会相信我。婆婆的魔力很强大,而我谁都不是。另外,弗雷泽先生说,如果我不老实待在这里,不在我拿的薪水要求我待着的地方,不用等大人物来,他就会收拾我了。如今正是我们的飞行器就快要完成的时候!不,抱歉。恕难从命。"

接着,像是要证明乔伊并没有在找借口,弗雷泽先生刚好那时从厨房过道走进来说:"乔伊·平荷伊,你在工作吗?卡特先生,请您不要打扰乔伊的工作。今天可不一般啊,平荷伊先生居然真的在刷鞋子。"

"这就走了。"卡特告诉弗雷泽先生。他向小屋子里靠得更近了,然后问:"猎场的管理人法雷先生和那些遭受了青蛙瘟疫的法雷家人有关系吗?"

"杰德·法雷,"乔伊说,"他是他们的老爹。"听到弗雷泽先生走得更近了,他赶紧又拾起另外两只鞋子,让自己看起来好像是在同时刷三只鞋。

卡特向他说了句"多谢"然后朝着双开门跑去,一边思考着。如果他理解正确的话,这些婆婆和老爹们,都是那些会使用魔法的家族头领。如果猎场管理员法雷先生是其中之一,那么整个事情比卡特意识到的要严重得多。难怪玛丽安那么不安。而他,卡特,却只有那么一个可悲的、二流的主意可以被用来应付目前的局势。乔伊一点忙都帮不上。卡特快步走到院子里,感觉既渺小又无助,深深地希望自己没有答应帮助玛丽安。

当卡特穿过院子时,杰森从他的药草棚里走了出来,手里捧着一大沓木盒子。卡特向他走去,杰森在卡特接近时正抬起一条腿,把盒子放在膝盖上,然后空出一只手来锁上棚屋的门。他飞快地朝卡特微笑一下。"我能帮你什么,年轻的九命巫师?"各种各样的草药的味道,微弱而甜美或浓烈而火辣,充斥着他俩之间的空间。

"今天你能带我去一趟森之屋吗?"卡特问道。

"嗯,可以,"杰森说,"可是你得自己回来。我们今天就正式搬进去了。艾琳正忙着打包呢。"

卡特并没有意识到事情进展得如此快,他吓了一跳。不过他想,当一名魔法师做事情的时候,他会比一般人做得快得多。卡特觉得自己会想念艾琳的。"那么就算了,"他说,"谢谢。"

他站在一旁看着杰森带着盒子离开,穿过院子渐渐走远。那么,就这样了,他不用去了。可是这并没有让他开心一点。玛丽安还在等着他,他要让她失望了。不,他得想办法自己去一趟埃尔夫斯哥特。可惜他只有这么一个可怜的、不靠谱的主意。

他也可以用瞬间转移，然后再原样回来。那应该很简单，可是半途中还有误引咒——以及那层障碍。如果他在没有平荷伊陪伴的情况下尝试，他可能会像克里斯托曼奇一样被那层障碍挡住。最好想些其他办法。卡特慢慢地走到锡拉库扎的畜栏，施展魔法让它自我清洁，一面思考着。

乔斯·卡勒也在那里。"等你准备好了，我们可以一起骑马越过那些石楠，"他告诉卡特，"半小时后？"

卡特的脑子有一种不经过他仔细思考就做好计划的习惯。"可以晚一点准备吗？"他想也没有想地问，"杰森和艾琳今天会离开，我想和他们说再见。"

"没问题，"乔斯说，"我还有挺多事情要做。那么，十一点怎么样？"

"好的。"卡特感激地说。等他把马厩打扫干净，给锡拉库扎喂了它早晨的薄荷糖，他终于意识到自己应该做什么了。他的脑子已经把所有的细节都计划好了。他可以骑着锡拉库扎去埃尔夫斯哥特，为了保证自己的抵达，他会沿着河流前进。他很肯定城堡边的这条河流同样会经过埃尔夫斯哥特。而且，当然了，甚至是身份最隐蔽的平荷伊和最愤怒的法雷也不可能改变一条河流的走向。他们也许可以欺骗他的眼睛，让他以为河流朝着另外的方向前进，但是卡特相当肯定如果让自己的魔法视力保持在真正的河流走向之上，他可以避免被误导。

卡特拍了拍锡拉库扎，然后在回屋之前向它保证一定会骑它出去。在回到娱乐室吃早饭之前，他跑到了城堡图书室里。让城堡图书管理员，老罗莎莉小姐吃惊的是，卡特向她要了一份标志出城堡和埃尔夫斯哥特之间地域的地图。

"我不明白，"罗莎莉小姐喃喃道，一边在桌子上替他展开地图，"这阵子似乎每一个人都想要看这张地图。杰森、汤姆、伯纳德、克里斯托曼奇、米莉、罗杰，现在是你。"

罗莎莉小姐总是在抱怨。她觉得所有的书和地图都应该被放在架子上。卡特没有理睬她。他倚在桌前，身体悬在地图上方，仔细地观察标志着河流的蓝色线条，沿着城堡旁陡峭的峡谷蜿蜒而过。的确，这里的山谷和河流一起绕着一座山丘形成一条曲线，埃尔夫斯哥特森林正坐落在那座山丘之上，河流继续沿着埃尔夫斯哥特村山坡最低处继续前进。到这里，山谷已经只剩尾巴，可是那仍然是同一条河。他谢过罗莎莉小姐然后跑开了。

在教室里，卡拉驰正坐在沙发上试着认真地吃一根香蕉。"它太不讨人喜欢啦，"尤菲米娅突然抓狂，在卡特面前摔下烤面包和咖啡，"你不要对它客气。"

当珍妮特大声抗议卡拉驰只是一个宝宝，而教育宝宝的方法应该是和蔼地对待它们时，朱莉娅对卡特说："杰森和艾琳今天搬出去，你知道吗？你会不会到大厅里来和他们说再见？"

卡特点点头。他的脑子里正加大马力在想如何不动声色地甩掉乔斯。他觉得自己想到了。

朱莉娅问："罗杰？"

罗杰只是低声嘟囔了什么。他正忙着在废纸片上画着草图。他几个礼拜以来每天早餐时间都在干这个。朱莉娅抬头看看天花板。"男孩子们！天哪！"

克里斯托曼奇突然出现在娱乐室里，穿着一件国王般的红色睡袍，睡袍前还缀着白色貂皮。他大步平稳地走进来，在卡拉驰试着吃香蕉皮的时候把果皮一把拿开。"我可不这么想，"他说，"我们不想在楼梯上再遇上任何意外。"

"早上好，爸爸，"朱莉娅说，"为什么大家的注意力总是都在其他的事情上？"

"一个很好的问题。"克里斯托曼奇说，一边把香蕉皮扔向空中。它消失了。"我猜那是因为我们总是有很多的问题需要思考。罗杰。"罗杰内疚地抬起头来。那张废纸片也不知怎的消失了，和香蕉皮一样。"罗杰，我需要和你谈谈，"克里斯托曼奇说，"关于一件相当紧急的事情。你能到我的书房里来吗，麻烦你。"

罗杰站起来，脸色苍白而忧郁。克里斯托曼奇礼貌地迎接他从教室里出去，然后在两人身后温和地关上了门。剩下的三人面面相觑，看着尤菲米娅，最后决定什么也不说。

等大家都聚集在大厅里向艾琳和杰森说再见时，罗杰仍然没有回来。他和克里斯托曼奇应该是"唯二"不在场的人。

"不要紧，"杰森一边说，一边和米莉握着手，"我们会在新房子的庆祝聚会上见到他们的。"

"我一定让他到场，"米莉说，"杰森，很高兴能接待你。"

杰森和每一个人都轮流握了手。艾琳也紧随其后，和大家拥抱。卡特站在众人的后方，他正在努力操纵一股他所做过的最微妙的长距离魔法，试着弄掉乔斯那匹大棕马的一只马蹄铁，而且得让它看起来是自然掉落的，还不能伤害到马匹。他用想象中的双手举起棕马的一条后腿,然后温柔地往外拔取扣在马蹄上的长钉,轮流向各个长钉使劲,每一次挪动一点儿,直到马蹄铁从马蹄上脱离开。然后他朝着马蹄铁往旁边一推,它就掉了下来。起码卡特认为它掉了。他肯定自己感觉到棕马受惊地跳动。他小心地让棕马放下脚,然后他用想象中的手拾起马蹄铁,再用想象中的眼睛审视着它。好的。所有的钉子都让人满意地弯曲着。他把马蹄铁扔到畜栏的角落里,这样棕马不太会有可能踩到它而伤到自己。

他回过神来,发现艾琳正拥抱自己。"你很安静,卡特。有什么事情不对吗?"她问。卡特周围飘浮着调料和鲜花的香味。艾琳总是带着好闻的气味。

"我会想念你的,"卡特真诚地说,"我今天晚些时候可以来拜访你吗,还是你会太忙?"

"哦,多好的主意啊!"艾琳说,"做我们的第一个客人吧,卡特。我早就想带你们看看我们对房子进行的改造了。不过今天下午晚点来,这样我们可以先拆一些包裹。"

卡特在和杰森握手的时候有点儿紧张地笑着。要多久乔斯才会注意到那只掉了的马蹄铁?他还没有注意到。也许那块马蹄铁并没有掉下来。魔法经常无法确知是否生效。

他和其他人一起来到门前,看着杰森和艾琳坐进那辆小小的蓝色汽车里。反正他们也没有办法再载卡特了。车里到处都塞满了行李,包括后座上,堆放着杰森的草药盒子。他们在一阵蓝色的烟雾、草药的香味和艾琳身上的芳香之中开车远去,当他们消失在车道上时仍然在开心地挥动着手臂。

"我想他们会很幸福的,"米莉说,"我都等不及要去参观他们的房子了。我想等他们一安顿下来就开车去拜访。"

她到不了那儿的,卡特想,如果没有一个平荷伊家的人带路的话。真不知道到时会发生什么。他一边思考着一边从人群中退离开来,心里更多在想着马蹄铁而不是米莉。一等到没有人再看着他的时候,他就转身朝着马厩跑去。现在还不到十一点,可是他必须知道魔法是否生效了。

他抵达的时候乔斯刚好领着大棕马从马厩院子的大门里出去。"掉了一只马蹄铁,"乔斯转过头对他说,"我得在咱们出门之前带它去铁匠那里。所以不用在这儿等了。如果熔炉有人排队等着用的话,我们可能得花上好几个小时。我回来的话会派人来告诉你的。好吗?"

"好的。"卡特说,一边试着不要让自己表现得太放松或者太高兴。

第十五章

玛丽安比卡特更难离开。她在家里如此的不讨人喜欢,妈妈让她不停地做着各种杂活,好把她放在眼皮子底下看管着。

"我不能再让你跑来跑去散布谣言了,"妈妈说,"如果你打扫完了你的房间,那就过来替我整理药草。把看上去坏了的叶子和浆果丢掉。然后把草药放在这只碗里,那里面只放新鲜的叶尖。我希望一切都是完美的,玛丽安。"

好像我又回到了四岁!玛丽安心想。我知道怎样整理药草,妈妈!看起来今天她是永远不要想从房子里出去了。今天唯一一件好事情是,多亏了妈妈的霜剂,玛丽安的淤青和擦伤一夜之间都几乎消失了。可是如果她是一个囚犯,那又有什么用处?玛丽安一边叹了口气,一边把一把绿色的植物在桌上摊开来。疯豆跳到她身边,然后同情地磨蹭着她的手臂。玛丽安看着它。现在她有个主意了。如果她能够说服疯豆再次离家出走……

"去拜访森之屋吧，疯豆，"她朝着它耳语道，"为什么不呢？你喜欢那里。去吧。就算是帮我的忙？拜托？"

疯豆动动耳朵、摆摆尾巴，仍然坐在桌子上。可是我现在住在这里了，它好像是在说。

"哦，我知道你住这儿，可是还是去一趟森之屋吧。"玛丽安说。她打开边窗，然后把疯豆从窗户里塞了出去。

两分钟后，疯豆跟着妈妈从后门走了进来，妈妈将手里的一大把植物放在了水池里清洗。它跳到沥水板上，然后得意地看着玛丽安。

一等妈妈再次回到外面的花园里，玛丽安就抱起疯豆来到房子的前门。她打开大门把疯豆丢在了外面的小路上。"去森之屋！"她着急地向它耳语道。

疯豆的回答是在狭小的屋前草坪上坐了下来，还举起一条腿开始清理皮毛。玛丽安关上前门，希望它准备好了之后就会离开。

五分钟之后，疯豆又从后门走了进来，跟在拿着另一把植物的妈妈身后。

真是没有希望！当妈妈在水池里冲洗时，玛丽安想着。

我应该就这样不找借口地离开,然后陷入比现在更大的麻烦里。有没有任何办法可以诱惑疯豆到森之屋去呢?也许她可以像上次给卡特那颗蛋的时候一样,设置一个培根咒?可是我不能从这里设置,她想,得在村子的另一头。或者其实她可以?当她用某种巫师的特别眼光看着森之屋时,她可以感受到上次的培根咒仍然在那里,只是需要再次启用。可是如果她成功地从这里重新启动培根咒,那会不会强大到足以把疯豆从伏尔泽小屋一路引诱到那边去呢?不,我没有那么强,她想。

但是卡特说过她很强。他说过她拥有几乎像魔法师一样强大的力量,只是她还不够自信。他让她勇敢到让自己陷入目前的窘境。当然她也可以勇敢到足以让自己从窘境中脱困出来。

好吧,她对自己说,我会试试的。

玛丽安摘下最后一点嫩草尖,把它丢到碗里,然后开始集中注意力,更加地集中注意力。真奇怪,她觉得每一次她的努力都让头脑扩张得更宽阔,然后更宽阔,直到她好像悬浮在位于森之屋里渐渐淡去的培根咒一旁。她一个手势便让咒语重获活力,接着再一个动作让它变得更加强烈——或者她希望如此。其实很难说是不是真的起作用了。

可是看看疯豆!

疯豆的脑袋抬了起来,然后抬得更高了,直到它的鼻孔朝上,开始嗅。玛丽安看着它,几乎不敢喘气。疯豆自己哆嗦了一下身体,然后站起来伸了个懒腰,先是舒展一下前腿,然后是后腿。接着,让玛丽安十分吃惊的是,疯豆真的穿过了厨房的墙壁。它朝着墙壁踏步走,迈着平稳而特意的步伐,可是当它的脑袋碰到涂着白漆的墙砖时,并没有停下来,甚至没有慢下来。它继续前进。它的脑袋消失在了墙壁里,接着是它的肩膀,然后是大部分的身体,直到只剩下一对移动着的黑色后腿和一条尾巴。后腿也从视线中消失了,只剩下了那毛茸茸的摆动着的尾巴。最后就只有尾巴尖儿,在一阵拉扯后也消失了,好像疯豆用力扯了一把才让尾尖通过。玛丽安被留在那里盯着墙壁。没有任何疯豆穿过去的痕迹。哇,哇!她想。

她给了疯豆十分钟的时间。然后当妈妈从花园里再次进来时,她说:"妈妈,你看到疯豆了吗?"她吃惊于自己镇定自如的声音。

妈妈说:"不。我以为它跟你在一起。哦——该死的!"

她们像往常一样找遍了房子,然后是多莉的畜栏,因为多莉和疯豆好像建立了某种友情,接着是爸爸的工作棚屋,好去问问疯豆有没有到那儿去。当然疯豆不在其中任何一个地方。妈妈说:"最好快些去找它,玛丽安。如果它再跑到戴尔去,给你的艾萨克叔叔找着了,那它可没有好果子吃了。快点,行动迅速,姑娘!"

玛丽安从伏尔泽小屋里冲了出来,开心极了。

在伏尔泽小巷的巷头,修补邮局外墙的工人们都用大拇指指着上坡的路,微笑着:"又跑了。往那个方向。"

疯豆没有突然决定再去走访一下戴尔真是让人松了口气。玛丽安往山坡上走去。妮可拉这一次不在那里喊着告诉她疯豆去了哪儿,但妮可拉的妈妈正站在门廊上。她指了指上坡的方向,然后朝玛丽安点点头。

玛丽安退回一步,问道:"妮可拉怎么样了?"

妮可拉的母亲伸出一只手在空中一摆:"我们心怀期望。"

"我也是!"玛丽安说,然后继续前进,经过了杂货店、平荷伊湾,然后是教堂。

她接近了通往森之屋的大门,让她觉得奇怪的是,大门被修补过、重新粉刷过，而且是关着的。自从老爹去世之后，她从未见过这扇大门被关上。必须得打开半扇门才能溜到里面的车道上，感觉非常奇怪。那些长势过茂的树丛好像被修建了一下。和过去相比，现在玛丽安很早就能看到屋子的前门。一辆小小的、被使用得很多的蓝色汽车正停在外面。

哦，他们已经在这里了！玛丽安想。她突然觉得自己完全是一个外来入侵者。这不再是家族房产之一了。她没有权利安排和卡特在这里见面，而且她必须得在前门——现在被漆成了顺滑的橄榄绿色——敲门并询问疯豆的去向。

玛丽安却发现自己做不到。她离开了房子前往花园，希望疯豆已经去了那里晒太阳。如果有人问的话，她总是可以说实话，她在找婆婆的猫，而且卡特也很有可能从某扇窗户里看到她在这儿——那是如果卡特也在这里的话，当然。

花园已经大变样了。

玛丽安惊讶地站了一会儿，从那修剪成平滑方形的山毛榉树篱到那片看起来真正恢复成草坪样子的草地。原本长得长长的野草被人修剪然后推割过了。它仍然有着以前那种凌乱的灰色的样子，但原本是花床的地方，现在也能够看到新绿色以椭圆和宝石般的线条开始展现出来。玛丽安沿着修剪过的树篱往前走,假装自己在找疯豆,同时也惊异于周围的景象。在花园尽头,靠近森林的鹅莓草丛现在已经被清理修剪过了,还有它们后面年长的紫丁香树。这里也没有疯豆的踪影。原本这儿多年都长着大把的红醋栗,所以玛丽安从来不知道下面还有覆盆子藤条,上面正结着覆盆子。她走到藤条的一侧——沿着边缘,就像一只猫会做的——看到沿着遮住蔬菜园的围墙的一线花床上现在真的种上了花:蜀葵、紫苑菊、大丽花,和每年这个时候最常见的鸢尾花,这些已足以让花床再次看起来像是个真正的花床了。

她内疚地沿着墙壁转到另外一边,发现蔬菜园才是所有花园中被改造得最彻底的。它就像艾萨克叔叔的专业商品菜园一样。菜园地面是利落成排的黑色湿润泥土,淡色的生菜,繁复的萝卜叶子、尖尖的洋葱。许多的蔬菜栽培床看上去还只是纯粹的黑色泥土,种子尚未发芽,旁边拉着绳子。而且——玛丽安环顾四周——她以前都不知道那堵墙上原本攀爬着玫瑰。以前墙面看上去只是一片狼藉的绿色攀爬植物,现在那一片狼藉都被修剪掉了,而玫瑰藤被牵引上来。红的、粉的、黄的和白色的小小的玫瑰花苞正冒出头来,仿佛现在是六月,而不是快九月的季节。

玛丽安胆怯地沿着一条新铺设的通向主屋的石渣路朝着房子走去,一路发出嘎吱嘎吱的声音。"如果有人问的话,我就说在找我的猫。"当她靠近阳光房一旁的拱道时,她小心翼翼地往里瞧进去。

一个小个子的男人正在上任老爹以前的草药田里精力充沛地挖掘,他把手里的铲子往一丛高大的艾蒿旁边一插,然后朝她微笑着。"在这里做了些改变,"他告诉她,"你还喜欢吗?"

玛丽安不能自已地盯着他看,甚至在回以微笑时也没有移开目光。他的个子那么小,身体弯曲着,皮肤是深深的棕色。他的头发在他秃了顶的脑袋上长成一簇簇的,他那皱巴巴的脸上长着两簇大胡子,就在他的两只耳朵下面。如果真的有地精这种生物,玛丽安想,那么他一定就是了。然而他的微笑是喜气洋洋的、友好的,充满了对自己花园的自豪感。她自己的微笑在回答他的时候也开始变得闪耀起来。"你做了那么多。在这么短的时间里!"

"这是我一生的梦想,"他说,"在一个乡下的花园里工作。艾琳女士——保佑她——向我保证了我会实现这个梦想。正像你看到的,她信守了她的诺言。我还几乎没有开始呢。八月不是最适合挖掘、播种的时节,可是我想如果我可以在秋天的时候好好得准备,等来年春天我就可以真的开始工作了。顺便说一句,他们管我叫亚当斯先生。你是?"

"玛丽安·平荷伊。"玛丽安说。

"哦,"亚当斯先生说,"你在这里可是个重要人物,就我所知。"

玛丽安做了个鬼脸。"你会发现并非如此。我——呃——来找我的猫。"

"疯豆,"亚当斯先生说,"在房子里。它五分钟前经过了我,进到阳光房里去了。你进去之前先来看看你祖父的药草田吧。把它留到最后不是我的原意,它离房子那么近。可是我得等也德汉姆先生来告诉我哪些是野草。这里长了太多奇怪的植物。"

他迫切地召唤着玛丽安,让她忍不住紧张地从拱道里走出来,看向那和她记忆中老爹还在时几乎一样的大块田地:矮个子的植物被种在周围,中间是高瘦的植物,而两种植物之间是中等大小的植物。每一种植物都根据它们对光线的喜好被种植在阳光或者阴影下,长在适合它的那种颜色的土壤里。一丁点辛辣的味道让她的喉咙有点儿痛,让她记起了自己的老爹。

她低头朝着亚当斯先生微笑着。她比他高得多。"你把这里转变成它几乎应该是的样子了,亚当斯先生。真棒。"

"同样是我的乐趣,"他说,"而且这里应该配得上艾琳公主。"

玛丽安完全吃惊地说道:"我也那样称呼她!"

卡特沿着河边的小道缓慢地前进,结果锡拉库扎又扭又跳,希望能跑得快点。就算在出发前它已经在围场里撒欢跑过了,锡拉库扎现在仍然不屑于慢步走。

他们沿着河流的方向前进,卡特牢记着这个原则。已经有两次,他差点上当,以为河水流向其他的方向。去年春天,当桑德斯先生教他怎样使用巫师视力时,他还觉得很无聊。那时这种能力好像是理所当然的。不过现在他很感激那些课程。上课的时候,他学到的主要不是怎样透过被设咒的物体表象看到其实质——这个卡特闭着眼都能做到——更多的是,在有其他咒语干扰的时候怎样一直看到事物的真实模样。作为一名热心而又急切的教师,桑德斯先生发明了一打穷凶极恶的方法来干扰卡特的视线。卡特当时恨极了那门课，但是现在学到的东西却派上用场。

卡特坚定地用自己的巫术视线盯住河流的走向，从未让它从自己眼前消失过。他完全没有观察周围的山谷，现在他知道实情了，他能够感受到周围环境正在翻滚着，试着让他觉得自己走错了方向。

多亏了锡拉库扎，他现在可以通过嗅觉来感受山谷，而不是用视觉。水流、灯心草、柳树和长高了的草丛发出来的味道，和不久前他与乔斯一同经过时相比，变化很大。那种馥郁的味道变得更加湿润、忧伤、带着更重的烟熏气息，闻起来像是夏天让位给秋天。卡特脑海中有念头吃惊地一闪而过：一年的时间真是短暂啊，事物变换得如此之快。这真是傻念头，他想，几乎因此而分心，因为一年的时间可以做那么多的事情。

法雷先生突然出现在他们面前的小道上。

他如此突然且出乎意料地出现在那里——而且看起来如此的坚决——锡拉库扎被吓得试着往后退。有那么一会儿，锡拉库扎的后蹄踩到了小道外面的灯心草丛里，卡特在挣扎中几乎摔下马去。在施展了一阵连他自己都没有意识到自己知道如何使用的魔法和咒语之后,卡特终于让自己在马鞍上稳住,领着锡拉库扎重新站到路面上。法雷先生面带讥讽地看着他们挣扎。

一等锡拉库扎的前蹄再落地,他就说道:"我告诉过你不要到这里来。"

卡特那时已经相当生气了。这对他来说是很不寻常的经历。在这之前,通常让其他人生气的事情只会让卡特觉得很困惑。可是现在,当他面对着法雷先生那目光暗淡的瞪视时,他吃惊地发现自己的胸中充斥着真正的怒火。这个男人可能伤害到锡拉库扎。"这里是公共马道,"他说,"你没有权利告诉我不能使用它。"

"那么用它往家里走,"法雷先生说,"那样我就不会让你掉转头了。"

"可是我不想转回去,"卡特咬着牙说道,"你觉得你能怎样阻止我继续前进呢?"

"用这整个郡的重量,"法雷先生说,"我一肩扛着呢,男孩。"

卡特意识到他的确以某种奇特的方式,扛着整个郡的重量。尽管锡拉库扎正因为卡特使用的魔法而极度不安,身体颤抖着，脚也打着滑，但卡特仍然成功地朝着法雷先生推出了一股微小的力量。他遇到了一堵感觉像是花岗岩一样古老的阻力，仿佛那阻力并非来自于人类，而是和多节粗糙、已经石化的树木一般。法雷先生那石头般的根结看起来像是在地底下纠缠盘结，延绵数里。

卡特坐在马鞍里向后靠着，思考着自己应该怎么做。他不会因为某个手持武器、恃强欺弱的巫师统领让他回去，就温顺地转身回城堡里。

"你为什么不想我朝这个方向骑呢？"他问。

法雷先生那奇怪的苍白而暗淡的眼睛从他那浓密的眉毛下盯着他看。"因为你在扰乱我的安排，"他说，"你没有真正的信仰。你非法入侵、蔑视、践踏，而且你揭露原本应该隐藏的东西。你试着将那些应当安全囚禁起来的东西放出来。"

对卡特来说，他的指控毫无根据。他向前弯下腰去拍拍锡拉库扎摆动的头，一边想着怎样说他没有做任何一件对方所说的事情。而关于法雷先生的安排，他应该用其他的方式来解决！人们应当可以自由骑行。

他最后决定，实在没有办法把该说的话友善地表达出来，当他正张开嘴打算直截了当地传递自己的想法时，某种极其不寻常的声音从他右肩的后方传过来打断了他。声音中夹杂着说话声、拍打声、歌声和轻声的低喃,仿佛一大群人正在草地的上方前行。噪声中还混杂着一种奇怪的尖声耳语,由咯吱、哗啦的声音以及木头敲击在一起的砰砰声混合而成。卡特转过头去查看到底是什么见鬼的东西。

原来是那台飞行器。它正悬浮在空中大约二十码的高度,从一百码开外的草地上缓慢地飞来。它大概是卡特这一辈子见过的最为特别的东西了。在飞行器的两边,一对连接在一起的破旧桌子正缓慢地上下拍打着。在它的正前方一个看起来像是三脚凳的物件正疯狂地旋转着。剩下的部分看起来就像是一个由破椅子松松垮垮绑在一起组成的三角形,各个部件各自工作着、挥舞着,让小块的木头随着机器的运作出出进进地移动着。它的尾巴是一把羽毛扫尘掸子。在飞行器的中间,卡特可以看到两辆被拆开的自行车和两个坐在车上的人,他们正发疯似的踩着自行车踏板。整个奇妙装置的每一个部分都在前进的同时发出"我属于克里斯托曼奇城堡,我属于克里斯托曼奇城堡!"的声音。时高时低,时尖时稳。

法雷先生用一种几乎像是咆哮的声音喊:"这里的空气

对他们来说不安全!"卡特的头猛地转回来,看到法雷先生正惊恐地看着空中的飞行器。就在卡特看过去时,法雷先生拨动了枪上的某个部位然后开始举枪瞄准。

枪杆随着飞行器移动着,卡特只来得及伸出手喊一声"不!",法雷先生就已经开枪了。

卡特觉得从机器那里传来了一声喊叫。而枪击发出的砰然巨响让锡拉库扎大吃一惊。它热切地长嘶着往后退。卡特现在攀在一匹直立起来的马身上与地心引力搏斗着,努力让锡拉库扎那发抖的后蹄不至于退到河里去。在一阵舞动的马毛、飞溅到河中的泥土和野草之间,他只看到了事情的片段。可他还是看到法雷先生往他的枪里推进另一轮子弹,还有在山丘上,飞行器往一边倾斜,它的一张拍打着的桌翼几乎碰到草尖。

之后锡拉库扎终于平静下来,但仍然在惊恐中瑟瑟发抖。卡特看到飞行器伴随着一声咔嗒的拍打声平衡了自己的姿势,接着以相当惊人的速度远去,桌子挥舞着、羽毛掸子摇摆着,男孩们的双腿飞快地转着圈踩着。在法雷先生能再一次举起枪来之前,它已经飞越了山顶,消失在视线之中。

等法雷先生带着冷酷而受挫的表情放低枪口时,卡特拍拍锡拉库扎，然后摸摸它的耳朵让它安静下来。他对法雷先生说："那原本可能变成谋杀。"他吃惊地发现自己的声音既平稳又气愤，几乎没有恐惧之情。

法雷先生给他一个轻蔑的表情。"那是一个违背自然的产物。"他说。

"不，那只是一个飞行器，"卡特说，"里面还有两个人。"

法雷先生完全没有注意到他的回答。他再一次惊骇地看向卡特身后。"这里还有一个违背自然之物！"他把枪口放得更低，瞄准了卡特身后的小道方向。

卡特飞快地朝身后瞄了一眼。他惊恐地发现卡拉驰原来跟在了他们身后。卡拉驰站在小道中央，尖喙张开，小小的三角形翅膀也举着，明显因为恐惧而呆滞了。不假思索地，卡特伸出左手，施法让法雷先生的枪管像是聚会卷哨和瑞士卷蛋糕那样向上卷了起来。

"如果你现在开枪，它会把你的脸都炸掉的！"他说。他已经极度愤怒了。

法雷先生残酷地往下看向他卷起来的猎枪。他再抬起头来时，挑高了眉毛，给了卡特一个讥讽的目光，然后猎枪的枪管开始缓慢地舒展开来。

在卡特身后，卡拉驰不停地喊着"呜咿，呜咿，呜咿！"，锡拉库扎则全身都在颤抖。

我应该怎么做？卡特想着。他知道，就好像法雷先生已经大声说了出来一样，在射了卡拉驰之后，他会把枪口转向锡拉库扎，然后是卡特，因为卡特是证人，而锡拉库扎则刚好挡了道。他必须得做点什么。

他伸出左手向法雷先生的方向推去，又遇到那磐石般坚定而纠结的力量，像是一棵橡树化成了石头。卡特没有办法移动它，而枪管仍然在稳步地舒展开来。法雷先生越过手中的枪瞪着卡特，不可撼动且傲慢轻蔑。他仿佛在说，你什么也做不了。

不，我能行！卡特想，我必须行，我会行！不然卡拉驰和锡拉库扎就会被杀了。起码我还有三条命。

剩下的三条命让卡特定下心来。如果法雷先生击中他，卡特仍然能活下来，用他的第八条命，就像克里斯托曼奇一样，他可以那时再做点什么。所有克里斯托曼奇教过他的东西都一瞬间涌现在他的脑海里。一定有什么克里斯托曼奇说过的可以派得上用场——对了，就是这个！在卡特把乔伊送到屋顶上去时，克里斯托曼奇说过："如果以其术还治其人之身，甚至最强大的魔法师也可能被自己的力量打败。"所以，与其和法雷先生那沉重的、磐石般的力量对抗，不如卡特顺着那股力量往前推动？他必须快点儿，因为枪管马上就要被完全舒展开来了。

接下来的动作一点儿都不困难了。卡特用他的左手用力往前推动，把法雷先生变成了一棵石化的橡树。

那是一棵奇怪的树。它足有九英尺高，由扭曲纠缠的灰色石头组成，有着巨大多节的根部，盘旋交错地深深扎入大树站着的小道地面之下。顶部有一个看上去像是坏了的驼峰，大概原本是法雷先生的头部，还有三条纠缠粗笨的树枝。其中的一条树枝一定是那支枪，因为其他两条树枝都有着石化的橡树叶子攀在上面，每一片叶子上都有着一小块闪亮的云母。

锡拉库扎讨厌它。它的前蹄从这边跳到那边，试着从树面前逃开。卡拉驰再一次发出被惊吓到的"呜咿，呜咿！"的叫声。

"没有关系，"卡特对它们俩说，"它现在不会再伤害你们了。真的。"他从锡拉库扎身上下来，发现自己其实和马儿一样颤抖得厉害。卡拉驰向他爬过来，也在发抖。"要是你没有跟着我来就好了,"卡特对它说,"你差一点被杀掉。"

"我也必须来。"卡拉驰说。

卡特其实很想带它们都回城堡去。可是他向玛丽安保证了去见她,而且他们此刻已经走了一半路了。河流的声音和草地传达出来的感觉让他知道,法雷先生原本是让误引咒生效的中心。现在那些咒语十分虚弱,几乎可以忽略不计。现在去森之屋应该十分容易了,除了——卡特抬头看看那丑陋的石化橡树,阴森地出现在他们上方。他知道,绝对没有可能让锡拉库扎越过那东西。另外,它这样杵在路中央,对任何经过这里的路人都是可怕的障碍。

卡特稳住自己发抖的双膝,打算把石化橡树送到其他地方去,另外一个更适合的地方,他也不知道那会是哪里。它随着一阵仿佛是远方雷鸣般的轻声轰鸣消失了,留下一阵充斥着小道灰尘、河流味道和鸟儿歌鸣的微风。柳树的枝条在微风中瑟瑟作响。有那么一会儿,小道里原本是树根的地方留下了一道道的沟渠,可是很快就被填满了。泥土和沙砾像水一样灌进来,然后瞬间坚硬。

卡特等到路面恢复原本的样子,然后将卡拉驰悬浮到锡拉库扎的马鞍里。卡拉驰在一阵惊讶的抽气声中拍打着翅膀。他的一对后腿无助地悬在马鞍两边。锡拉库扎伸起脖子转过头来瞪着看。

"我只能做到这样了,"卡特对它们说,"来吧。我们出发。"

第十六章

当卡特领着锡拉库扎穿过那扎脚的草地走过来时,玛丽安开心地抬头看着他。尽管她很遗憾乔伊没有和他一起来,可起码卡特在这里了。她之前已经开始怀疑他到底会不会来。

"你的朋友?"健谈的亚当斯先生问道,"他领着的可是一匹好马。阿拉伯马种,我不应该感到惊讶。那马鞍上的是什么?"

玛丽安也在想,直到卡特走得更近些。她看到卡特像她之前一样盯着亚当斯先生看。"哦,你带上了卡拉驰!"她说。

"它自己跟着我。我不得不带上它。"卡特说。他并不想告诉他们那凶险的过程。

"我爱你的马儿,"玛丽安说,"它真漂亮。"她大胆地走上前去抚摸锡拉库扎的脸。卡特有点儿紧张地看着,他知道锡拉库扎有时可能会很难应付。然而锡拉库扎大方地允许了玛丽安揉揉它的鼻子,然后拍拍它的脖子,接着玛丽安说:"啊,你喜欢薄荷糖,对吧?恐怕我——"

"这里,"亚当斯先生说,从一个沾着泥土的口袋里掏出一个纸包,"这些是特强口味的——它会喜欢的。他们叫我亚当斯先生。"他对卡特补充道,"在艾琳公主的家族中服务多年了。"

"你好。"卡特有礼貌地说,心想如果亚当斯先生在这里,他怎么才能和玛丽安私下谈谈。当玛丽安喂锡拉库扎吃薄荷糖时,他把卡拉驰抱下马鞍,放在了草地上——他俩同时发出了一声咕哝:卡拉驰现在重得很,被放下时重重地跌在了地面上。亚当斯先生困惑地盯着卡拉驰。

"我放弃,"他说,"这是一只会飞的鸟……狗,还是什么?"

"它是一只格里芬宝宝。"卡特解释道。他试着朝亚当斯先生微笑,可是"会飞"这个词突然让他开始替罗杰和乔伊担心起来,结果他的微笑看起来更像是一个鬼脸。他不认为法雷先生的子弹击中了他们中的任何一个,但绝对击中了飞行器的某处,而且他们中的一个人当时喊出了声。然而,他没办法做任何事。

"你们进屋的时候需要我帮忙照看马匹吗?"亚当斯先生建议道,"这是我仅次于园艺的爱好,我热爱照顾马匹。它跟我在一起会很安全的。"

卡特和玛丽安交换了一个放松的眼神。玛丽安也在想着怎样才能和卡特私下谈谈。

"如果你们想的话,我也可以照顾这个格里芬小家伙。"亚当斯先生提议道。

"谢谢。我会带着卡拉驰一起的。"卡特说。他还不想让卡拉驰从他的视线里离开。他把锡拉库扎交给亚当斯先生,对他表示了感谢,尽管他又紧张起来,因为锡拉库扎可能会很难应付。可是当锡拉库扎朝着亚当斯先生低下头,看起来准备对他大惊小怪的时候,亚当斯先生低声喃喃两句,小声发出了吱吱的哨声作为回答。

看起来应该没问题。玛丽安和卡特走进阳光房敞开的大门,卡拉驰则笨拙地跟在他们身后。"是不是发生了什么事?"他们前进时玛丽安问,"你看起来很苍白,而且说话断断续续的。"

卡特希望能向玛丽安倾诉他遭遇法雷先生的经过。他几乎是急切地要告诉她了,但他脑子里那奇怪的情况又发生了,他变得完全不善言辞间,只说出了:"在来的路上我遇到了——遇到了法雷老爹。"一等玛丽安带着深深的理解点着头,他立刻转换了话题。他靠向她然后耳语道:"亚当斯先生是个地精吗?"

玛丽安因为咯咯地笑而呛到了。"我不知道!"她同样耳语道。

卡特现在觉得好多了,他们在穿过阳光房时都在试着不要笑出声来。这里真是大变样了。当卡特上一次拜访时,阳光房的玻璃房顶和墙面都因为太过肮脏而不透明,地面上铺着椰棕的地垫,上边四处摆放着已经死掉的植物。玛丽安几乎记不得任何其他的样子。现在玻璃都被擦得闪闪发亮,一些高大的绿色复叶植物被放置其中,还有一些像是巨大的百合花般的花朵,白色、奶油色和黄色,都是杰森从他的库藏里搬到这儿来的。地面上现在铺设着白色、绿色和蓝色瓷砖,组成一组让人看着舒适放松的图案。阳光房里还放着新的藤条椅子。最棒的是,这里还有一座小喷泉——以前一定是被垫子给盖住了——正涌动着,发出安静的轻声笑语,湿润着植物的叶子。从花朵中带出的芳香让他们俩都想起了艾琳的味道。

玛丽安吃惊地说:"这些以前一定都被遮掩住了!婆婆怎么可以把它们都遮起来?"

现在,带着对房子其余部分的转变的无比好奇,他俩走进了大厅。那里也铺着一样的地砖,蓝色、白色和绿色,让大厅比以前亮堂了两倍。让玛丽安吃惊的是,瓷砖还从地面上一直延伸到了墙面上,直到齐玛丽安肩膀那么高。原本墙面上漆的是某种肮脏起泡的米色油漆。在墙砖上方,查尔斯叔叔把墙壁刷成了比蓝墙砖颜色更淡一些的蓝色。玛丽安想着是不是查尔斯叔叔选的颜色,或者是艾琳。肯定是艾琳。这里也放着植物,有一钵还是一整棵树。楼梯也被清扫擦洗过了,正闪闪发亮,阶梯的中间还铺设着一条苔藓颜色的厚实地毯。

卡拉驰很难在瓷砖上走路。它的前爪发出咔咔嗒嗒的声音,在地面上滑过。它的后腿——更像是狮爪——也在地面上打滑。卡特转过身等着它。

玛丽安看着卡拉驰说:"我猜婆婆把地砖用垫子盖住是为了防滑。不然就是怕把瓷砖弄坏了?你想到了什么帮我的办法?"

卡特又转向她,希望那是一个更大更棒的主意。"嗯。"

他开始说。

可正在这个时候,杰森从另外一间房间里走了进来。"哦,你们好!"他说,"我没有听到你们抵达的声音。欢迎你们来到寒舍!"

接着艾琳从铺着地毯的楼梯上三步并作两步冲下来,因为喜悦而欢呼。她拦下玛丽安亲吻她,拥抱了卡特,接着蹲下来举起卡拉驰长着羽毛的前腿,这样她才能用脸蹭蹭它的尖喙。卡拉驰对着她发出咕咕的满意声。"太棒啦!"艾琳说道,"没有多少人能说他们的第一个拜访者是一只格里芬!"她放下卡拉驰,然后紧张地看着玛丽安,"我希望你不介意我们对房子做的改造。"

"介意?"玛丽安说,"这太棒了!以前这些瓷砖就已经像这样铺在墙上了吗?"她走过去用手拂过墙面。"天衣无缝,"她说,"太棒了。"

"他们被墙漆盖住了,"艾琳说,"当我在油漆下发现它们时,就把墙漆给刮了下来。恐怕负责油漆的平荷伊先生对于这额外的工作不怎么满意,但我自己清洗了墙砖。"

那么查尔斯叔叔是个傻瓜,玛丽安想。"绝对值得那些努力,它们绚丽夺目!"

"啊，那是艾琳的杰作。"杰森带着一种自豪而又心爱的目光看着自己的妻子。"她继承了灵术师的天赋。灵术师，"他向卡特解释道，"是指能够接触到世间所有东西内在生命的人。甚至当被藏起来时，一名灵术师也能够把隐匿的生命带出来。当艾琳清洗这些瓷砖时，她不只是把上面经年的油漆和污渍清理干净了，她释放了其中用来制作它们的艺术感。"

一点轻声的噪音让玛丽安看向楼梯上面。查尔斯叔叔正站在楼梯的顶上，穿着他沾了油漆的一件套工作服，看起来愤怒极了。没有一个平荷伊成年人喜欢听到人们如此公开地讨论魔法。甚至是查尔斯叔叔，玛丽安忧伤地想。查尔斯叔叔每一天都变得更加像一个平常的平荷伊家成员，不再是个让人失望的例子。哦，我希望他们让他离开，去学习成为一名艺术家，就像他装饰旅馆标志时自己曾经希望的那样！她想道。

查尔斯叔叔轻声地咳嗽一声，然后大声地从楼梯的木头边缘走下来。玛丽安知道，表面上他沿着楼梯一边行走是为了防止油漆掉在地毯上，实际上，他是想通过弄出很大的响动来阻止杰森进一步讨论灵术师。"我完成了小浴室里的底层油漆，夫人，"他对艾琳说，"等它干燥这会儿我去吃午饭，下午再来上亮漆。"

"谢谢你，平荷伊先生。"艾琳对他说。

杰森试着表现得友好，对他说道："我不知道你怎么做得到的，平荷伊先生。我从来不知道油漆能像这样迅速地干燥。"

查尔斯叔叔给了他一个复杂的不赞同的眼神，然后重重地走过地砖来到前门门口。在看到卡拉驰的时候，查尔斯叔叔的眼神和脑袋震动了一下。在飞快的一瞬间，喜悦和好奇在他的脸上跳跃着。然而不赞同的表情最终重新占据了他的脸庞，甚至更胜以往。接着查尔斯叔叔大步离开了房间，走了出去。

他在身后留下了一阵不自在的安静。

"嗯，"杰森带着有点过头的急切说，"我想我们应该带你们参观一下整幢屋子。"

"其实我只是来找猫的。"玛丽安说。

"简·詹姆斯正看着它呢，"艾琳说，"它现在很安全。跟我们一起来看看我们都做了什么吧！"

那简直拒绝不得。杰森和艾琳都对这幢房子自豪极了，他们领着卡特和玛丽安穿过前室，那边放着苔藓绿的椅子、新的白色墙壁和一些框起来的艾琳的设计画，让这间屋子和当时婆婆冲着法雷家人大喊大叫时的样子完全不一样了。接着卡特和玛丽安又被带到杰森的小天地里，那里到处都放着书本和皮具，然后是艾琳的工作室，在窗户下摆放着擦洗干净的木质用具和斜面的工作桌，还有一架古董画具和铅笔架，玛丽安知道爸爸一定会非常喜爱这个架子：真是聪明的设计。

在这之后，他们在一阵眩晕中被快步领到了餐厅，接着是楼上，来到一条绿色的走廊。走廊两边是卧室和浴室。艾琳移掉了一些墙壁，这样就多出了一些卧室，阳光充沛又优雅。玛丽安上一次来到这幢房子的时候还没有看到这些房间。那个滴着水的水箱壁橱被转化成了一个白色、温暖的橱柜，里面放满了毛巾，而且完全不再制造一丁点声音了。玛丽安想，赛门叔叔真是在这里创造了奇迹，他还带着扭伤的脚踝呢。

"我们仍然在考虑怎么处理阁楼，"艾琳说，"那里的东西需要很多时间来整理。"

"我想先清理其中的药草种子。如果使用了正确的咒语，里面还有很多稀有的品种,很有可能会发芽。"当杰森把大家再次带回楼下时说。

玛丽安在下楼时又向卡特抛去一个紧急的眼神。卡特为了回给她一个保证的眼神,停下来假装在等卡拉驰。他们不得不让杰森和艾琳带着他俩参观完整幢房子,在那之前都不适合真正的交谈。

在从大厅出来的走道上,走道里也铺设着同样的蓝色、绿色和白色的瓷砖,杰森打开了通往厨房的门。更多同样颜色的瓷砖被铺设在了水池里,玛丽安注意到,沿着厨房墙壁还有一圈;不过这里给人最深刻的印象应该是宽敞、明亮和舒适。这里的地板是一种粗糙的红色,在玛丽安看来,那是最适合这里的颜色,当然还有那张著名的长桌,现在被清洗得非常洁白。

疯豆坐在简·詹姆斯削瘦的膝盖上,给她送了一个得意的秋波。简·詹姆斯正坐在一张离炉火很近的椅子上,一只手搅着一个炖锅,另一只手举着一本杂志读着。

"我把洗碗槽搬到自己的酿酒蒸馏室里去了,"杰森说道,"让我带你们来——"

"午饭半个钟头就准备好了。"简·詹姆斯回答。

"我会告诉亚当斯先生的。"艾琳说。

简·詹姆斯站起来把杂志放在桌子上,然后把疯豆放在杂志上。疯豆端庄地坐在那里,直到卡拉驰摇摇摆摆咔嗒咔嗒地从门外扭进来,疯豆才一下子弓起背跳了起来。

"别犯傻了,"简·詹姆斯说,仿佛她每天都看到像卡拉驰这样的生物,"不过是只格里芬宝宝。它吃饼干吗?"她问卡特,好像立刻就知道是他负责照顾卡拉驰的。

"我想来点饼干,"杰森说,"她做的饼干是全世界最棒的。"他告诉玛丽安。

"是啊,不过不能给你吃。你会吃不下午饭的,"简·詹姆斯说,"你和艾琳去整理一下,准备吃午饭吧。"

卡特看到杰森和艾琳温顺地小跑步离开厨房一点儿也不吃惊,在简·詹姆斯看着他们离开时朝他露出一朵秘密的微笑时也没有觉得惊异。他想她绝对是个身怀魔力的人,她让他想起贝瑟默小姐,她也是个女术士。

简·詹姆斯做的饼干美味极了,个头大而且黄油放得足。卡拉驰像卡特与玛丽安一样喜欢她的饼干,不停地张开嘴想要更多。疯豆从桌子上低下头看着它,满脸嫌恶。

在吃了十块饼干之后,玛丽安发现自己正盯着简·詹姆斯的脸看，寻找着被简隐藏在后的幽默感。"上一次你用篮子把疯豆带回了家，"她好奇地说，"你其实并没有对它觉得恼怒，不是吗？"

"完全没有，"简·詹姆斯说，"它喜欢我，我也喜欢它。如果它对你来说是个麻烦的话，我很乐意让它呆在这里。不过我总是看到你跟在它屁股后面，担心它。今年你自己休到假了吗？"

玛丽安的脸因为她想到了《艾琳公主和她的猫》的故事而皱起来了一会儿，故事几乎都还没有开始呢。可是她仍然勇敢地说："我们的家族喜欢让孩子们忙碌。"

"你不是个孩子了，你已经是一名成年的女魔法师，"简·詹姆斯反驳道，"他们没有注意到吗？我也没有看到你的任何表亲像你这样忙碌。在我看来他们就光忙着骑自行车到处跑来跑去、喊喊叫叫。"她站起来把疯豆放到玛丽安的怀里。"给你。在你出去的时候顺道告诉亚当斯先生进来吃午饭。"

当简·詹姆斯这样指示时，你就必须得照做，卡特想，她可真是凶悍。他们谢过她的饼干，然后再一次回到了过道里。就在他们向左转走向大厅时，几乎和一名仿佛刚刚穿过那贴着瓷砖的墙壁出现的男人迎面撞上。

"哎哟！啊！呀！"那个人说。

他们盯着他。有一瞬间他俩都以为自己正看着缩小了的亚当斯先生。这个人也有着一丛丛的头发和同样皱巴巴的棕色脸庞和大耳朵，不过亚当斯先生可没有穿着闪亮的绿色、蓝色和白色格子花纹的裤子和苔藓绿的马甲。亚当斯先生和卡特差不多高，虽然卡特对于他的年纪来说其实已经算小个子了，但眼前这个人的身高只到卡特的腰部。

卡拉驰带着巨大的兴趣向前爬行了两步。

小个子男人用长着瘦长手指的手挡住了它。"等等、等等、等等，卡拉驰。我不是格里芬的食物。我只是一个骨瘦如柴的老居家精灵。"

"一个居家精灵！"玛丽安说，"你什么时候搬进来的？"

"大概在两千年前，当你们家第一任老爹在这里建起他的大厅时，"小男人回答，"你可以说我一直都在这里。"

"那么，为什么我以前从来没有见过你呢？"玛丽安问。

小男人抬起头看向她。他的眼睛又大又闪，充满了绿色的忧伤。"啊，"他说，"可是我见过你，玛丽安小姐。在我被封存在这些墙壁里的那么多年里，我见过太多事情。直到灵术师小姐——艾琳公主——把我放出来。"

"你的意思是——在那层米色的墙漆下面?"玛丽安说,"婆婆把你封起来的?"

"不是她。用的可不只是墙漆,而且也比那久远得多,"精灵说道,"发生在那些虔诚狂热的教徒出现的年代。在那之后,这里负责的人指名认定我和我的同类既邪恶又不圣洁,然后用咒语把我们关了起来——我们所有的生物,在房子里、野外和森林里——还告诉所有的人我们永远消失了。说实话,尽管我从来不能明白为什么那些虔诚的家伙可以一边相信上帝创造了一切,一边又指责我们不圣洁——不过,事情就是这样的。反正已经发生了。"他摊开两只巨大的手掌,然后耸了耸自己尖尖的肩膀。接着他朝玛丽安鞠了一躬,再转向卡特鞠了一躬。"现在,如果你们原谅我的话,灵术师们,我相信简·詹姆斯已经替我准备好午餐了,而她可不喜欢我从厨房的墙壁穿进去,我得用门。"

惊异又困惑的卡特和玛丽安从精灵面前退一步,让出路来。他像是一只螃蟹般的小跑步朝着厨房出发了,突然他又紧张地转回来说:"你们没有把所有的饼干都吃掉吧?"

"没有,那边还有满满一罐子呢。"卡特告诉他。

"啊,好的。"精灵再次转向厨房门。他并没有打开门,他们看着他穿了过去,就像玛丽安看到疯豆穿过伏尔泽小屋的墙壁一样。疯豆看到这一幕,愤怒地在玛丽安的怀中扭动着,它好像认为自己应该是唯一一个有这种能力的生物似的。

卡特和玛丽安面面相觑,却想不出能说什么。

直到他们走过大厅的一半时,玛丽安才说:"你觉得你有办法让我应付婆婆了吗?"

"是的——我希望是,"卡特说,希望自己有更好的主意,"起码,我觉得我知道你可以和某个人聊聊。我在你这里的森林里见到了一个男人,我觉得他非常有智慧,能够帮得上忙。"

玛丽安实实在在地觉得失望了。"一个男人,"她不可置信地说,"在森林里。"

"非常有智慧,"卡特相当绝望地说,"灵术师的那种智慧。而且他还有一只独角兽。"

玛丽安猜想卡特说的是实话。如果是真的,那么一只独角兽确实让事情变得不一样。如果居家精灵是真的,那么为什么独角兽不能也是真的呢?一只独角兽是平荷伊盾徽的组成部分，所以应该是——理所当然——站在她这一边的吧？而且他们现在深陷麻烦之中，她和平荷伊家，以及法雷家，任何事情都值得一试。

"好吧，"她说，"我怎样才能找到他们？"

"我必须得带你去，"卡特说，"半路上有一层奇怪的障碍。你想现在就去吗？"

"是的，拜托。"玛丽安回答。

第十七章

在阳光房外面,亚当斯先生正靠在锡拉库扎身上,一只手绕在它的脖子周围,周身散发出强烈的薄荷味道。他俩真是亲热,卡特想着,心里免不了有些嫉妒。可是接着,卡特边想边仔细地观察着亚当斯先生,除了看看他是不是有地精的血统——或者居家精灵?——亚当斯先生身上还带着不只一点那种被称作灵术的奇特力量。他当然会和锡拉库扎合得来,因为锡拉库扎也有那种力量。

尽管享受着锡拉库扎的陪伴,亚当斯先生也已经准备好把锡拉库扎交还给他们,然后进去吃午饭了。"毫无疑问,"他以自己健谈的语气说道,"园艺工作会让你的食欲大振。我自从搬到这里来以后还从未这样饿过。"

他继续说着。他在帮助卡特把卡拉驰举到锡拉库扎的马鞍上时在说,当他检查马鞍下面的皮带时也在说,当他仔细地清理自己的铲子时还在说。不过他最后总算是边说边穿过了拱道，朝着厨房走去。他们还可以听到他在打开厨房门之后开始和简·詹姆斯说话。等厨房门一关上，玛丽安就把疯豆悄悄地放在山毛榉树篱间。"你回伏尔泽小屋去，"她告诉它，"你知道怎么走。"

"不开心。"卡拉驰哀怨地坐在马鞍上说。

卡特看得出来卡拉驰并不舒服，但他只是说："这是你自己的错。你一直跟着我，可你走得不快跟不上，所以待在那儿，等我们找到路了我再放你下来。"

他和玛丽安出发了，卡特领着锡拉库扎，穿过扎脚的草坪走到后面一排排的紫丁香那里。他们找到了卡特进来时经过的那扇摇摇晃晃的小门。绿色的小门上锈迹斑斑，几乎因年久失修而散架，他们不得不用力推才能把它打开。

"我都忘了这扇门在这里，"当他们穿过小门进入那空旷而瑟瑟作响的森林里时，玛丽安说，"老爹以前管它叫'他的秘密逃跑路线'。我们应该往哪儿走？"

"往前直走，我想。"卡特说。

往前并没有道路，但卡特把自己的注意力设置在了那层障碍之上，以引领大家前进。他们踩在厚厚的落叶上，经过荆棘穿过榛子灌木，越来越深入到森林之中。有时他被兴奋的锡拉库扎拖过树丛。锡拉库扎在森林里变得十分兴奋,只想摆脱卡拉驰自己飞奔起来。可怜的卡拉驰在马背上被颠来颠去,比以往更不高兴了。"下去!"它说。

"很快。"卡特告诉他。

他们在一丛冬青树丛的另一边出乎意料地找到了那层障碍。它往两边伸展开来,在他俩目所能及之处都被这层障碍挡住了,看起来锈迹斑斑,摇摇欲坠,而且簇叶丛生。玛丽安惊异地看着它。

"这是什么?我从来没有见过这个!"

"我猜你从未找过它。"卡特说。

"真是一塌糊涂!"玛丽安说,"藤蔓、荨麻和生了锈的铁丝网。谁架设起来的?"

"我也不知道,"卡特说,"不过它是用魔法编织起来的。你觉得你可以帮我把它卸下来吗?用我上次的方法恐怕没有办法把锡拉库扎带过去。"

"我可以试试,"玛丽安说,"你有什么建议?"

卡特思考了一小会儿,然后从埃尔夫斯哥特召唤来了最靠近的晒衣绳。绳子上还用夹子夹着一排某人晾出来的内裤,两人努力不要因为那些内裤而笑出声来。他们都觉得,大声喧哗会把设置了这层障碍的人召唤来。从那时起,为了以防万一,他们只会低声地交谈。

当玛丽安小心地取下内裤上的夹子,把收集下来的夹子堆成一堆放在一旁的树下,卡特把绳子的两头都系在了锡拉库扎马鞍的后面,用一团厚重的魔法把绳子固定在那里。卡拉驰往后退了两步,充满兴趣地看着卡特把绳子剩下的圆圈部分甩过障碍层那参差不齐的顶部。因为卡拉驰正专心致志地看着障碍层,卡特不知怎的就知道,这层障碍多数部分其实不是真实的。它原本是由两片细小的铁丝网和一块波状铁皮组成的,被施以咒语让植物长在上面,接着用魔法让它变成现在这种又长又无法穿透的样子。这意味着,如果卡特不小心一点的话,晒衣绳会直接穿过它松脱下来。

"谢谢,卡拉驰。"卡特说。一等绳子在锈铁顶部那粗糙的锐刺上绊住,他就用一股绝对强大的魔法把它固定在了那里。他拉了拉绳子以测试它的牢固程度。很坚固。"你拿着另一头,我一说开始就用力的拉。"卡特对玛丽安低语道,然后握住绳子的另一头。

"我拉的时候应该用什么咒语?"玛丽安问。

"没有什么特别的。"卡特对于她的问题吃了一惊。埃尔夫斯哥特的巫术一定和魔法师的魔法非常不一样。"就用力地想着那层障碍垮掉的样子。"

玛丽安的眉毛扬了起来，不过她仍然温顺地举起了她那一头的绳子。她真是太听话了，卡特想。他记得有一次珍妮特说他太听话了，而他知道那是因为他姐姐总是轻视他的缘故。突然之间，他坚定地决定，无论玛丽安如何抗议，他都要告诉克里斯托曼奇她的事情。

"好的，"卡特对锡拉库扎低声说道，"工作了，锡拉库扎，往前走吧。"

锡拉库扎转过头瞪着卡特。我，工作？它身上的每一根神经都在问。然后它就干脆地杵在那里一动不动，无论卡特说什么。

"你可以再来一块薄荷糖，"卡特说，"只要你往前走。我们需要你的力量。"

锡拉库扎把耳朵转向后方，仍然只是站在那里。

"哦，天哪！"玛丽安说，"它和疯豆一样糟糕。你去带着它往前走，我会挽着绳子的两头的。"她接过卡特那头的绳子站在中间，两手握着晒衣绳圈的两边。

如果锡拉库扎决定往后踢一脚的话，它会伤害到玛丽安。卡特赶紧跑到锡拉库扎的前头,握住它的缰绳。他在自己的一个口袋里发现了一块粘着毛的薄荷糖,在敢伸手拉直缰绳之前,他拿着那颗薄荷糖放在离锡拉库扎一手臂远的地方。"现在来吧,锡拉库扎!薄荷糖!"

锡拉库扎的耳朵竖了起来,它朝着卡特翻个白眼,表示它完全清楚卡特打的什么主意。

"是的,"卡特对它说,"因为我们真的很需要你。"

锡拉库扎打了个响鼻。当卡特准备放弃的时候,锡拉库扎开始往前吃力地跋涉,引发破碎的枯叶在空中形成一阵云雾,掉到了卡特的眼睛里、嘴里、靴子里,甚至不知怎的弄到了他的脖子里。卡特眨着眼睛,一边吹开碎叶,一边催促锡拉库扎,鼓励它往前走,同时把注意力集中在那层障碍之上。他可以感受到玛丽安在他们身后,以让人吃惊的力量把注意力集中在障碍上,她拉着晒衣绳的架势仿佛是一个人同时在进行两场拔河赛。

障碍墙沙沙作响、摩擦着、吱嘎地叹息着,在玛丽安面前缓慢地倾覆下来。当卡特转过身夸奖锡拉库扎是一匹好马,接着喂它吃薄荷糖时,他看到那向两边延展开来的长条金属和藤条逐渐坍塌下去,一点一点地,仿佛像是海浪冲刷到沙滩上时的样子。他能够听到从两个方向的远处传来金属的呻吟和枝条被折断的声音。卡特相当吃惊。他没有打算把整个障碍墙都拉倒。不过老实说，大概因为整座障碍都是用一小片原料制作的。

"万岁！"玛丽安飞快地喊着，放开了绳子。

尽管现在那层障碍看起来像是一堆荨麻、荆棘和断裂了的藤条，但它的下方仍然有着锯齿状的金属。卡特把绳子从上面弹开，然后解开了系在锡拉库扎马鞍上的绳结。当玛丽安忙着把内裤晾回到绳子上时，他试着让原本是障碍墙的地方长出一层常春藤交织而成的垫子，好让锡拉库扎可以安全地走过去。克里斯托曼奇总是告诉他，永远不应该浪费魔力，所以他把原本系紧绳子的那股魔法导入到了躺在地上的藤条里。

就像那整个障碍墙的坍塌一样，接下来的变化同样让人吃惊。常青藤从中奔涌而出，四处蔓延，一路扭曲纠结着，先是呈现出一种成熟而光亮的深绿色，随后有如一阵仓促耳语之间，其中翻出了黄色的小花，一眨眼变成了黑色的果子。常青藤并非只在卡特想要的地方长了出来，而是沿着原本的障碍墙朝着两个方向同时蔓延开来。等玛丽安晾完内裤转过身来时，沿着一条线朝着两边，他们目所能及之处都已经长满了常青藤，而且看起来仿佛这些植物已经在这里成长了许多年。

"天！"她说，"你的确有些灵力，不是吗？"

"也许是这座森林里的魔力。"卡特说。他把晒衣绳送回原来的所在地，然后领着锡拉库扎转过身来，带着它小心地越过常青藤，走到对面长满青苔的路面上。当玛丽安踩着枝叶一路咯吱作响地跟在他们身后过来时，卡特停下来把卡拉驰抱了下来。卡拉驰立刻变得快乐极了，它发出一阵哨声般的吱吱叫声，朝着前路最近的转弯处晃荡了出去。这里布满苔藓的路面似乎非常适合它长爪的脚。锡拉库扎也觉得这里的地面很适合它的蹄子，它又跳又转，心意坚决地跟在卡拉驰身后，结果卡特被它拖着往前大步跳跃，身后还跟着一路小跑的玛丽安。

他们随着卡拉驰飞旋着转过路上的弯道。那辆老旧的马车仍然在那里，停在边缘一个新地方，看起来一样老的白马在一旁吃着草。马车后，老人一脸惊异地从他那满锅子的蘑菇和培根里抬起头看过来。他刚放下手里的锅，站稳了脚跟，玛丽安就冲上前去一把抱住了他。

"老爹!"她尖叫着,"哦,老爹,你到底还活着!"她把自己的脸埋到了老人褴褛的外套里,然后痛哭起来。

锡拉库扎在看到那只独角兽时完全被镇住了。它从草地上抬起头来,探寻地看着它。林间的一束阳光斜斜地穿过树叶照在它的角上,反射出一阵混合着绿色和蓝色的珍珠般的奶油色。不然就是蓝色、绿色和白色,像是森之屋里的瓷砖一样,卡特想着。锡拉库扎踮着脚满怀尊敬地靠近它,然后伸出了自己的鼻子。年长的独角兽优雅地用它的鼻子碰了碰锡拉库扎。

"它的身体里也带着独角兽的血统,"它温和地告诉卡特,"不知那是怎么发生的。"

在它身后,卡拉驰伸长了脖子偷偷地靠近那锅蘑菇和培根。卡特觉得自己应该过去把它给拖开,可是玛丽安正跪在地上靠在老人的怀里,一边抽泣一边诉说着应该是隐私的话语,卡特尴尬得不敢打扰。然而,当卡特犹豫时,老人转过身来,从玛丽安身上抽出一只手,坚定地拍了拍卡拉驰的尖喙。"等着,"卡特听到他说,"你很快就能吃到了。"接着他再转向玛丽安,关注地倾听着。

"你现在对灵术是不是了解得更多了些?"独角兽对卡

特说道。

"我——觉得是吧,"卡特说,"艾琳有灵术,玛丽安也总是说我也有这种力量。我有吗?"

"你有。甚至比我们的老爹拥有的更为强大,"独角兽告诉他,"你刚刚不是让几英里的常青藤长了出来吗?"

大约在一年前,卡特被迫接受自己是九命巫师的事实。那不是一件容易的事儿,可是他想,接受自己拥有灵力应该比较简单吧。他微笑了,想想自己身体里充斥着各种各样的魔法——除了乔伊·平荷伊的那种。不过,当他仔细想想,乔伊也是使用了灵术才让那只鼬鼠标本动起来的,真是让人糊涂。"是的,"他说,"你能不能告诉我,我可以使用这种力量做什么呢?"

"我们都希望你会这么问,"独角兽说,"如果你愿意的话,你可以为成千上万的生物做艾琳为那名居家精灵所做的事情。"

"哦,"卡特说,"那些生物都在哪里?"

锡拉库扎轻轻推了推独角兽,不耐烦地喷着响鼻。

"一会儿我会和你好好聊聊的,"独角兽告诉它,"你为什么不先在这里吃些美味的草料呢?"

锡拉库扎询问地看着它,往前迈出一小步,用自己的角关爱地碰了碰它的鬃毛。它身上所有的装备都消失了,马鞍、马嚼子、缰绳,所有的一切,现在它身上连牵马笼头都没有了。在卡特眼里,它这样子看起来好多了。锡拉库扎全身都因为放松而颤抖,随即低下头来开始从地面上撕咬起美味的鲜草和香喷喷的其他植物来。

"如果你能够透过你吃的那些薄荷糖尝到鲜草的味道就好了。"独角兽一本正经地评价。它转向卡特说:"我一会再给它装回去。那些生物在这里,隐藏在背后,在我看来因为莫须有的错误而被关押了起来,仅仅是因为他们让人类害怕了。你难道感受不到吗?"

卡特用他的心灵来感受森林。它十分安静,太过于安静了,而且这里的静谧并不平和。这正是那种当他骑着锡拉库扎沿河行走,或者在石楠丛中时能够感受到的那种空洞,而在空洞之后,是一股悲痛和渴望。他第一次在宏木森林里遇到法雷先生时经历的也正是这样的感受。至于这座森林,他记得克里斯托曼奇曾经相当烦躁地评价过,一个多么沉闷、空旷的地方啊。可是这里似乎并没有被挂起来的死去的动物来充当媒介的角色。

"我不知该怎么做。"卡特对独角兽说。即便面对宏木森林的媒介,他依然什么都没做。而面对一片完全的空白,你又能做什么呢?"又不能像艾琳清洗那些瓷砖一样清洗整座森林。"

"但你能打开一个缺口,"独角兽平静地建议道,"在前景和背景之间建立一条通道。道路通常就是这样开通的。"

"我试试看。"卡特站着思考。如果他把这里想象成舞台,那么他应该可以把空荡荡的森林看作是某种坚实的幕布,被放置在真正的舞台布景之前,后面是蓝色的远景,接着在脑海中把想象固定下来。"像是揭开幕布一样?"他问独角兽。

"如果你想的话。"它回答道。

问题是,这里只有一整张幕布,没有普通窗帘那样的开口,你可以握住开口的两边然后打开它。卡特没有办法想象自己把大树、草地和灌木一分两半的情景。就算他可以,那也会把所有的东西都杀死的。不,唯一能做的似乎是找到幕布的边缘,无论那在哪里,然后从那里着手开始揭开。

他四处找寻着边缘。这块幕布延绵数里,像是某种橡胶似的纱网,它不断地延绵伸展,越过整个乡间,朝着大陆、海洋、直至世界的边缘延展。他不得不把自己也不断地延展开来以接近它，那有弹力的边缘不停地从他想象中的手指间溜走。卡特咬紧牙关，把自己延展得更远，稍稍再远一点。终于，他的左手按到了那薄薄的滑溜的边缘上。他把两只手都伸了过去，然后开始用力推。它几乎没有动摇，有人严严实实地把它夹住了，甚至等到独角兽过来把自己的尖角温柔地靠在卡特肩膀上时，他也只能把边缘撬动大约一英寸的样子。

"试着让被囚禁的生物们来帮忙。"独角兽喃喃道。

"好主意。"卡特喘着气。抓紧远处幕布边缘的同时，他将注意力集中到幕布后空旷的蓝色远景里，那里原来并不空旷。被关在里面的生物们群集着、漂移着、焦急地在幕布的另一边聚集到一起。"拉，拉！"他对他们耳语道，"帮助我一起拉！"这和让锡拉库扎拉开障碍墙时类似，他几乎想提出给他们薄荷糖作为奖励。

然而他无需提供贿赂，他们都疯狂地想要出来。他们在一阵小规模但猛烈的奇异感中集中到卡特想象的双手所拽紧的地方，然后在卡特身旁稳住，开始拉起来。独角兽也在卡特的身边低下头上的尖角，一起用起力来。

幕布被撕开了。首先是中间一条细长的裂缝，卡特朝着独角兽踉跄了一步。然后裂缝向下蔓延，随着越来越多急切的生物从里面用爪子又抓又扯,裂缝开始成对角地扩大。终于,它开始裂成一片片向下摇摇晃晃掉落下来,掉下来的碎片堆积在一起开始融化。卡特真的可以闻到它融化时的味道,那种气味非常像尤菲米娅在楼梯上使用的消毒咒语。但那种气味瞬间便被从里面朝着卡特蜂拥而出、奔向自由的无数种生物的汗水和狂野的味道冲散了。卡特觉得那有点儿像是河边草地里发出的香味。

"我想我做到了!"他对独角兽喘着气说。他靠着独角兽长长的毛发,坐在路肩的一块隆起上,因为刚刚的努力而浑身无力。可是他很高兴地看到森林里的大树仍然都在。如果把树木都撕成两半,那可是个大错误。

"你做到了,"独角兽说,"谢谢你。"它的角温柔地碰触了一下卡特的前额,闻起来也像是湿润的草地。

当卡特恢复精力,好好地端坐起来时,他注意到老人仍然在热切地和玛丽安说话。不过他知道周围发生了什么。他明亮的棕色眼睛朝着森林四周期待地环顾着,尽管他的膝盖上放着平底锅。他一边喂玛丽安一口顺滑的蘑菇,一边喂卡拉驰一口培根,仿佛周围并没有任何变化。

"可是,老爹,"卡特听到玛丽安说,"如果这些年你都被困在了这里,你从哪里弄来的这些培根呢?"

"你的史崔克叔叔把它从障碍墙那边塞给我,"老爹说,"还有鸡蛋。他们都知道我在这里,可是史崔克似乎是唯一一个觉得我需要吃东西的人。"

当他们继续谈话时,森林里开始传来各种沙沙声,渐渐地充盈起来。仿佛是被风鼓起来的船帆,他们周围好像被各种生命给填满了。卡特往下看到他的膝盖之间,各种各样细小的绿色生命从地底下涌现出来,其他更大的生物从他视线的角落里轻快地掠过。当他的视线越过小路,可以看到奇怪而笨拙的生物在林间蹒跚而行,还有会飞的小巧生物在灌木丛间跳跃飞翔,好像还有高个子的绿色女人梦幻般地从远处一束阳光里穿过。有人从卡特背后经过——他能看到的全部只是那极其纤细的棕色长腿——然后弯下腰对他耳语道:"谢谢你。我们都不会忘记的。"随后在卡特转过头来时已经消失不见了。

长满苔藓的小路上传来蹄声。正和锡拉库扎并肩站着的独角兽抬起头来,它应该正在和锡拉库扎进行那场它保证过的长谈。"啊,"它说,"我的女儿来了,终于自由了。谢谢你,卡特。"

卡特和玛丽安都不由自主地站了起来，一头闪耀夺目的年轻独角兽沿着小路前来，停在了老人的马车旁。它个头娇小，体态柔软，闪着银色的光芒，长着茂密的白色鬃毛和尾巴。卡特看得出来它很年轻，因为它的角只不过是在额头上冒出了一点儿奶油色的尖尖。锡拉库扎一看到它，就开始昂首挺胸，还一面悄悄贴近着，让自己看起来高大威武。

"啊，不，"老独角兽说，"它才刚刚满一岁，锡拉库扎。它在过去一千年里一直都是一岁，先给它一些时间长大。"

那只年幼的独角兽完全无视锡拉库扎，而是亲昵地靠近了它的母亲。

"太美了！"老爹赞赏地说道。他把食物给卡拉驰放在草地上，趋向前去观察那只小独角兽。

让卡特吃惊的是，卡拉驰从食物一旁跑开来，摇晃着蹒跚地穿过小路，发出吱吱的叫声、鸣响声和颤抖着的长哨声。它的叫声被森林里另外一种更为低沉的哨声答复了，像是双簧管发出的颤音。一片卡特原本以为是冬青树丛的暗色阴影振动、伸展起来，然后移动到了路上。那丛阴影展开了巨大的灰色翅膀，把它像角一般颜色的尖喙低下去碰了碰卡拉驰。卡特知道这就是卡拉驰孵化之前出现在他塔楼之外的那个生物。虽然有着巨大的身躯,但它仍然优雅得让人吃惊。它那顺滑的长着羽毛的头部,一直到狮子一般的身躯和长了一簇毛发的摇摆着的尾巴都是灰白色的。它举起一只覆盖着羽毛和长着六英寸长爪子的前腿,非常温柔地把卡拉驰拉到了它巨大的翅膀之下。

当然了,它是卡拉驰的母亲。有生以来第一次,卡特真正地感受到了可怕的苦恼。以前,当他觉得悲惨时,那不过是迷失和烦恼。然而现在,当他要失去卡拉驰时,他感受到一阵头晕目眩的心疼,不仅仅是在他的头脑中造成了痛苦,甚至是在生理上,他的胸中感受到真正的疼痛。这是他所做过最难的事情——他艰难地吸入一口气,说道:"卡拉驰现在必须和你走了。"

格里芬母亲把它的尖喙从在它翅膀下叽叽喳喳的卡拉驰身上抬起来,将它那巨大的黄色眼睛转向卡特。卡特看得出来,它和他一样忧伤。"哦,不,"它用深沉而震颤的声音说道,"你孵化了它,我宁愿由你来抚养它。它需要适当的教育。格里芬原本不但具有魔力,更应当学识渊博拥有智慧,它应该受到我从未接受过的教育。"

老爹带着申诉的语气说道:"我尽了自己的努力来教你"

"是的,你的确有。"格里芬母亲回答道。它用自己尖喙的嘴角给老爹露出一个微笑。"可是你只能趁我在满月出来时才能教我,老爹。我希望你现在能一直教我,而我也希望卡拉驰能由一名魔法师教养长大。"

"那么就这样吧,"老爹对卡特说,"你能为它这么做吗?"

"当然,"卡特回答,然后勇敢地补充道,"不过,这也要看卡拉驰是怎么想的。"

卡拉驰看起来对于有人询问它的想法而吃惊。它从格里芬巨大的翅膀下跳出来,急促地跑到卡特身旁,重重地靠在卡特的腿上,用自己的尖喙磨蹭着卡特的骑马靴。"我的,"它说,"卡特我的。"

卡特胸中的疼痛像有魔法一样瞬间消失了。他对着卡拉驰的母亲微笑起来——因为他没有办法控制自己。"我真的会好好照顾它的。"他保证道。

"那么,就这样定下来了。"老爹带着温暖而肯定的语气说道,"玛丽安,我的宝贝,你能帮我个忙,跑到村子里告诉你的爸爸我一会儿就会回去处理现在的麻烦吗?他恐怕不会太高兴的,所以告诉他是我坚持的。我一清理好这里,就会跟着你回去。"

第十八章

玛丽安要走了,卡特意识到他也应该走了。乔斯·卡勒现在肯定已经向克里斯托曼奇抱怨过了。他走到大格里芬的面前,礼貌地伸出自己的手。它用那巨大的尖喙蹭了蹭他的手。"我可以时不时地来看看卡拉驰吗?"它问道。

"是的,当然,"卡特说,"任何时候都行。"他希望克里斯托曼奇不会太介意——不会太介意所有的事情。他很快就得坦白自己对法雷先生做的事情。不过他最后决定暂时不去想它。

当他转过身时,锡拉库扎正不耐烦地跺脚,因为它的马鞍和马嚼子都被装回去了。玛丽安则盯着两只独角兽看。

"老爹,"她说,"莫莉从什么时候开始变成独角兽的?"

老爹正清洗着他的平底锅,他抬起头来说道:"它一直都是,不过是选择不让人们看出来。"

"哦。"玛丽安说。她很安静,在和卡特与锡拉库扎沿着长满苔藓的小路行走时一边思考着。那匹送卢克·平荷伊去伦敦然后自己找到路回来的老灰马——那也是莫莉吗？他们说，独角兽能活上几百年。玛丽安希望自己知道。

因为这边的地面非常适合卡拉驰的脚，卡特让它在他们身后踉跄地跟着。他们周围的森林里充满了原本缺失的绿色背景，还传来轻柔的耳语，因各种哗哗沙沙的声响而显得富于活力。他们还能听到笑声，有些纯粹出于喜悦，有些带着讽刺和嘲弄。

玛丽安对卡特说："你让所有被藏起来的生物出来了，不是吗？"

卡特点点头。他不会对此道歉的，甚至是对克里斯托曼奇也不会。

玛丽安说："我家的人会对你十分愤怒的。他们总是大惊小怪地说把它们关起来是他们神圣的任务。"

就在玛丽安这么说的时候，一声特别带有嘲弄和恶意的笑声从林间传来。"它们中有一些听起来不怎么友善。"她补充道，朝着笑声的方向不安地看去。

"有些人类也不怎么友善。"卡特说。

玛丽安想到了艾迪格舅公和巧依婶婶，然后说："的确是。"

一会儿之后,小路领着他们走到一处阳光灿烂的地方。他们发现自己来到了一处多石的山岬上,越过一片狭长的绿色草地俯视着埃尔夫斯哥特。他们正站在教堂塔楼的上方,而且越过平荷伊湾的屋顶,可以往下看到主街。村子里既安静又空旷,因为大家都在家里吃午饭。

这处多石的山头,卡特想道,正是他和罗杰试着前往埃尔夫斯哥特森林时一直能看到的那个山头。当他们等着卡拉驰跟上的时候,他往另一个方向看去,越过宽阔的乡间,在小山丘、树篱和白色蜿蜒的道路之后,他想着自己是否能够从这里看到城堡。

他看到一股非常特别的愤怒的黑色云团,从最近的山头涌过来。它从一边长着粗矮植物的野地里延展开来,而另一边则飞越了草场,仿佛还沿着道路变得越来越厚重,正朝着他们快速地前进,几乎和汽车一样快。一阵愤怒的蜂鸣般的声音随之传来。

"那到底是什么?"他对玛丽安说,"一大群黄蜂?"

玛丽安看了看,脸色顿时变得苍白。"哦,我的天!"她说,"是法雷家的人。乘着扫帚和脚踏车。"

卡特现在可以看得出那原来是一群人了：愤怒的、带着决心的不同年龄的女人们，乘着扫帚飕飕作响；还有同样愤怒的男人和男孩们，猛烈地踩着脚踏车沿着道路前进。

玛丽安说："我必须下去警告大家！"然后开始朝着草地飞奔而下。

然而已经太迟了。玛丽安还没有跑下三个台阶，成群的法雷家人已经涌到了埃尔夫斯哥特，黑压压的一片。骑着扫帚的女巫们带着愤怒和胜利的情绪大声叫喊，跳到地面上，把扫帚握在手里，开始用扫帚的底部敲碎窗户。骑车的法雷家人也到了，刹着车发出咆哮声，往被敲碎的窗户里丢粉末状的咒语。房间里，平荷伊家的人尖叫着。

随着尖叫声，一大群平荷伊家的男人从平荷伊湾涌出来，他们当时一定正在旅馆里吃午餐，手里拿着凳子、椅子和小桌子。玛丽安看到查尔斯叔叔在那里，挥舞着一根椅子腿，亚瑟叔叔则举着一个衣帽架冲锋在前。他们都跌倒在骑车的人身上，重重地撞击上去。更多的平荷伊从房子里跑到大街上，其他的从楼上的窗户里探出头来，朝着法雷家的人扔和倒东西。

战斗在杂货店和药店被砸碎的窗户外爆发出来。众人的脚在碎玻璃中踩来踩去，芝士和大瓶子被扔出来。扫帚在空中挥舞。几乎在瞬间，大街上满是被压弯的自行车和呼喊尖叫的人们，大家陷入一场混战。玛丽安可以看到战场的后方站着诺亚·法雷婆婆，挥舞着一根巨大的马鞭鼓励着她的军队向前进。

在山下的另一端，巧依婶婶从邮局里冲出来，手里像举着长矛一般举着一长条脚手架，嘴里喊着咒语。艾塞克叔叔和理查德叔叔都跟在她身后摆出攻击姿势。玛丽安看到她的父母亲也跟着他们冲了过来。妈妈正拿着她的新扫帚，爸爸看起来像是在挥舞一把锯子。妮可拉的母亲穿着她最好的衣服从房子里出来，她原本应该是打算去看妮可拉的，现在却尖叫一声，跑回房里甩上了大门。山丘的另一头，莱斯特舅公正开着车来载妮可拉的母亲去医院，他露出他的牙齿，把车子直接开向了诺亚婆婆的背后。她及时看到了冲来的汽车，在撞到之前浮到了车顶上，在上面一边挥舞着自己的马鞭一边尖叫着，还试着用自己的扫帚砸碎汽车的前窗。莱斯特舅公无视地继续缓慢前进，试着压过更多的法雷家人，可是基本上压到的都是自行车。

艾迪格舅公和苏伊舅婆迈着疲惫的步伐出现在车后，他们一定是出去遛狗，被一群精疲力竭的小狗包围着。这些小狗都太胖太累了，没有力气去咬法雷家的人，尽管苏伊舅婆一直朝它们尖叫着："咬，咬，咬！"它们只是吠叫着。

平荷伊牧师跳到教堂墓地的围墙上，一边挥舞挂在链条下燃着香料的香炉一边作出祈祷的姿势。当那些努力对他身下挣扎中的混战没有起到任何作用时，他开始把香炉甩向任何一个他能碰到的法雷家人。人群中发出一阵砰砰的声音和人们的哭喊声。靠近邮局的地方，玛丽安的父母也加入到了冲突之中。妈妈用她的扫帚一阵拍打，爸爸则朝附近所有的法雷家人挥舞着锯子的背面。甚至在那一阵混乱的吵闹声中，玛丽安仍然可以听到爸爸锯子发出来的可怕的拍击声。她和卡特都在看到巧依婶婶挥舞着脚手架造成的伤害时畏缩了一下。

他们俩把视线再转向靠村子的一边。在一排吠叫着的小狗后面，城堡那辆黑色的长汽车小心翼翼地从森之屋的大门一寸寸地挪了出来，在一片混战的后方停了下来，正在开车的米莉好像不知道自己应该怎么做。甚至对于一名像米莉这样强大的女魔法师来说，也有些没法应付差不多一千名打斗中的巫师。

"做点什么！做点什么！"玛丽安向卡特恳求道。

将近一千名打斗中的巫师对卡特来说也有点儿太多了。而且他也不打算把锡拉库扎和卡拉驰带到那一片混乱中去。但如果他不做点什么的话，很快就会有人被杀死的。那个站在山脚下拿着锯子的男人已经开始用锯子尖锐的那一边打人了，在那一头的街上已经可以看到血迹了。一个巨大的停滞咒应该能止住大家的战斗，卡特想。可是等他取消停滞咒时会发生什么呢？

无论如何，卡特还是按照他学到的方法，开始集结他的力量好施展停滞咒。就在他几乎要完成的时候，随着一阵猛烈的拍打声和"我属于克里斯托曼奇城堡！"的呼喊，飞行器突然从邮局的上空呼啸而来。当它喀喇喀喇拍打着呼喊着从打斗的人们头上迅速掠过时，大家都在惊恐中抬起脸来。

一个被魔法扩大了的响亮声音，伴随着一阵持续的"我属于克里斯托曼奇城堡"的宣言，大声地喊道："快点走开！我们要撞机啦！"

每一个人都朝着街边闪躲开来。飞行器并没有直接撞毁，而是沿着一条直线继续前进。看起来随着两面桌子的每一次拍打，它都飞得更低一些，实际上，因为街道建在越来越低的斜坡上,所以飞行器只是沿着它滑了下去。最后它随着一声巨大的哗啦声摔在了一大堆自行车上,刚好停在了平荷伊湾的对面。坏了的家具传出来的声明渐渐消逝成一阵低语,乔伊和罗杰靠坐着喘气。乔伊的衬衫已经不见了,两人都浑身是汗。罗杰汗透的头发看起来颜色那么深,在一瞬间,他看起来和他的父亲像得不得了。

每一个在场的人都能够轻而易举地作出这个推论。克里斯托曼奇从机器后面的一堆椅子里站起来,左手被一条看上去像是乔伊衬衫的沾血布条缠绕着,而他丝滑的灰色外套被扯坏了。他看起来很不好,没有人怀疑他是谁。平荷伊和法雷家的人都喘着粗气,头发披散在脸前,还有一些人的鲜血顺着头发滑下,大家全都停下争斗,对彼此说:"是大人物!这下完蛋啦!"

卡特叹口气,然后放松自己聚集起来的魔法,仅仅施展出一个善意咒。"法雷先生击中了他!"他对玛丽安说。

玛丽安仅仅点了点头,然后往草地跑下去,朝着平荷伊湾一旁的小巷前进。在她跑的时候,她能够听到诺亚婆婆在莱斯特舅公的车顶上踏着脚发出的当当声,还一边喊叫着:"你不要胆敢来骚扰!我们不需要从城堡来的人!这些平荷伊把我们的老爹变成了一棵石头树！所以不要来插手！"

"我相信你们确实是弄错了，夫人。"克里斯托曼奇回答道。

当玛丽安从小巷的另一头跑到大街上时，诺亚婆婆仍然在喊叫。她脑后的发髻已经散开，头发一团团地披散在肩膀上。她狭长的眼睛眯着，里面充满了愤怒，这一切都让她看起来像极了邪恶的女巫。可克里斯托曼奇仅仅是站在那里，等着她停下来。当诺亚婆婆不得不停下来喘口气时，他说："我建议你和我一起到平荷伊湾去讨论一下这个事情。"

诺亚婆婆挺直了身子。"我绝不会！我这一辈子从未踏入过酒吧！"

"那就在旅馆的院子里。"克里斯托曼奇说。他从飞行器里爬出来之后，机器终于散成了一摊。当玛丽安跑向它，她能听到所有的椅子、凳子、桌子甚至是尾巴上的羽毛掸子都还在低声陈述它们属于克里斯托曼奇城堡。

"你还好吗？"她问乔伊。他看起来几乎和克里斯托曼奇一样苍白。

乔伊盯着她看，仿佛她是一场噩梦。"他击中了他！"他嘶哑地说，"法雷老爹开枪打了大人物！我们不得不在克伦威姆顶迫降,然后进行急救护理。他的鲜血喷射了出来,玛丽安。我以前从来没有做过真正的治疗,我以为他会死掉。我怕极了。"

玛丽安安慰地说:"他有九条命,乔伊。"

罗杰抬起头来看着她。"不,他没有。他只剩下两条命了,而他完全可能因此只剩下一条命。我也很害怕。"

与此同时,在他们周围,法雷家的人阴沉地和平荷伊家的人分开来,抬起他们的自行车和扫帚,把它们踢回工作状态。两名肌肉发达的法雷家男人走到飞行器一旁,"你们停在我们的自行车上了。"他们中的一个人说,语气明显带着挑衅。

对此,克里斯托曼奇把手臂放在乔伊的肩膀上。他给了玛丽安一个深长而迷茫的目光,然后说:"你们俩现在回城堡去。"乔伊和罗杰因为还得努力回去而呻吟起来,"嗯,你们的确是堵在了主干道上了,"克里斯托曼奇说,"而且这些绅士们需要取回他们的自行车。"

"你管谁叫绅士呢?"法雷家的男人呵斥道。

"很明显,不是你,"克里斯托曼奇说,"罗杰,告诉贝瑟默小姐给你们俩都准备好热的甜茶和午饭,然后请她立即让汤姆和罗莎莉小姐到这里来找我。麻烦罗莎莉小姐把我书房里的夹子带过来,蓝色的那个。"他明亮的深色眼睛和玛丽安的目光相遇,让她跳了起来。"年轻的小姐,你介意助他们强有力的一臂之力,让他们再飞起来吗?我看得出你有这个能力。还有你们,"他朝法雷家的男人们说,"请站开些。"

玛丽安点点头,非常吃惊。当法雷家的男人们不情愿地往后挪时,乔伊和罗杰交换了一个悲惨的目光,然后乔伊说:"好吧。一、二、三。"他们俩又开始踩起踏板来。三只脚的凳子在前面旋转起来,整架机器都开始颤抖。

帮助!玛丽安想,怎么样助一臂之力?对此并没有比拉下整个障碍墙更合适的咒语。她想她最好像卡特告诉她的那样做,就简单地用意志力驱使吧。

她用力却不明就里地集中起自己的注意力。飞行器笔直向上飞去,伴随着巨大的喀拉声和一阵"我属于克里斯托曼奇城堡!"的尖叫声。它的左翼向下倾斜着,被木架钩住的自行车从上面哐啷掉了出来,差一点砸到它的主人。

"把它纠正过来!"乔伊尖叫道。

玛丽安尽了她的最大努力,罗杰也尽了他的最大努力,而乔伊则拼命地向右边摆过去。玛丽安意识到应该怎么做，然后给了他们另一次推动，这一回是朝前。机器里的桌子终于开始拍打，飞行器沿着山坡向前滑行而去。诺亚婆婆不得不飞快地从莱斯特舅公的汽车顶上滑下来，不然机器会敲中她的头。机器接着向另一个方向侧飞过去，在朝着平荷伊湾俯冲时刚好错开城堡的汽车，随后又倾斜到另一边，险险地从史崔克叔叔和波丽婶婶的头顶划过。他们俩都坐在同一匹拉车马的背上，过迟地抵达了现场。在那之后，飞行器终于纠正好了姿势，威武地拍打着翅膀，一边咯吱作响一边低语着飞越了森之屋的烟囱。苏伊婶婶的多数小狗们都决定那才是真正的敌人，跟着它跑上了斜坡，吠得几乎要爆炸。

"哦，我希望它没有就这么走了！"玛丽安的一名年轻表亲恸哭道，"我希望能试试它！"

玛丽安哆嗦一阵。那东西看起来比在夜晚乘坐妈妈的扫帚更加危险。她看着城堡的车停在平荷伊湾。它的四个轮子都用咒语保护起来，以应付路面上洒落四处的碎玻璃。聪明，她想。莱斯特舅公的车已经有三个轮子瘪下去了，下面还露出好几辆自行车的残骸。米莉从汽车的驾驶座里出来，朝着克里斯托曼奇飞奔而去，因为他的状况而惊忧。杰森从车的另一边跳出来。车后门也被打开，让玛丽安吃惊的是，乔斯·卡勒从里面出来。乔斯转过去帮助艾琳下车，她的怀里还抱着疯豆。

我觉得疯豆真的会回森之屋去生活，玛丽安想，不知道应该觉得伤心或放心。而且说实话，我的一些叔叔们真是慢！她对自己补充道，像是史崔克叔叔和波丽婶婶骑着马得得地下着坡，还有赛门叔叔开着他的建筑工货车上坡来，实在都已经来得太晚了。

在那之后有一阵子的安静时刻，克里斯托曼奇很快地与杰森和米莉交换了意见，米莉好像是在试着替克里斯托曼奇包扎。玛丽安抬起头来看着平荷伊湾上查尔斯叔叔在她出生之前许多年画的标志。那只独角兽绝对是莫莉，还有正面对着它的格里芬，同样可以肯定的，正是卡拉驰的母亲。查尔斯叔叔其实知道，那么为什么他一直假装像独角兽和格里芬这样的生物并不存在呢？

还有，老爹在哪里？玛丽安紧张地想，他说过他会来的。

克里斯托曼奇环顾四周，检视着每一个人。"我需要所有此事的负责人现在就和我聚集到旅馆院子里来。"他说。

卡特正在走向草地的半路上，他听到了那句话。克里斯托曼奇正在用施为言语，正是卡特把乔伊送到天花板上之后不得不学习的魔法师级别魔法。当他和锡拉库扎在一个震动之后抵达旅馆院子时他就认出了这种魔法。锡拉库扎作出它通常对于人们使用魔法会有的抗拒，而拖在马鞍后面的卡拉驰因此被甩了出去。卡特一时不能控制自己，结果是玛丽安及时地用一个悬浮咒解救了卡拉驰，接着温柔地把它放到鹅卵石地面上。

"多谢！"卡特喘息着，然后不得不转向另一边，因为让他沮丧的是，乔斯·卡勒突然闪现出来，从另一边抓住了锡拉库扎。

"如果你愿意的话我会带它回去。"乔斯一边气喘吁吁地说，一边在自己的口袋里寻找着薄荷糖。

卡特意识到乔斯并没有对他生气。乔斯只是非常紧张，想要离开这里。卡特可不会责备他。让乔斯监视他人的主顾和乔斯要监视的对象都在这个院子里，而且他们多数都是强大的魔力使用者。

"谢谢。麻烦你了。"他说，然后愉快地把锡拉库扎交给了乔斯，希望自己也能有像样的借口可以离开。可是克里斯托曼奇的眼睛已经盯上了卡特,既明亮又暧昧。卡特向他回视,惊骇于克里斯托曼奇浑身的血渍和他虚弱的样子。他知道自己当时完全应该阻止法雷先生开枪的。

第十九章

　　克里斯托曼奇转过身去和亚瑟叔叔说话，亚瑟叔叔脸上又出现了一个黑眼圈。"是的，"他说，"替她找一个尽量像是御座的东西，那也许能让她平静下来。所有的饮料都由城堡买单，如果你愿意的话。"卡特看得出来克里斯托曼奇感觉糟透了，但仍然用魔法让自己站在那里。

　　当乔斯领着锡拉库扎走出旅店院子时，事情已经渐渐平息，变成了某种室外会议的形式。诺亚婆婆被安排坐在一张从普拉斯纳酒吧里拿出来的巨大木质雕花椅子里——她坐在那里，极具攻击性地瞪视着周围——而酸溜溜的桃乐诗雅坐在她身旁一张小一点的椅子里。各个法雷表亲们则散坐在她们周围的酒桶上，试着让自己看起来庄重高贵。卡特和玛丽安一起坐在板条箱上，卡拉驰则端坐两人之间。当亚瑟叔叔再一次急匆匆地从沙龙吧台拿出一张带垫子的椅子给克里斯托曼奇坐下时，其他人则拖过放在室外被风吹雨打的长凳，或者是靠着旅馆的外墙,或者是松散地围成一个圆圈坐下来。克里斯托曼奇感激地坐了下去。

接着饮料也被端了上来。克里斯·平荷伊和克莱尔·卡勒用托盘端着马克杯,后面跟着海伦婶婶和她家的男孩子们,手里的托盘里放着玻璃杯。不过他们并不是唯一在提供饮料的人。卡特看到一只纤细的非人类的绿色手臂从诺亚婆婆的椅子后面绕出来,递给她一杯满是泡沫的饮料。

"我不用了,我从来都只喝水。"诺亚婆婆说,傲慢地把杯子推到一旁。

手臂缩了回去,这样诺亚婆婆才不会看到它,接着另一杯装在玻璃杯里的透明液体被递了出来,再一次送到诺亚婆婆面前。在诺亚婆婆握住玻璃杯大口痛饮一气之后,一阵低声的偷笑从椅子后面传来。

当两只棕紫色的手从卡特和玛丽安之间挤出来,诱人地举出盛了粉色液体的玻璃杯时,卡特心里想着不知道那里面装的是什么。他原本打算接下,可是玛丽安的目光对上他的,大力地摇着头。"不用了,谢谢你。"卡特礼貌地说。

玛丽安看着他,也说道:"不用了,谢谢你。"那双手失望地缩了回去,"看看你都做了什么!"玛丽安悄声和卡特说，"它们到处都是！"

当他感激地从玛丽安的表兄约翰手里的托盘上端起一杯真的姜啤时，卡特意识到它们的确是无处不在。那双棕紫色的手正为查尔斯叔叔和玛丽安的爸爸提供看起来像是啤酒的饮料。当那两人喝着他们的"非啤酒"时，玛丽安忍不住一边啜饮着手中的柠檬水一边咯咯直笑。酸溜溜的桃乐诗雅正从一只大玻璃杯里痛饮着"非水"。进院子的大门口，在一群平荷伊和法雷家的人站着旁观的地方，许多半隐半现的身影在人们的双腿之间飞掠，或是在裙摆间偷窥，带着奇怪颜色的手臂则在向人们递出玻璃杯和马克杯。看起来几乎像是松鼠的生物正沿着院子的墙壁跳跃。而在旅馆的屋顶上，有些不可见的东西正躲在烟囱后演奏着依稀可闻的风笛音乐。

"哦，好吧。"卡特说。

"我不能想象大人物觉得自己能和我们说什么，"诺亚婆婆对桃乐诗雅说，既大声又无理，"我们什么都没有做错。都是平荷伊的错。"她举出手中空了的杯子，"再来点，谢谢。"绿色的手臂亲切地再一次用"非水"把杯子装满。

克里斯托曼奇疑惑而嘲弄地看着。"我现在并不是，"他说，"特别能够原谅人。唉——弗——法雷夫人。今天早上当我仅仅只是尝试从空中测试你们的误引咒的有效范围时,你的老爹尽了他最大的努力朝我射击。让我清楚地告诉你们大家:那些咒语是对魔法的滥用,而我不准备轻易地放过这件事情。让事情更糟的是,击中我的那个家伙——我猜想朝我射击是为了阻止我的调查——看起来是我自己的雇员,我的猎场管理员。"他转向米莉不可置信地说:"我们为什么需要一个猎场管理员,你知道吗?城堡里没有人会猎鸟。"

"当然不会,"米莉很快地领会到他的意思,"根据记录,最后一批打猎的人是本杰明·额尔沃西的巫师雇员,大约在两百年前。可是记录同样显示,在下一任克里斯托曼奇就任之后,每一个人都不可解释地把解雇法雷先生这件事儿给忘了。"

杰森的身体向前倾。"比那更夸张的是,"他说,"他们增加了他的薪水。你现在一定是名相当富裕的女士了,法雷夫人。"

诺亚婆婆甩甩头,结果她散落的发髻被甩得更开了。"我怎么知道?我只是他的妻子,而且还是他的第三任妻子,我知道的话会告诉你的,"她在院子里的鹅卵石上敲打着她的扫帚,"这改变不了那可怜的男人被变成一棵石头树的事实！我要求正义！从这些平荷伊这里要求正义！"她狭长的眼睛又眯了起来，然后扫视着玛丽安的长辈们。

他们都瞪了回来。亚瑟叔叔说："我、们、没、有、做。明白了吗，诺亚婆婆？"

"我们不知道怎么做，"爸爸用他那平和的语气补充道，"我们的魔法完全是和平类型的。"他低下头看到自己手里提着的东西，变得十分尴尬。他把玩着手里的锯子，弯曲的锯子砰的一声弹回来。"我们总是一起合作，"他说，"我们把自己的力量借给法雷老爹来维持误引咒已经长达八年了。自我有生之年，我们就在向他出借力量做这样或那样的事情。"

"是的，而你们的老爹用那些力量都做了什么呢？那正是我想知道的！"玛丽安的母亲激烈地向前靠，"要我说的话，他把整个乡下都控制在自己的手掌中，做他自己想做的事情。现在我才知道他已经这么干了差不多两百年！用我们的魔力来延长他自己的好日子，不是吗？"

"就是这样，茜茜莉！"查尔斯叔叔低语道。

"不要管这个！"诺亚婆婆喊道，又敲打起她的扫帚，"他仍然被非法地变成了石头！如果你没有做的话，是谁干的？是你吗？"她质问道，把她狭长的眼睛转向克里斯托曼奇。

"我在考虑你说'非法'到底是什么意思,弗洛夫人,"克里斯托曼奇告诉她,"那个男人试着要杀死我,可这并非我的行为。当一个人刚刚被猎枪击中时,他很难做任何事情,更不用说创造雕像。"他暧昧地环视旅馆的院子。"如果做了这件事情的那个人现在在场,也许他应该自己站起来。"

卡特感觉到克里斯托曼奇又一次使用了施为言语,接着他便站了起来。他的胃好像沉得要掉出去了,里面装着那么多的姜啤。"是我做的,法雷夫人,"他的嘴唇如此干涩,以至几乎没有办法开口说话,"我——我沿着河流骑马。"让人害怕的事情并非在场的人都是巫师,而是他们全是他不认识的人,都带着质问式的惊诧表情盯着他看。而在诺亚婆婆的椅子后面,绿色和棕紫色的手都在空中快乐地挥舞。那些长得像松鼠的生物则在墙壁上跳跃着,而烟囱后方,音乐变得大声,充满了喜悦和胜利之情。这给卡特带来了很大的帮助。他吞咽一口,然后继续说道:"我的速度不够快,没能阻止他朝着飞行器开枪——我很抱歉。但是在那之后,他还打算射击卡拉驰、锡拉库扎,最后是我。我做了自己唯一能够阻止他的事情。"

"你?"诺亚婆婆一边说,一边怀疑地靠在她的扫帚上,"像你这样瘦弱的小孩?你在撒谎吗?"

"绝对是邪恶的谎言,"桃乐诗雅说,"他们都是这样的。"

"我生下来就有九条命。"卡特解释道。

"哦,你就是那个继承者,是吧?"诺亚婆婆恶毒地说。她正打算朝他掷出一个咒语,卡特知道她的打算。但米莉做了一个快速的小动作,结果诺亚婆婆的注意力不知怎的又转回到平荷伊的身上了。"我可没有看出你们觉得抱歉!"她朝他们喊叫道。

这可是实话。多数的平荷伊家人的脸上都露出了微笑。卡特再一次坐了下来,大大地松了一口气,然后安抚地摸了摸卡拉驰的头。

诺亚婆婆继续尖叫着:"那剩下的呢?哎?剩下的呢?"

"剩下的什么?"克里斯托曼奇礼貌地问。

"青蛙、恶意咒、跳蚤、虱子还有我们所有橱柜里的蚂蚁!"诺亚婆婆喊叫道,敲打着她的扫帚,"你们尽管否认吧!每一次我们送还一场瘟疫,你们就又引发一场。我们给你们送来了百日咳,送来了天花,可你们还是没有停止!"

"瞎扯。我们从未向你们发送过任何东西。"理查德叔叔说。

"明明是你们给我们送来了青蛙,"查尔斯叔叔补充道,"不然就是你的脑子也坏掉了?"

卡特想起自己从瓦斯蒂安先生的诊疗室里把青蛙送出去,脸开始变得越来越红。他想着自己是不是应该再次站起来承认。就在此时,玛丽安大声清晰地说道:"恐怕那些都是平荷伊婆婆独自一人做的,法雷夫人。"

卡特意识到她比他勇敢得多。她立刻成为了现场所有平荷伊家人的靶子。所有的婶婶都瞪着她,甚至比她们瞪着诺亚婆婆时的眼神更严厉,所有叔叔们的态度看起来不是轻蔑就是责备。爸爸警告地说:"我告诉过你不要散播谣言,玛丽安!"

妈妈补充道:"你怎么可以这样,玛丽安?你知道婆婆的状况有多糟糕。"

在人群的背后,艾迪格舅公爆发道:"你够了,孩子!"

玛丽安的脸色变得苍白,然而她仍然说道:"这是真的。"

"是的,"克里斯托曼奇同意道,"的确是真的。过去几个礼拜以来,我们在城堡里相当认真地审视你们。事实上,自从年轻的埃里克向我指出那误引咒以来,我们就已经开始观察你们了。我们注意到名叫艾迪斯·平荷伊的老妇人在向赫尔姆·圣·玛丽、上赫尔姆和其他附近的村子发送恶意的魔法,而我们正打算采取措施。"

"尽管我们的确想过为什么你们中没有人阻止她,"米莉插话进来,"但现在对我来说相当明显了,你们也都被她下了咒。"她朝着玛丽安友善地微笑:"除了你,亲爱的。"

当平荷伊家的人怀疑而惊恐地面面相觑时,诺亚婆婆不停地敲打着扫帚。"我要求正义!"她怒吼道,"瘟疫和石树!我要求对这两项都给予正义!我要求——"当一只绿色的手盖住她的嘴时,她的喊叫断成了一阵咯咯的声音,另一只棕紫色的手则坚定地取走了她的扫帚。

卡特想多数在场的人都会认为是克里斯托曼奇让她闭了嘴。他很肯定只有少数人能看到那些藏起来的生物,而克里斯托曼奇能看到。

克里斯托曼奇吞下一朵小小的微笑,然后继续说:"很快,法雷夫人,尽管你也许不会享受你获得的正义。首先,我得问几个非常严肃的问题。最重要的是此案中另外一位老爹,伊齐基尔·平荷伊,原本被认为在八年前已经去世了。

而不久之前,我到访了埃尔夫斯哥特——"

"你办不到的!"不少平荷伊家的人抗议道,"你又不是平荷伊家的人。"

"我对此进行了预防,从这里搭了也德汉姆夫妇的便车,"克里斯托曼奇说,"你们大概知道,也德汉姆夫人出生于平荷伊家族。"在他身旁,艾琳的脸色都变红了,她朝着膝盖上的疯豆弯下腰去,仿佛她也不肯定作为一名平荷伊是否是一件好事。克里斯托曼奇看向站在旅馆门口安静啜饮柠檬水的平荷伊牧师。"我拜访了你们的教区牧师——也许您应该来解释一下,牧师。"

哦,那是他!玛丽安想。她遇见法雷家女孩子们的那一天,是他在教堂的墓地里。

平荷伊牧师看起来慌张不已,而且非常地不开心。"嗯,是啊。那真是可怕,"他说,"当然是非常令人印象深刻的魔法,我必须得承认。但却是可怕的,相当可怕。"他不安地灌了一大口柠檬汁。"克里斯托曼奇让我带他去看看伊齐基尔·平荷伊的墓地。当然了我没觉得那有什么,就带着他去了坟墓原本——现在,我是说——所在的那个角落。克里斯托曼奇非常礼貌地请我允许他施展一点儿魔法。我也没觉得那有什么,自然就同意了。然后——"牧师又从杯子里喝下一大口饮料。"你可以想象到我的震惊,"他说,"当克里斯托曼奇把棺材从地底浮上来时——我都不敢说,甚至没有惊动到地面上半根小草或者女士们定期摆放在那里的鲜花——然后,让我更吃惊的是,他连一颗钉子都没有碰到,就把棺材给打开了。"

平荷伊牧师试着再喝一口饮料,但发现杯子已经空了。"哦,拜托——"他说。一只蓝绿色的手从他身边装雨水的木桶后伸了出来,递出满满一杯饮料。平荷伊牧师怀疑地审视着杯子,然后吸了一小口,接着点点头。

"多谢你,"他说,"无论如何,我很遗憾地告诉你们,棺材里只放了一根很大的木桩,还有三袋子霉得很厉害的谷壳。平荷伊老爹不在里面。"他又从自己的杯子里喝了一口,脸色开始变得粉红。"对我来说可是十分的震惊。"他说。

对于一些长辈来说,这也是令人震惊的消息。海伦婶婶和苏伊舅婆看向彼此,各自深吸了一口气。巧依婶婶则说:"你的意思是有人把他给偷走了?在我们花了那么多买鲜花的钱之后!"

克里斯托曼奇暧昧地环顾四周。卡特知道他是在观察谁因为这个消息而吃惊,而谁没有。法雷家的人看起来有些茫然,但并不是那么的吃惊。多数平荷伊家的表亲们都和巧依婶婶一样吃惊,彼此皱起眉头,十分困惑。但是让玛丽安丧气的是,她的叔叔们全都神色自若,尽管艾塞克叔叔发出了啧啧的声音假装他很不安。爸爸是所有人中最平静的一个。哦,天哪!她忧伤地想。

"一件非常奇怪的事情。"克里斯托曼奇说。卡特可以感受到他再次使用施为言语。"现在,谁能解释一下这奇特的情形呢?"

艾迪格舅公清了清喉咙,然后不自在地看着莱斯特舅公。莱斯特舅公脸色变得惨白,接着连身体也看起来摇晃起来。"你告诉他们,艾迪格,"他发着抖说,"我——这么多年以后我做不到。"

"事实上,"艾迪格舅公傲慢地环顾旅馆庭院,"平荷伊老爹并不是——唉——真的去世了。"

"什么意思?"诺亚婆婆喊出声来,终于跟上了故事的发展,"什么意思?没有死?"她喝醉了!玛丽安想,她马上就要开始唱歌了。"你什么意思,没有死?我告诉你要杀死他。法雷老爹命令你去杀了他。你自己的婆婆,他的妻子，也对你说了去杀了他。你为什么没有做到？"

"我们觉得那有些太过分了，"莱斯特舅公抱歉地说，"艾迪格和我只是使用了在卢克·平荷伊身上用过的咒语。"他朝着艾琳点点头，"就是你的祖先，也德汉姆夫人。我们让他的双腿失去能力，然后把他放在他心爱的马车里，带到了森林里。"

艾琳看起来被吓呆了。

"我们原本的想法，"艾迪格舅公解释道，"是把他载到背后，和那些被隐藏起来的生物关到一起。可是，试了多次之后，我们发现没有办法解开禁闭咒。所以我们用另一层障碍设置了禁闭咒，把他留在了那后面。"

"请你明白，诺亚婆婆，"莱斯特舅公请求道，"法雷老爹全都知道，而且他也没有反对。那——那看起来要善良得多。"

克里斯托曼奇开口说话时，那轻柔而温和的语气让两个舅公都畏缩了一下："在我看来却是异常残酷。还有谁知道你们的这个密谋？"

"婆婆知道，当然了——"艾迪格舅公开始说。

克里斯托曼奇仍然在使用施为言语。爸爸开始说起话来。"他们告诉了我们所有人,"他一面说,一面弯着手里的锯子,"他所有的儿子们。他们不得不说,为了分割他的财产。我们都不吃惊,我们都预见到了它的来临。我们安排了史崔克和艾萨克给他往障碍墙后面送鸡蛋、面包及其他东西。"他急切地抬头看向克里斯托曼奇:"他一定还活着,食物都被拿走了。"

苏伊舅婆原本一直坐在一旁,手里握着一只胖狗的项圈,狗儿刚刚结束了对飞行机器的追逐。突然之间她站起来,用手往下理理自己纹理清晰整洁的裙子。"在森林里生活,"她说,"八年时间。没有办法使用自己的双腿。而且你们所有人都在对此撒谎。九个成年男人。我对于自己属于这个家庭感到羞耻。艾迪格,我受够了。我现在要离开了。我要去何普顿外的姐姐家,现在就去,而且不要期待再听到我的消息。来吧,大石。"她说着,迅速地大步走出了院子,带着在她身后喘着气的狗儿。

艾迪格舅公绝望地跳了起来。"苏!求你了!我们——我们只是不想让任何人不安!"

他跟在苏伊舅婆身后追了出去。克里斯托曼奇摇摇头,然后往艾迪格舅公原本坐着的长凳指了指,艾迪格舅公又摔了回去,满腹悲惨的样子,脸都变成了紫色。

"我不得不说我很高兴克拉莱丝不在这里。"莱斯特舅公喃喃道。

我希望我也不在这里听这些!玛丽安想。眼泪从她的眼眶里涌现出来,而她知道自己永远不会再对自己的叔叔们有相同的感觉了。

巧依婶婶,看起来已经等不及这一切快些结束,也站了起来,不善地把手臂在胸前交叉起。"八年,"她说,"八年时间里我都生活在一个谎言中。"她松开一条手臂,指控性地指向查尔斯叔叔。"查尔斯,"她说,"你今晚不要想回家了,因为我不会接受你的!你个没有脊梁的懒汉。他们这样对待你自己的父亲,而你甚至都没有提到这件事,更不用说反对了。我受够你了,这事儿就这么决定了!"

查尔斯叔叔侧着脸看向巧依婶婶,在她的手指之下低着头,就像乔伊一样。玛丽安觉得他看起来并没有那么不开心。

巧依婶婶挥舞着手指指向其他的婶婶们。"我不知道你们这些女人在知道他们做过的事情和撒过的谎之后,还怎么能坐在这里。我为你们所有的人都觉得羞愧,这就是所有我要说的！"她转过身去，也大步离开了院子。房顶上隐形的家伙们赶上时间，随着她的步伐演奏了一曲进行曲。

玛丽安看着她的婶婶们。波丽婶婶脸色分毫未变，史崔克叔叔很明显在多年以前已经告诉了她所有的事情，他们非常亲近。海伦婶婶信任地凝视着亚瑟叔叔，相信他一定有着很好的理由不向她透露事实的真相；可是普鲁婶婶非常奇怪地看着赛门叔叔。她自己的母亲看起来比玛丽安记忆中的任何时候都要更加不开心。玛丽安看得出来，爸爸从未和她透露过只字片语。她看向艾塞克叔叔严肃的脸庞，心里想着，他告诉了戴南婶婶多少事情的真相——如果他透露了一点信息的话。

"我希望没有其他的人想要离开了，"克里斯托曼奇说，"好的。"他把目光转向爸爸。尽管他的脸色苍白而且因为伤痛而紧绷着，但他的眼睛仍然明亮深沉。爸爸接触到那目光时跳了起来。"平荷伊先生，"克里斯托曼奇说，"也许你可以解释一下到底你们都预见到了什么的来临，还有为什么每一个人都觉得必须得做——哎——做你们对自己父亲做的事情。"

爸爸小心地把锯子在脚边放下。棕紫色的手立刻亲切地给他递出了另一大杯饮料。哈里·平荷伊接过杯子,并点头表示谢意,因为自己将要说的话而太过于不安,甚至没有注意到饮料是从哪里来的。"是那颗蛋,"他缓慢地说,"那颗蛋是最后一根稻草。任何人只要看一眼就知道老爹一定是从禁闭咒的后面把它带了出来。所有其他的一切都渐渐地导致了这样的后果。"

"以什么形式?"克里斯托曼奇问。

哈里·平荷伊叹口气。"你也许可以说,"他回答道,"那个前任老爹遭受了太多的灵术困扰。他总是跑到森林里去收集奇怪的草药,打扰一些原本不应打扰的事物。而且他总是跟婆婆说,那些被藏起来的生物很不开心,应该被放出来。婆婆当然不会听,杰德·法雷也不会。他们几乎每一个礼拜都会因此吵架。婆婆说,一直以来,把它们看守起来都是我们的职责,但是老爹却无理取闹地叫嚣着是时候让它们出来了。嗯,然后——"

哈里·平荷伊为了鼓起勇气而大口喝下手中奇怪的饮料,在继续说下去之前对那种味道做了个困惑的表情。

"嗯,然后,当老爹从森林里带着那颗巨大的,像是……蛋的东西出来时,危机就发生了。他把蛋交给婆婆,让她为蛋保持温暖，让它孵化。婆婆说她为什么要这么做？老爹不肯告诉她，直到她向他施展了一个实话咒。他告诉她，那是他让被藏起来家伙们重获自由的计划。他说，等那颗蛋孵化出来，他会看着那些藏起来家伙们身上的束缚被揭开。"哈里·平荷伊不快地看着克里斯托曼奇："你应该明白，大家都受够了。老爹仿佛是在讲述一个预言，婆婆可不会接受。婆婆是唯一一个可以做预言的人，我们都知道。所以她告诉她的兄弟们，老爹已经失去控制了，必须得把他杀掉。"

玛丽安颤抖了。卡特发现自己的一只手保护性地放在卡拉驰身上，握住它背后那温暖的绒毛。幸运的是，卡拉驰看起来已经睡着了。克里斯托曼奇轻轻地微笑着，看起来完全困惑了。"可是我不明白，"他说，"为什么必须把这些不幸的生物关起来呢？"

爸爸对于他的问题也觉得很迷惑。"因为我们一直都是这么做的。"他说。

诺亚婆婆也插嘴进来。"我们一直都是这么做的，"她宣布，"因为它们都是反自然的产物。是邪恶的，不洁的生物。狡猾、淘气、狂野而且野蛮！"

桃乐诗雅从她巨大的杯子里抬起头来。"危险，"她说，"邪恶。害虫。如果可以的话，我会消灭它们每一个。"

她用那种恶毒的语气说出来，让院子里所有半隐半现的和隐形的生物们都忍不住一阵绝望而惊恐的颤抖。卡特和玛丽安发现自己被一些看不见的发着抖的小手握住了。一个半隐半现的人爬到了玛丽安的膝盖上。一个长着胡须的坚实脑袋——不然就是长着触须的脑袋——正恳求地碰撞着卡特的脸，而且他相当肯定，另外一个爬到了他的身上，坐在他的头顶上以策安全。他看向克里斯托曼奇寻求帮助。

然而克里斯托曼奇正严厉地看着桃乐诗雅，然后是哈里·平荷伊。"我不得不遗憾地告诉你们，"他说，"平荷伊老爹是正确的，而你们其他人都非常、非常错误。"

爸爸在他的长凳上往后一弹。平荷伊家的人群之中传出一阵强烈抗议，表达着他们震惊的否认。法雷家也一样。爸爸的脸变得通红。"为什么？"他说。

米莉看看克里斯托曼奇，然后接过话来。"我们一直在查询你们的背景，"她说，"我们追寻平荷伊、法雷和克利夫家的历史，一直到历史可查之初。"

对此人群中再次传来一阵低语，每一个人都意识到自己的秘密终于再也不能被保守下去。而在米莉继续时大家都专注地听着。

"你们一直都住在这里，"她说，"你们一定是我们所知的最古老的巫师家族之一。我们发现，你们首先像是宗族，多数人都住在首领宏伟会堂周围的小房子里，而剩下的人则住在首领的会堂里，像是追随者。森之屋正建在平荷伊会堂原本的旧址之上——建造时间令人吃惊地久远。法雷会堂看起来在后来的麻烦之中被摧毁了，但是克利夫仍然保留了他们的会堂，尽管现在是克利夫湾了，在克伦威姆那儿。"

这当然很有趣。平荷伊和法雷家的人都交换着视线低声说着："我从来不知道这个。不过，克利夫湾的确很古老。"

当米莉继续说下去时，大家的注意力再次集中到她身上。"现在，对于那些古老的日子，起码有三件事情你们应该知道。首先是你们的头领，从很早开始就被称作老爹，是从老头领的家族里选出来的，而且他总是拥有最强大灵术的那一个。他不仅仅是首领，也是先知和预言家。事实上，你们的上任老爹做了他应该做的。他有权选择婆婆——而且她并非总是他的妻子，她应该是拥有最强大灵术的那个女人。他们俩并不只是管理其他的人，他们和被隐藏起来的生物们一起合作。那些生物都被珍惜、疼爱和关护着。你们和它们分享着魔法,而它们向你们回报以治愈之力和——"

这样的信息对每一个人都太过分了。米莉的声音被一阵"那不可能!"和"我从没有听到过这种胡说八道!"的叫喊声给淹没了。

米莉稍稍露出些微笑,她的声音突然盖过所有的抗议,尽管听起来不是那么大声,却如同钟声一般清晰。每一个人都听清楚地听到她说:"接着是一段可怕的断裂期,其间充满了各种恐怖。"大家都静下来,想听听都是些什么样的恐怖。

"一种新的宗教来到了这个国家,"米莉说,"其中充满了所谓的热诚和正义——如果人们不信仰这种宗教,正义的人就会杀戮和折磨他们,直到大家都信仰同一种宗教。这种宗教痛恨巫师,更加痛恨隐藏起来的生物们。他们视所有的巫师和隐形生物们为恶魔、妖怪和魔鬼,他们的传教士们设计出杀死他们和摧毁他们魔力的有效方法。"

"就我们所知,当时的三名老爹都预见到了这一点,而且你们大家,平荷伊、法雷和克利夫家族,立刻采取了措施,把自己是巫师的事实隐藏起来。无论你们用了什么魔法，你们都是以极其隐秘的方式施展的。而藏起来的生物们比你们所面临的危险更为严重，所以你们全都聚集在一起，把它们锁在遥远的背景之中来保护它们的安全。当时这只是一种暂时的措施，老爹们都知道，那些嗜血的正义之士在一段时间之后就会离开。而他们也的确离开了。可是在他们走之前，他们的传教士变得更加熟练也更智慧，足以将他们的计划从老爹们的预见中隐藏起来。即使如此，当时的法雷老爹也预见到了灾难。可是当天晚上，嗜血之徒们已经开始攻击了。"

"他们带着火与剑以及强大的魔力，杀死了所有他们可以杀死的人。"米莉环顾着院子和在大门口聚集的人群。"当他们结束时，"她说，"仅有孩童活了下来，他们比现在在场的孩子们都要更为年幼。我们认为嗜血之徒们带走了他们可以带走的孩子，然后用他们宗教的方式教育孩子们。有一些孩童逃到了森林里。整个断裂期大约持续了十五年的时间，这样那些孩子们有时间可以长大。接着，谢天谢地的是，嗜血之徒们再次聚集起来离开了，也许是因为罗马的召集。然后你们都再一次地凑到一起，那些逃到了森林里去的和那些曾经被抓起来的孩子们，再一次重新一起生活。"

克里斯托曼奇在米莉说完的时候深深地吸了一口气,然后扶住自己的靠椅扶手。他看起来伤得十分厉害,卡特紧张地想。"你们明白那意味着什么了,"克里斯托曼奇说,"那些孩子们当时过于年幼,不能真正地明白事理。他们只记得他们的父母亲在大屠杀之前给他们留下的印象,以为自己必须为他们的魔力保守秘密,以为将隐藏起来的生物们囚禁住是自己的职责——他们只有隐约的概念,觉得如果没有关好那些生物的话,危险就会降临。而且他们都知道,如果一名老爹作出预言,那么可怕的事情就会发生——所以他们都选择擅长给出命令的人,而不是那些灵术强大的或者有预言能力的人来做老爹。而且,"克里斯托曼奇悲伤地说,"恐怕那些嗜血之徒的宗教在相当多孩子们的身上留下了印记,他们将这种做法视作了自己的宗教职责。"

之后是一阵漫长而深思的静谧。当周围都悄无声息的时候,卡特看到一只细长的手,一只之前没有见过的银白色的手臂,从克里斯托曼奇的靠椅后伸了出来,递给克里斯托曼奇一小杯绿色的液体。克里斯托曼奇接过它,满脸惊异的表情。卡特看着他闻了闻杯中物,把它举到阳光下,然后谨慎地将一只手指浸入其中。他的手指从液体中出来时闪耀着绿色和金色的光芒,像是焰火一般。接着他喃喃道:"非常感谢你。"然后将杯子里的液体一饮而尽。他做出一副糟透了的表情,然后把手在肚子上捂了一阵子。可是在那之后,他看起来比之前要好多了。

每一个人的情绪都被搅动起来了,除了诺亚婆婆和桃乐诗雅,她们似乎已经睡着了。爸爸抬起头来说道:"这听起来像是个不错的故事。"

"这不仅仅是一个故事。"克里斯托曼奇说。他转向身旁的空气说道:"汤姆,对此你都记录下来了吗?"

克里斯托曼奇的秘书汤姆出人意料地站在那里,手里拿着一个记录本。在他身旁站着的是老罗莎莉小姐——城堡的图书管理员。她的眼镜挂在鼻尖上,鼻子几乎都埋在了手里捧着的一个蓝色文件夹里,她看起来正热切地读着文件夹里的资料。

汤姆说:"每一个字都记录了,先生,从一开始。"

罗莎莉小姐从文件夹里抬起头来,然后用她那惯常的笨拙而直接的方式宣布:"我从未见过如此公然地对魔法的滥用,从来没有,更不用说共谋滥用。您可以直接起诉他们。"

克里斯托曼奇和米莉看上去更希望罗莎莉小姐没有张嘴

说话。院子里四处传来愤怒和惊慌的呼喊声。平荷伊家的叔叔们威胁似的站了起来,法雷家的表亲们也不甘落后。诺亚婆婆跳着惊醒过来,鼓着眼睛瞪着大家。

不幸的是,卡拉驰也在那个时候醒了过来,好奇地摇摆着穿过了鹅卵石院子。

第二十章

卡特很肯定不是克里斯托曼奇就是米莉——不然就是他们俩——把卡拉驰唤醒了。不然的话很难理解，为什么卡拉驰那么简单地就从卡特握紧的手指间溜了出去，还有它是怎样从玛丽安握着它尾巴的手里逃开的。

爸爸说："那见了鬼的是什么？"

"它是从那颗蛋里孵出来的，"查尔斯叔叔告诉他，"我没有告诉你吗？我告诉过亚瑟。"

他们的声音几乎被桃乐诗雅的惊叫声给淹没了。"这是违反自然的产物！杀了它，母亲！哦，那些家伙逃出来了！我们都死定了！杀了它！"

诺亚婆婆跳了起来，手指着卡拉驰。它正巧好奇地把头转向了她。"死亡，"诺亚婆婆吟诵道，"死去吧，你这可鄙的暗夜生物。"

让玛丽安尴尬而卡特放下心的是，卡拉驰不过是一脸迷惑地眨了眨眼。桃乐诗雅用手指指着它尖叫道："融化！死亡！消失！"卡拉驰盯着她，与此同时，一大群难以辨识的生物都赶来保护性地围绕在它周围，相当一部分人能够看到这一幕。每一个人都开始喊叫起来，"那些家伙逃出来了！那些家伙逃出来了！"他们中有些人聚集到门口，和桃乐诗雅喊得几乎一样大声。

仍然颤抖着的克里斯托曼奇站了起来。"安静下来，你们所有的人，"他疲惫地说，"这只是一只格里芬宝宝。"

噪音慢慢低了下去，除了诺亚婆婆，她气愤地说："我为什么没有杀死它？为什么它还活着？"

"因为，弗隆夫人，"克里斯托曼奇说，"当我们谈话时，我的同事杰森·也德汉姆正忙着消除你的魔力。"

诺亚婆婆朝着他张大了嘴："什么？"

爸爸说："那一定是胡说八道，魔力是与生俱来的。而且，玛丽安，你没有权力给那该死的男孩那颗蛋。你背叛了我们神圣的信任，我对你非常非常地生气。"

克里斯托曼奇叹口气。"你一个字也没有听进去，是吗，平荷伊先生？没有什么神圣的信任，那些隐藏起来的生物被拘禁起来，仅仅是一个为了保护它们而采取的临时措施。还有，魔法也许是与生俱来的，但是你的阑尾和扁桃体也是与生俱来的，它们都可以被移除掉。最好展示给他们看看，杰森。"

杰森点点头，做了一个轻柔的推的动作。一个巨大的，以半透明的蓝绿色线组成的巨大的球，看起来就像是一个大个头的毛线球，从杰森的膝盖旁滚了出去。它以一种轻飘飘的方式滚到院子中间停在了那里。"你们看，"杰森说，"这里是所有法雷家的魔力，每一丁点儿都在这了。"

诺亚婆婆、桃乐诗雅和法雷家的表亲们盯着它。一个表兄说："你们没有权力对我们这么做。"

"我不仅有权，"克里斯托曼奇说，"作为一名政府雇员，我还有责任这么做。用魔力给整个村庄带来像天花这样的危害巨大的疾病，这样的人是不能被信任，也无权自由使用其魔法的。"

"那只是玛丽安在编故事。"爸爸说道。

克里斯托曼奇朝汤姆点点头，他往回翻阅自己的笔记本，然后念道："'我们给你们送来了百日咳，送来了天花，可你们还是没有停止！'这是法雷夫人的原话，平荷伊先生。"

爸爸没有说话。他又拾起了地上的锯子，开始故意地弹弄。

艾琳推了杰森一把，和他说起悄悄话。杰森微笑一下，然后说："是的！"他转向克里斯托曼奇，"艾琳觉得森林里的生物们应该就他们的非法囚禁获得这些魔法作为补偿。"

"非常好的主意。"克里斯托曼奇说。

艾琳站起来，对着围墙做出快乐的招手动作，忘了疯豆还在她的膝盖上睡觉。疯豆砰地一声掉在了地上，恼怒地四处望望，然后看到所有半隐半现的生物们正离开卡拉驰，开心地冲向那一团魔法球。它好像一条黑色闪电般跳了起来，第一个抵达了魔法球，笔直地穿了过去，从另一头一跃而出。带着一长条蓝绿色的线，后面跟着一群气愤的生物，它快步越过桃乐诗雅，从她身后的一堆木桶上跳到了墙头上。

现在没有办法再抓住疯豆了，玛丽安想，她看着疯豆从墙头跳到小巷里，桃乐诗雅则厌恶地舔着自己被抓伤的手臂。玛丽安既沮丧又担心，爸爸永远都不会明白也不会原谅她了。而老爹也还没有出现。除此之外，下个礼拜一学校又要开学了。尽管看好的一面的话，她想，开学后她不用再面对家里人了，起码在白天的时候不用。

与此同时，那些难以辨识的生物们都积极地享受着剩下的魔法球。那颗球越来越小，被撕裂开来，仿佛风中的烟雾一样消散在空气中。原来有比卡特和玛丽安预想到的更多的隐形生物，它们中的一些之前一定是完全隐形的。

卡特从平荷伊湾的某处召唤来一根香肠，试着把卡拉驰从院子中央诱惑出来。他不喜欢诺亚婆婆和一些平荷伊家的人看着卡拉驰的样子。结果他发现自己正在卡拉驰尖喙前举着一根香肠，从玛丽安的一排婶婶们的面前后退开来。

"长相奇怪的生物，不是吗？"一个婶婶说道。

"你可以从它身上的绒毛看得出来这还是个宝宝。感觉有点儿恶心但还真的蛮可爱。"第二个说。

第三个说："你拿着我的香肠想干吗，孩子？"

另一个，现在想起来卡特相当肯定那是玛丽安的母亲，说道："你知道，等它长大了，它看起来会和查尔斯在旅馆招牌上画的画一模一样。而且它会长得很大。看看它那双大脚。"

在卡特能想到任何回复之前，法雷家的人已经开始离开了，他们阴沉地拖着步子走出院子，一面愤恨地念叨着，现在他们必须得走回家去了，因为他们不再有魔力。

"并不是完全像扁桃体一样，"克里斯托曼奇在他们步履沉重地经过他身旁时评价道，"如果你小心的话，随着时间的流逝还能够再长回来。"他站在那里，一边是汤姆，另一边是罗莎莉小姐。大概没有一个法雷家的人听到他说的话，因为罗莎莉小姐也在同时大声说："我统计了总共四十二项滥用魔法的情形，先生，仅仅在埃尔夫斯哥特一处。我应该都念出来吗？"

"不用了，"克里斯托曼奇说，"还不用。"他告诉所有的平荷伊，"你们都明白了，对吧，我也可以取走你们的魔力，或者逮捕你们几乎所有人？可与其那么做，我还不如要求你们的合作。你们有一整套新的魔法，而我的职责之一就是研究未知的魔法。我将特别有兴趣更多地了解被称作灵术的魔法。"他的眼睛有那么一瞬间瞟向了卡特。"我想我需要尽快地多了解一些灵术的知识。我们希望你们中更多人能够来城堡拜访，向我们解释你们的工作方式。"

他因此被玛丽安的叔叔和舅公们八道愤怒的目光瞪着。爸爸厌恶地弹着手里的锯子。米莉快乐地走向婶婶们去寒暄，但大家都转过了身去，除了玛丽安的母亲。她双手交叉盯着米莉，姿势就像巧依婶婶一样。

"您就是那出名的药草女士对吗，平荷伊夫人？"米莉说，"如果您能来给我上一两次课，我会非常感激——"

"什么，就这样给你所有我的秘密？"妈妈说，"你可真能想啊。"

"但是，我亲爱的，为什么你必须把这些事情保密？"米莉问道，"如果你在刚刚的争斗中丢了性命呢？"

"我试着在抚养玛丽安的时候让她懂得草药，"妈妈说。她给了玛丽安一个恼怒的表情。"那好像也没有什么效果。"

"啊，当然不会，"米莉朝玛丽安微笑着，"您的女儿是一名女魔法师，不是一名女巫。她做事情的方法是相当不同的。"

妈妈盯着玛丽安看着，仿佛她突然之间头上长出了鹿角和象鼻。米莉叹口气转向克里斯托曼奇，对他说："上车去吧，亲爱的。你看起来精疲力竭了。"

"我需要先和平荷伊婆婆聊聊。"克里斯托曼奇说。

"那么，我会开车载你去戴尔。"米莉说。

这让卡特不得不引诱着卡拉驰一路穿过院子到车上去。他们缓慢地前进，因为卡特和卡拉驰都时不时地停下来，盯着蓝绿色的魔法被半隐半现的生物们带着，在墙壁之间飘荡，或者被拖到木桶里，或者呈碎片状在烟囱之间飞舞。米莉等着他们，而杰森则扶着汽车的后门，帮助卡特把卡拉驰推到车里，坐在艾琳的身旁。卡拉驰在车里即刻支起身子斜靠在窗户上看向外面。它的爪子陷入昂贵的皮质装饰中，发出响亮的爆裂声。

此时，平荷伊家的人已经意识到克里斯托曼奇打算去戴尔了。他们不会让婆婆独自面对他。卡特发现自己被夹在玛丽安和罗莎莉小姐之间，和一大群平荷伊家的人一起，跟在滑下山坡的汽车之后快步走着、慢跑着，踩着地上破碎的玻璃。

"老爹一定在某个地方。"当他们经过莱斯特舅公被摧毁了的汽车时，玛丽安沮丧地说。

爸爸对着她开始宣泄自己的情绪："看看你都给我们带来了什么，玛丽安！这全都是你的错，你以为自己比我们更明白事理。传统的好方法对你来说不够好。不，你非得让城堡注意到我们。看看我们现在的处境，任凭这些穿着漂亮西装的暴发户、花哨的万事通处置，如果我们不按照他们的来，就会把我们全都抓起来——"

他的发泄被妮可拉的母亲打断了一秒,她骑着扫帚,朝着与他们相反的方向飞上山丘。"我不能再等了,莱斯特!"她喊出声来,"我要错过医院的访客时间了。"

当莱斯特舅公朝着她阴郁地挥手时,爸爸再次开始他的谴责。"他们和他们的威胁!他们怎么能一边说我们滥用了魔法,一边还想知道我们到底是怎么做的?完全没有道理。而他们觉得他们有权利用他们新潮的傲慢方式来审视我们,还有他们愚蠢的历史上的屠杀和理解错误的孩子们的故事——我一个字都不相信。我们只是普通人,做我们一直做的事情,而他们跑来——"

罗莎莉小姐看起来越来越恼火,她此时终于忍不住了:"哦,闭嘴吧,男人!你当然可以过回你自己的老生活方式,我们则打算研究它们。"

结果这更加让爸爸一发不可收拾。"多管闲事,干涉不应该有人谈论的魔法上的事情,把隐藏起来的家伙们放出来,那正是我在抱怨着的,女人!我们是什么,一个该死的金鱼缸?"

"我拒绝和你争辩!"罗莎莉小姐重重地喘着粗气。

"那样才好!"爸爸说,随着汽车在下山的路上速度越来越快,他用越来越上气不接下气的低语继续抨击着,甚至当汽车在山脚转弯的时候他也没有停下来。他们在那里遇到了巧依婶婶,她站在那修了一半的围墙口。

"我说话算话!"巧依婶婶喊道,然后给查尔斯叔叔丢出一个行李箱,"你不用回来了,这里是你的东西,结婚礼服等等。我都踩踏过了。"

查尔斯叔叔没有试着回答。他只是拾起那被践踏过的箱子,然后继续小跑步前进。他朝着理查德叔叔羞怯地微笑着。"盯着我们看,"爸爸继续说,"觉得他们自己聪明得很。鱼缸。全都是玛丽安的错。"

在戴尔,他们在前门外发现了婆婆,周围全是难以辨识的飞行生物。它们看起来可不怎么喜欢婆婆。它们朝着她冲撞着,拉扯着她的头发,对着她又拧又抓,然后再躲开。婆婆用一把卷起来的报纸挥舞拍打着它们。"嘘!"她喊着,"滚开!嘘!"

戴南婶婶好像完全看不见那些生物,只能无助地在翻滚的报纸之间闪躲着,还一边说:"够了,亲爱的婆婆。现在进屋去吧,亲爱的。"

"鱼缸。"爸爸看到婆婆是多么轻而易举地从他小心设置的拘束咒中挣脱出来时，一边呻吟着一边跑了过去。

婆婆盯着克里斯托曼奇僵硬而颤抖地从车里爬出来。她立刻就明白了他是谁。"你敢！"在他绕过池塘朝她走过来时，她喊道，"你不过是来阻挠我的。我没有做过。都是艾迪格和莱斯特。"

半隐半现的生物们也知道克里斯托曼奇是谁。它们一起从婆婆身边飞开，栖息到小屋的屋顶观察着。

"我知道艾迪格和莱斯特做的事情，夫人，"克里斯托曼奇说，"我想知道你为什么要迫害法雷家的人。"

"杰德我的头，"婆婆说，"我的嘴被海豚了。"

"意思是她的嘴被封住了。"查尔斯叔叔站在人群中翻译道。

"完全的被海豚了。"婆婆同意道。

"也许还被鲸鱼了，"克里斯托曼奇喃喃道，"我想你最好赶紧去海象一下，夫人，而且——"

艾塞克叔叔的蔬菜大棚对面，屋后的门安静地发出咔嗒一声，让莫莉和老爹进来。

大家没有立刻看到他们，因为小屋的一角正好挡在了前面。但是玛丽安看到了，而且她知道为什么老爹花了那么长

平荷伊之蛋

的时间在路上。他的腿弯曲如弓,脚也扭曲着,这样他是不可能走路的。他的两只手都抱在独角兽的背上。独角兽小心翼翼地前进,每走一步就停顿一下,这样老爹才能在它身旁跟着往前挪动。每一次他的腿必须承受他的体重时,玛丽安都能看到他因为疼痛而畏缩。

她转向她的两名舅公,大声呼喊着。她是如此愤怒,那两人都从她面前被弹了出去,几乎被推到了后面的树篱中。"那是我见过的最残酷的事情!艾迪格舅公,我永远都不要和你说话了!莱斯特舅公,我永远都不要靠近你!"她朝着老爹跑过去,要将他身上的咒语剥离开来。那有点儿像在妈妈的花园里为一棵树清除覆盖其上的杂草和藤蔓。玛丽安又抓又拉又扯,咒语像荆棘和荨麻一般地反抗着,但她终于把它全部都清除干净了,停下来喘着粗气,双手针扎似的疼痛,泪水在眼眶中打转。她把剥下来的咒语扔给隐身的生物们去处理。它们蜂拥上前,高兴地带走了它。

老爹缓慢而摇摇晃晃地直起身,他站起来有克里斯托曼奇那么高。他朝她微笑着。"别哭,谢谢你,宝贝。"他说。

莫莉转过头悲伤地说:"我可以治愈肉体上的伤口,但那是魔法。"它对老爹补充道:"把你的手扶在我身上。你不会立刻就能轻易行走的。"

他们继续前进，转过小屋的角落。克里斯托曼奇现在靠在汽车那长长的发动机盖上，倚在卡特的身旁，他能清楚地看到他们了。但是婆婆不行，她旁边有戴南婶婶不停地躲闪着，加上她忙着侮辱克里斯托曼奇，根本没有空注意到。

"墨气泡五斗柜！"她喊道，"松开的泥塘！"

卡特觉得，在他们绕过来走到小屋前的阳光之中时，独角兽和那名高个子的男人身上都带着一种神奇的、不真实的银色光芒。

平荷伊家的众人中传出一阵低语。"是上任老爹！"他们说，"还有，那不是他的老母马莫莉吗？"

这惊动了婆婆。她转过身去，整张脸布满了惊慌。"你！"她说，"我告诉他们要杀了你！"

"有些时候我希望他们的确那么做了，"老爹回答，"你这些年都在做些什么，艾迪斯？现在让我们都知道一下真相吧。"

婆婆耸耸肩。"青蛙，"她说，"蚂蚁、虱子、跳蚤。痒痒粉。"她咯咯笑着。"他们以为是更多的跳蚤引发的痒痒，结果一直洗到蜕了层皮。"

"谁以为?"老爹问。他把手从莫莉身上移开,独自站好低头看着她。独角兽后退几步,站到了克里斯托曼奇对面。它伸长了脖子,轻柔地用它的角碰了碰克里斯托曼奇那被击伤的、流着血的手臂。

克里斯托曼奇惊跳一下然后深吸了一口气。即使角没有对着他,卡特仍然可以感受到角里传来的一股温暖的康健热流。"谢谢你,"克里斯托曼奇感激地看向独角兽聪慧的蓝色眼睛,"实在是非常感谢。"他的脸色已经好多了,尽管衬衫上仍然沾满血迹,卡特相当肯定克里斯托曼奇的手臂上已经没有枪伤了。

"我的荣幸。"独角兽回答道。它朝着卡特眨了眨一只蓝眼睛,然后又朝着老爹走了过去。

"谁以为?"老爹重复道,"你现在又在折磨谁?"

婆婆固执地低头看着草地。"那些法雷家的人,"她说,"我痛恨他们。他们那个桃乐诗雅在城堡门口看到了一只格里芬,然后居然说是我让它出来的。"

"那只格里芬不过是在找它的蛋,可怜的生物,"老爹说,"它以为那时它已经抵达城堡了。你对它做了什么?"

婆婆用一只脚趾擦着草地,又咯咯笑了。"我没法摔碎它，"她说，"就算我把它扔到楼梯下也没有用。我让哈里给它下了咒然后丢到了阁楼上，希望它会死掉。讨厌的东西。"

老爹紧闭着双唇，带着极大的怜悯低头看着她。"你变成了一个邪恶的小孩子，不是吗？"他说，"完全不会为别人着想。而你在他人身上施展的咒语比以往都要强大，他们还是对你唯命是从。"

独角兽轻柔地靠过来。

婆婆抬起头来，看到那长长的带着螺纹的角朝她靠近。"不！"她说，"不是我！是艾迪格和莱斯特。"

老爹摇摇头，连脑袋上的帽子也一起晃动起来。"不，就是你，艾迪斯。放弃吧。你已经做得够多了。"

他站在一旁，让莫莉温柔地用她的角碰触婆婆的前额。卡特对此也能感受到一股温暖的冲击，但这一次确实朝着另一个方向。婆婆发出一声惊恐的、类似于卡拉驰的"呜咿！"的声音，然后缓慢地瘫倒在草地上，仿佛婴儿一般蜷成一团。

戴南姊姊冲到前面："这个怪物做了什么？"

老爹看着她，泪水从眼眶中向下滑落到他的胡子中。"你不会希望自己未来十年都屈从于疯狂吧,对吗?"他说。他那令人愉快的嗓音现在却嘶哑着。他咳嗽一声。"现在她还有三天时间,"他说,"你们都有时间在她去世之前选出新的婆婆。"

戴南婶婶无助地看着其他聚集在汽车和池塘旁的平荷伊家人。"可是只有玛丽安了。"她说。玛丽安的心沉了下去。

"啊,不,"老爹说,"玛丽安有她自己的道路要走,有她自己的比赛要参加,保佑她。你们不能害了还没有看清自己生活方向的人。"他看着汽车的后门,艾琳和杰森正在那里试着把卡拉驰再一次塞回车里。卡拉驰想爬出来审视鸭子们。"我的朋友杰森的妻子,有着我多年来见过的最强大的灵力,"老爹说,"考虑一下。"

艾琳抬起头,遇到平荷伊众人的目光,脸色一下子变得通红。"哦,我的天!"她说。

第二十一章

理查德叔叔和艾萨克叔叔小心地沿着池塘的边缘前进，平荷伊牧师则跟在他们身后。他们警惕地和独角兽保持着距离，两名叔叔把婆婆抬起来送进了房子里，戴南婶婶跟在他们身后冲了进去。爸爸愁容满面地看着他们。"反正我不会让玛丽安做婆婆的，"他说，"她不合适。"

"的确不合适，"克里斯托曼奇同意道，"她任何时候只要愿意，都可以破除你们任何人的咒语，这对你来说很奇怪。告诉我，玛丽安，你对于在城堡里接受教育有什么想法？就像是一周回家一次的那种寄宿学校，比如说，每个周末都回家？我替你的兄弟乔伊也做了同样的安排。你愿意加入他吗？"

心中巨大而让人紧张的喜悦之情让玛丽安几乎无法思考，更不用提说话了。她觉得自己的脸展现出一个大大的微笑。她抬头看向老爹，甚至是透过他擦着自己脸颊的破烂衣袖,都能看到他眼中闪亮的鼓励。

在他们能说任何话之前,爸爸爆发了:"你刚刚说乔伊?你打算对他做什么?他甚至是一个比玛丽安更大的失败!"

"恰恰相反,"克里斯托曼奇说,"乔伊有着巨大而不一般的天分。他已经发明了三种将魔法和机器融合在一起的方法。明天会有几名从皇家社团里来的巫师面试他。他们对于他的能力非常兴奋。所以,你觉得怎么样,玛丽安?"

"我明白了!"爸爸在玛丽安能回答之前又爆发了,"我明白了。你打算把他们都带走,让他们觉得自己的家人配不上他们!"

"只在你确实配不上的时候才会那样,"克里斯托曼奇回答,"让他们那样认为的最可靠的办法,就是不停地告诉自己你配不上他们,也告诉他们你们配不上他们。"

爸爸看起来头都晕了。"我脑子绕不过来。"他说。

"那么你有麻烦了,平荷伊先生,"克里斯托曼奇说,然后转向老爹,"你打算再一次作为老爹担任自己的旧职吗,先生?"他问。

老爹慢慢地摇了摇头。"莫莉和我与这个世界不再有关系了。"他说。在他看着玛丽安时,眼中的那一点闪光变得越来越明亮了。"我总是那个喜爱在森林里游荡的人,我会和莫莉一道远游,为年轻的杰森带回更多他从未见闻过的奇特植物,我想。另外,"他补充道,眼中的光亮转变成了幽默,"如果你希望他们都过回原来的生活,哈里会做得很好的。让他继续吧。"他弯腰亲吻了玛丽安,一个轻柔、挠痒痒般的亲吻,他的胡子滑过她的脸颊。"再见,宝贝。你应该去发掘真正的自己,不要让任何人阻止你。"

他和莫莉准备离开了。克里斯托曼奇大步走回汽车,汤姆正和罗莎莉小姐站在那里。"汤姆,带着罗莎莉小姐回去吧。"卡特听到他说,"准备一份她拟好的四十二项滥用魔法的清单,然后给每一个平荷伊兄弟一份,还有他们的两个舅舅。我希望他们知道,如果不与我们合作的话,他们会面临什么样的麻烦。"汤姆点点头,挽起了罗莎莉小姐骨瘦如柴的手臂。他俩都消失了。克里斯托曼奇又转向卡特,让他上车。

人群的远处忽然传来一阵狂乱、喋喋不休的喊叫声。玛丽安的叔叔和婶婶们都朝这边或那边分散逃开,还有平荷伊牧师,他正走在池塘边,哗啦一声被推到了水里。他站起来，双腿膝盖以下都被埋在了绿色浮游植物里，驴子多莉从一旁飞快地冲了出来。不知为何它并不像玛丽安一直知道的多莉，它看上去更高一些，也更苗条，而它的耳朵也不是那么大了。它惯常的黄色皮毛现在泛着银光，几乎像是闪亮的银色。它的前额上，还长着一个小小的优雅的角。

"我的另一个女儿！"莫莉说，转过身把头靠在了多莉的背上。

"我以为我要错过你了！"多莉喘着气，"这么多年过去了，我不得不把门给冲破。"

这时才从小屋大门出来的理查德叔叔惊讶地站在那里。"多莉！"他说，"为什么我从来都不知道——我怎么会不知道？"

"你从来都没有注意看过。"多莉边说，边磨蹭着莫莉蓬松的身体。

克里斯托曼奇不耐烦地对卡特说："上车，我们走吧。"

可是卡拉驰决定要见一见多莉。杰森抓住它扭来扭去的身体，把它丢在了汽车的后座上。它却不知道怎么弄了艾琳一身绿色浮萍。米莉又从车里出去帮助平荷伊牧师从池塘里出来，提议送他一程。更多的绿色浮萍来到了车里。克里斯托曼奇看起来十分恼火,他走回玛丽安面前。"周一早上八点半,会有车来接你,"他对她说,"我希望那时车会比较干净了。准备五天的行李。"

我现在知道爸爸的感受是什么了,玛丽安想,他的确期待每一个人都按照他的指示行动。而且她想,我会错过学校开学的。如果一个礼拜之后他们就把我从城堡里赶出来呢?学校还会收我吗?她给克里斯托曼奇一个紧张,然而有些不太确定的点头示意。

"很好。"克里斯托曼奇又大步走回汽车。卡特和其他人一起坐到了车里,卡拉驰挤在他们的膝盖上。没有任何东西可以让卡拉驰趴在车里,它想看着窗外。"谢天谢地!"克里斯托曼奇说着,一下子坐到米莉身边,"我真的还得在其他法雷家的人回去之前和法雷老爹也谈谈!"

平荷伊家的人都站在那里,不悦地看着米莉把车转过去开出了戴尔。她沿着小巷前进,路上还遇到几只施过咒语的青蛙在树篱里呱呱直叫。汽车走上了山坡,经过了一群带着怨念打扫碎玻璃的人们,经过了莱斯特舅公被困住的汽车,然后在牧师住宅门口停下来,让平荷伊牧师和艾琳、杰森一起咯吱咯吱地爬出车门,他们身上全都挂满了绿色的浮萍。

在那之后，卡特和卡拉驰终于可以在后座上舒展开来，而米莉也加快了车速。

没过多久他们开始超越还在路上的法雷家人。先是诺亚婆婆和桃乐诗雅，因为她们是最后离开的。当汽车从她们身边隆隆经过时，两人都朝着车子射来恶毒的眼光。在那之后是一长串的法雷家人，沿着大路往前跋涉，或推着弯曲的自行车，或拎着完全无用的扫帚。他们中的一些人对着车子做出了粗鲁的姿势，但其中多数都在汽车驶过时无视了它。当克里斯托曼奇一行人经过最后一名法雷家的人时，他们只走完了一半回家的路。克里斯托曼奇看起来放松了。"你们怎么这么神奇地刚好出现？"他问米莉。

"哦，我只是刚好到村子里去送一封信，"米莉说，"可我看到的第一个东西是一座非常奇怪的树的雕像，立在一片绿野之中。诺亚·法雷正在一旁跺着脚，对众人长篇大论。当我经过的时候，听到她说了些像是'我们会让平荷伊好看的！'之类的话，当时就觉得会有麻烦。后来当我一边寄信一边考虑应该怎么做时，我在铁匠铺外面认出了我们的一匹马。所以我跑到那边，找到了乔斯·卡勒。我说，'把马留在这里，赶紧跟我来。我们也许来得及到埃尔夫斯哥特阻止一场巫师之间的战争。'你看,我知道我必须和一个平荷伊一起,不然他们的咒语会阻止我抵达那里,而乔斯非常高兴和我一起来。他担心会有人被杀死——他一直在那么说。可是我们没有想到法雷家行动那么迅速。等我们回到城堡,而我把车开出来,他们已经在路上了。整条路都被自行车给堵上了,空中则布满了扫帚。我们不得不一路跟在他们后面。所以我赶去了森之屋带上了也德汉姆夫妇,以免他们受到伤害——我很肯定自己在车里能保证他们的安全——可等我们来到村子里时,他们已经像疯子一样打开了,我们谁都不知道应该怎样阻止他们。如果你没有乘着飞行器出现的话,我都不知道事情会变成什么样。"

"我可不高兴出现在那里,"克里斯托曼奇说,"我只是说服了罗杰带上我,好宏观地观察一下误引咒。"

"我很高兴男孩们没有出什么问题,"米莉说,"我必须得提醒罗杰,他只有一条命。"

他们继续顺利地前进了几英里。当他们看到远处有一个男人正和一匹马较劲时,他们几乎已经要抵达赫尔姆·圣·玛丽了。那个男人已经在路上被摔下来、绊住、拖过路面许多回了。

卡特说:"看起来乔斯用光了他的薄荷糖。"

"我来处理吧。"克里斯托曼奇说。

米莉开车从乔斯身后偷偷靠近,保持足够远的距离以防更加激怒锡拉库扎。克里斯托曼奇摇低车窗,递出一纸袋的薄荷糖。大概都是从朱莉娅那里弄来的,卡特想。

"谢谢,先生!"乔斯感激地说。

卡特严厉地说:"锡拉库扎,乖一点!"

克里斯托曼奇说:"另外,呃——卡罗先生——"

"卡勒。"乔斯设法说道。他两只手都紧紧地握着马缰,牙齿咬着纸袋子。

"卡勒,"克里斯托曼奇同意道,"我希望你完全没有在考虑辞职,卡洛先生。你是至今为止我们雇过最棒的马夫。"

乔斯宽阔的棕色脸庞全都变红了。"谢谢你,先生。我——呃——"他松开口,用手接住纸袋,将它在锡拉库扎的鼻子下引诱地晃动着。"我很乐意保留这份工作,"他说,"您瞧,我的母亲住在赫尔姆·圣·玛丽。"

"她也是平荷伊出身,我猜。"克里斯托曼奇说。

乔斯的脸更红了,他点点头。克里斯托曼奇不需要说明他知道乔斯是被安置在城堡里的一名间谍。在米莉开车继续前进时，他朝乔斯亲切地挥了挥手。

在那之后，车子很快就到了赫尔姆·圣·玛丽，就在城堡下方，绕着村庄广场疾行。在绿色广场的中央，站立着一棵石头的橡树，看起来像是一座扭曲的、花岗岩质地的、三只手的某种纪念碑。这很难被诺亚婆婆无视，卡特内疚地想，他不知道自己把它送到这里来了。

"我的天，"克里斯托曼奇在车子哐啷一声停在广场边时说道，"多丑的一件物品。"他走下车。"来吧，卡特。"

卡特也爬出车来，还说服了卡拉驰待在车里。他对此一点也不期待，在跟着克里斯托曼奇走向石树时他心里想着。

"走近看的话，比任何时候都更丑，"克里斯托曼奇一边说，一边抬头看着它，"现在，卡特，如果你可以起码把他的头变回原样，我会很高兴和他谈谈的。我想你可以把枪保留成花岗岩。"

卡特把他的手放在了那冰冷、粗糙的花岗岩上时，不知为什么很清楚地感受到卡拉驰正从车窗里紧张地看着。因为卡拉驰正在看，卡特也知道还有一圈半隐半现的生物们，正从广场绿地上每一丛草丛后面紧张地看着。事实上，卡拉驰让他意识到，它们到处都是，在旅馆标志上晃动，在屋顶上坐着，在树篱中偷窥，在烟囱上栖息。卡特了解到，他已经让它们全都出来了，遍布整个乡村。它们从此之后都会无处不在。

"变回法雷先生。"他对着石头橡树说。

什么也没有发生。

卡特再用自己的左手试了一试，然而还是什么也没有发生。他试着将两只手都放在那原本应该是法雷先生的脸的粗糙、多节的部位，然后往两边推开手掌，仿佛想把石头清理干净。可是依然什么也没有发生。克里斯托曼奇挪开卡特，然后自己试了试。卡特知道这不太可能会有用。如果卡特转变了什么，克里斯托曼奇几乎从来不能把它变回来：他们的魔法看起来完全不一样。而他是对的，克里斯托曼奇放弃了，看起来恼火得很。

"我们一起试试。"他说。

于是他们一起试了试，仍然没有变化。法雷先生还是那灰色的、闪着微光的、冷酷无情的石头橡树。

"这真是了不起，"克里斯托曼奇说，"两个九命巫师一起都没有办法对这个东西产生任何作用。你做了什么，卡特？"

"我告诉你了,"卡特说,"我让他变成了他真正的样子。"

"嗯,"克里斯托曼奇说,"我真的必须得学习更多灵术方面的知识。看来那是属于你的强大的力量,卡特。可这真是非常让人沮丧。我想告诉他我对他的看法——还得问问他是如何设法在这么多年里担任一名我们不需要的猎场管理员的。"他不满地转身往车子走去。

一个飞舞着的半隐半现生物吸引了卡特的注意力,让他看到了乔斯那匹百无聊赖的马,仍然被系在铁匠铺的外面。"我最好替乔斯把他的马带回去,"卡特说,"你先走吧。"

克里斯托曼奇耸耸肩,坐进了车子里。

卡特跑到那匹马身边。现在它四个马蹄都钉上马蹄铁了。"我可以带它走了吗?"他朝身处那到处是煤灰、洞穴般的工作棚里面的铁匠喊话。

铁匠从手中的铸打工作中抬起头来,同样喊了回来:"也该是时候了。我会把收费单送到城堡里去的。"

卡特踩着铁匠铺外面的一块大石头翻身爬上马背。它比锡拉库扎高多了。除此之外,它完全没有个性。他从它的身上没有感受到任何东西,甚至连回家的愿望都没有。在锡拉库扎之后,这种感觉很奇怪。可是起码它迟钝的头脑让卡特有机会可以整理一下自己的思绪。当他在华灯初上的时分绕着广场骑行时，卡特思考着，他把法雷先生变成了一棵石树是不是因为他想这么做。法雷先生吓坏他了，他把那些半隐半现的生物吓得更厉害。当卡特上坡穿过城堡大门时，生物们在车道两旁的树木间穿梭飞翔，因为法雷先生不再是一个威胁而快乐地欢笑着。卡特心想它们是不是也在帮助他保持法雷先生的状态。

他没有吃午饭，现在已经饥肠辘辘了。卡拉驰应该也很饿了。卡特催促这匹笨拙的马走得快一点——因为它现在也朦胧地想着家和食物——他领着它走了一条他不应该走的捷径，在城堡新建部分的前面，沿着扑在地上的砂砾前进。飞行器正瘫在那边，草地上留下了四条深长的棕色划痕。看起来罗杰和乔伊的降落好像相当粗暴。

珍妮特和朱莉娅正谨慎地检视机器。珍妮特喊道："卡特，我哪里都找不到卡拉驰！"

朱莉娅也喊道："你撇下我们一个人去干什么了？这可不公平！"

"你不会喜欢的，"卡特喊回去，"卡拉驰和米莉在一起。"

"我不在乎，"朱莉娅喊，"就是不公平！"

到了星期一，玛丽安忧心忡忡地抵达。她发现自己首先和乔伊、罗杰、卡特、珍妮特和朱莉娅一起上普通的课，老师是一名高个子的热心男士，名字叫迈克·桑德斯。她对桑德斯先生印象深刻。从来没有人成功地让乔伊做过家庭作业，可是桑德斯先生表示如果乔伊让他满意，那么乔伊就能得到一间宽敞的新工作棚，用来和罗杰一起实验他们的各种新主意。所以乔伊坐在一张桌子前工作着，而且很快，他被证明非常擅长处理数字。

玛丽安开始享受这一切。她立刻和另外两名女孩子成了好朋友。她已经很喜欢卡特了，尽管她对罗杰还很羞怯。罗杰会谈论机器或者金钱。

多数的下午，克里斯托曼奇会给玛丽安和卡特上课。一开始，玛丽安紧张得几乎不敢说话。魔法师的魔法是那么的奇怪，而卡特比她知道的多得多。可是，第二天下午，她开始发现卡特不怎么擅长魔法理论，而对于玛丽安来说却是易如反掌，她觉得自己好像已经对多数的内容非常熟悉了。反正剩下的一半课程感觉上就像是对话，卡特和克里斯托曼奇向她询问他们感兴趣的问题，像是她所知的魔法技术、灵术和药草知识。在第一个让她恐惧的下午之后，玛丽安完全放松下来，开始畅所欲言。

她带上了自己的《艾琳公主和她的猫》，可是从未曾有太大的进展，因为她总是被说服去参加姑娘们的游戏，或者和卡拉驰还有差不多一半城堡里的人一起玩耍。这一切都充满了乐趣，她仿佛完全没有时间做任何其他事情。

那个礼拜结束时，她过得开心极了。此时必须回到埃尔夫斯哥特的家里，对于她和乔伊来说，简直是当头棒喝。他们发现自己错过了婆婆的葬礼，不过起码他们赶上了妮可拉出院返家的庆祝。小姑娘又苍白又瘦弱，但不再身患重病。当他们从庆祝会上回来时，乔伊和玛丽安一直在谈论克里斯托曼奇城堡。事实上，他们一整个周末都只谈论这一个话题。爸爸因此郁郁寡欢，但妈妈认真聆听着，虽然心怀疑虑但听得专心致志。当小车在周一再次接走乔伊和玛丽安之后，他们的母亲心事重重地前往森之屋找艾琳谈谈。

艾琳从未被正式地任命为下一任婆婆，但是人们总是去找她谈话，仿佛她就是新的婆婆。艾琳总会停下手中的设计工作，放下铅笔，怀里抱着疯豆认真地倾听。疯豆现在可以进入任何橱柜之中，也可以吃到任何它想要的食物，只有简·詹姆斯有办法控制它。妈妈告诉玛丽安，艾琳那么喜欢那只猫真是上天保佑。

艾琳给出的建议总是非常棒——尽管艾琳告诉玛丽安，她给人们的建议其实只是他们真正尝试着向她倾诉的内容。查尔斯叔叔是第一批去寻求她的建议的人之一。他穿上他那身皱巴巴的结婚礼服，正式地拜访了森之屋，并告诉了艾琳许多事情。那之后不久，他正式成为了波布里奇艺术学院的学生。妈妈告诉玛丽安，查尔斯叔叔打算在大概一年之后去伦敦找寻他的出路。

"又来了一个把自己放在家庭之上的人。"爸爸说。

妈妈对艾琳的拜访，让她决定在第三个礼拜一搭乘前来接乔伊和玛丽安的小车，一道前往克里斯托曼奇城堡。米莉快乐地欢迎了她。妈妈整个上午都在愉快地和米莉一边谈话一边享用咖啡和饼干——非常美味，但还比不上简·詹姆斯的，不过她的饼干又有谁的比得上？——她们的话题无所不及，包括草药中的深刻秘密。一会儿之后，她同意让克里斯托曼奇的秘书汤姆进来做笔记，因为就像米莉所说的，她说的一些东西甚至连杰森都没有听说过。玛丽安的妈妈对此次拜访十分享受——还包括她能够和自己的两个孩子一起享用午餐——在那之后她多次往返城堡。那着实让爸爸恼火，但是，妈妈说，就这样了，那就是爸爸。

从此以后，每次小车在周一返回城堡时，里面总是坐满了平荷伊家的女士们——还有她们的扫帚，以供返程时使用——前来看望城堡里的各式人等。斯塔布斯先生和贝瑟默小姐也忙着学习魔法技术。她们给城堡带来了令人惊艳的酸辣酱和味道刺鼻的泡菜，还有一些带着魔力的床单、衣物、靠垫的刺绣。城堡则回馈以咒语，不过多数的平荷伊女士们同意，城堡的咒语并非是她们咒语上的补缀。这让她们开心地觉得自己有益又优秀。

男士们多数都选用自行车做来访的交通工具。他们甚至更胜一筹，特别是理查德叔叔和艾萨克叔叔，他们居然在给一群热切的园丁和男仆上课，讲述木工活和促进生长的魔法技术。

"呸！"爸爸说，"让他们向你讨教！"

到这个时候，整个国家都已经知道了——从波布里奇到何普顿，乃至之外的地方，大家都知道了艾迪格·平荷伊和莱斯特·平荷伊对平荷伊老爹做的事情。他们俩都损失了客户。最后，他俩都无法忍受人言人语了。他们搬去了布莱顿，一起住在一套单身公寓里。克拉莱丝舅婆和苏伊舅婆搬到了一起，她们住在一幢位于埃尔夫斯哥特之外的房子里，养了数都数不过来的更多的肥胖而懒惰的小狗。爸爸现在管那幢房子叫做跳蚤窝。

诺亚婆婆和她的女儿桃乐诗雅自然是怀恨在心，正是她们四处传播了关于艾迪格和莱斯特的流言蜚语。等玛丽安的两个舅公离开后，诺亚婆婆和桃乐诗雅开始在赫尔姆·圣·玛丽的村庄广场上站着，每一次有平荷伊家的人从那里经过前往城堡，她们就会沉着脸盯着人家。按照妈妈的说法，她们俩的眼神让人忍不住紧张，担心她们的视线仍然带着邪恶的魔力。不过，当诺亚婆婆赢得一张供两人前往延巴克图的彩票时，这些行为总算是停止了，诺亚婆婆和桃乐诗雅都离开了。"我们不能让她俩在我们的大门前引起怨恨，"米莉说着，还朝妈妈使了个眼色，"在她们的魔力长回来之前她们必须得离开。"

"典型的干涉。"爸爸说。

卡拉驰持续地成长着。到圣诞节时，它已经大到足以加入到现在已经相当拥挤的教室里，和其他人一起学习识字和拼写了。甚至珍妮特也开始意识到卡拉驰是一个朋友，而不是宠物。卡拉驰球的游戏仍然在草地上进行，不过因为卡拉驰增加的体积，现在的规则也随之改变了。等到新年的时候，卡拉驰自己已经变成一队了。

通常是在黄昏的时候，城堡的员工逐渐适应了看到一只巨大的雌性格里芬仿佛影子般降落在草坪上。有时这很让人困惑，因为乔伊最新的飞行机器也经常在黄昏返回，而且一般都是坠机式的降落。将两者区别开来的办法是——根据弗雷泽先生的解释——如果是格里芬，那么你会在走廊里被急着出去见母亲的卡拉驰撞倒。而如果卡拉驰没有出现，那么你应该急着冲出去，还得带上平荷伊家人传授的各种治愈咒语和修复魔法。

还有些时候，当卡特骑着锡拉库扎前往更遥远的森林里时，他们会看到一名高个子男人，手扶在一只闪耀着光芒的白色独角兽的背上，在远处阔步前进。